千寻
文化

Qianxun-Culture

—图书·影视—

如果江原野知道

RuGuo JiangYuanYe ZhiDao

巫念顾 著

百花洲文艺出版社
BAIHUAZHOU LITERATURE AND ART PRESS

图书在版编目（CIP）数据

如果江原野知道 / 巫念顾著. --南昌：百花洲文艺出版社, 2019.10

ISBN 978-7-5500-3394-8

Ⅰ. ①如… Ⅱ. ①巫… Ⅲ. ①长篇小说-中国-当代 Ⅳ. ①I247.5

中国版本图书馆CIP数据核字（2019）第208329号

如果江原野知道

巫念顾 著

责任编辑	郝玮刚　张兆磊
特约编辑	小　左　潇　潇
封面设计	苏　荼
出版发行	百花洲文艺出版社
社　　址	南昌市红谷滩新区世贸路898号博能中心A座20楼
邮　　编	330038
经　　销	全国新华书店
印　　刷	长沙鸿发印务实业有限公司
开　　本	880mm × 1230mm　1/32　印张　10
版　　次	2019 年 10 月第 1 版第 1 次印刷
字　　数	283千字
书　　号	ISBN 978-7-5500-3394-8
定　　价	39.80元

赣版权登字： 05-2019-247

网址 http://www.bhzwy.com

目 录

CONTENTS

目 录

CONTENTS

第一章

游轮上的私人管家

1

《完美大脑》录制现场。

此时，仅剩几个通关名额了。

宝伶一直没有头绪，就连自己最在意的那个参赛选手在什么时候离场了也不清楚。舞台上精致的光束照亮了女生的面容，她咬着唇，把乌黑的卷发别在耳后，很快地扫了一下身后，余下的选手也毫无进展，愁容满面。

《完美大脑》是由 A 市电视台推出的一档大型脑力竞技真人秀，参赛年龄在八岁到二十八岁之间。台里专门出了一套脑力题用来海选，考试及格了再进行严格的面试，最终挑选出一百名参赛选手，在经过一系列的智力大比拼之后，选出一名本季的完美大脑选手。

上午刚刚结束一百进八十热身赛的录制，现在正在进行的是残酷的八十进五十，台里这是打定了一天之内“凉”一半选手的主意啊。

宝伶触摸屏幕的手在出汗，还一直发抖。冷静、冷静，女团里的组员们都各有各的综艺节目，《完美大脑》二十万人参加的海选和面试她都走过来了，别怕啊伶子。

系统提示又有人走出房间了。

宝伶最后紧张地按下“提交”的时候，好像勇气都花光了。四十八名！

首次录制终于结束了，宝伶按捺住喜悦之情，小碎步走出录制房间，激动地跑回休息室时，正好看见江原野独自离去的背影，还拉着一个笨重的行李箱。

在昏暗的楼道内，男人修长的身影显得格外凄清。

宝伶连忙拉住休息室门口的一个女生，问道：“他被淘汰了？”

闻言，那个女生仿佛听到了天方夜谭：“他不是第二个晋级的吗？”

宝伶：“……”

想想自己才拿了个倒数第二名，宝伶觉得江原野可真没人性！

“……英俊又睿智，就是运气有点衰，刚从国外回来下飞机就赶来录制了，结果手机还在机场丢了，只好让编导把下一期录制时间和安排都发送到他的邮箱……”

宝伶没听她说完，便拿上休息室的暗红色复古格子外套和毡帽，一边慌忙地穿上，一边跟着追了出去。

那个人可是江原野啊——五年前，自己最最喜欢的一个人。

A 市临海，深秋的天色灰蒙蒙的，阵阵潮湿的风扑来。宝伶拦下一辆出租车，上车后又给经纪姐姐发了会尽早回去的消息，便一路跟着前面那辆出租车到了……港口。

女生忽然心头一紧，又有几分不甘。五年不见，他这是刚回国就又要离开了吗？

下午两三点钟，港口就已经热闹非常了。明亮的大理石砖映出人的身影，背着背包、拉着行李箱的乘客不时地遮挡住了她的视线，她只能加快步伐跟得更紧了。

还好江原野很快便在某 VIP 休息室前停下了脚步，接待员微笑上前，向他索要船票一类的证明。

“麻烦联系一下保安组组长，就说江原野的手机丢了。”

“好的，您先进来等吧。”

江原野穿着深蓝色长款休闲外套，长手长脚地立在那儿，身高格外拔尖。他单手握着行李杆，只是很随意地向右边扫了一眼，却吓得后面的宝伶赶紧转过身假装打电话。

“不用了。”

“好的，稍等。”

宝伶这才又撩了一下耳边的头发，偷偷摸摸回过身看他的背影。她有些怔怔，只觉嗓子眼儿紧得很，有点发不出声来。

今天是她和就读于清华大学的好友梁旭参与《完美大脑》录制的第一期，录制之前，她根本不知道其余的九十八名选手会是谁，更不会想到这其中会有骄傲的江原野学长。

更没想到江原野的初始排名比他曾经的高中学弟梁旭还低了几名。

他们三人是同一个高中的，梁旭是她的同班同学，江原野比他们大了两届。

宝伶还记得录制场上，当主持人念到江原野的名字时，他从队伍里走出来时那糟糕神色。眼眸中布满红血丝，瘦削的下巴上隐隐有着青黑色胡茬，那时候她忽然生出了一股毫无理由的同情，他在东大留学的那几年应该混得不怎么样吧……

江原野就真的在 VIP 休息室门边硬生生等了十多分钟。当宝伶站在角落里剥着第二颗椰奶糖时，看见一个穿着深蓝色保安服、肤色黝黑的男人从休息室急急忙忙走出来。

他摘下帽子内扣着给自己扇风，应该是跑来的，满头大汗：“……很忙啊大哥，你不是有制服吗？还特地让我下船来接！”

闻言，江原野这才转过身，神色冷冷淡淡，目光穿过人潮，落到了因为吃糖嘴里鼓鼓的宝伶身上。她喜欢两边的腮帮都有糖的感觉……

两人的视线遥遥触上了。

一个眼中藏事，深邃漆黑；一个眼神呆愣，瞳孔微缩。

江原野薄唇微启：“总统套房还有吗？”

保安组组长也顺着他的视线看过去，看向宝伶，只觉越看越觉得熟悉：“没有啦，都说了生意火爆，忙死了！”

“阳台房？”

“行吧行吧，给你好好安排一下。哦不不，是给她好好准备一下，这总行了？”

宝伶：“……”

宝伶终于听明白了，他们两个大男人在聊她。

女生转身就要走，表情相当懊恼。

现在的自己，就和五年前无意得知江原野在富丽大酒店前台兼职，她眼巴巴跟过去消费的时候一模一样！

可这次江原野却快步上前拉住了她的手腕，他低头，直直地看着她：“跟都跟过来了，上去喝个茶。”

彼此短暂的沉默后，江原野却忽然笑了，他眼眸清冽地看向肤色黝黑的组长：“她同意了，走吧。”

宝伶无语得直想翻白眼。

而作为保安组组长的赵烈显然也愣住了，他揪了一下自己的头发，心态在“我辛辛苦苦给你们开个房，你们就拿来喝个茶？”和“居然没经过人家女孩同意就想把她带上船？！”之间烦躁地纠结着。在十分之一秒的挣扎和掐掉良心之后，为了兄弟的幸福，他还是选择了走在前面带路。

2

宝伶心不甘情不愿地跟着上了游轮，才到甲板上，江原野便和他们分开走了。熙熙攘攘的人群中，赵烈也愣了愣，只好挠着脑袋说江原野估计是被轮机部的德国人叫走了。

赵烈把她送到了九楼的阳台房后，着急解释着真忙不过来，便匆匆离开了。

……这是都把她扔下了啊。

宝伶双手抱怀，微微垂下清丽的眼眸扫了一眼房间。

淡绿色的床单、黄色绣花窗帘、枣红色沙发，一旁还有敞亮的落地窗能直接看到港口的景致，茶几上也已经泡上了英式红茶，正冒着一缕朦胧的雾气。

她在原地愣怔了很久，最终还是选择默默地给自己倒了一杯茶，然后端着精致的小茶杯美滋滋地走上前推开了落地窗。

宝伶一句“真是太爽了……”都还没在口中捋顺呢，猛烈的海风便呼呼地刮着脸颊吹了过来，把她柔顺而秀长的黑色卷发吹得乱七八糟，就连毡帽也吹回了房间。

“哎哎哎……我的帽……”

宝伶又欲哭无泪地赶紧跑回屋捡帽子……

“小姑娘，这点风怕什么呀！”从隔壁房间的阳台上传来一道慈祥的声音，宝伶闻声望去，只见阳台上老奶奶的披风被海风鼓得老高，银白色的手推波纹发型却丝毫未乱！

老奶奶在狂风中温柔地对宝伶笑着，还微举了一下手中的红酒杯，颇有种乱世佳人的感觉：“祝你旅途愉快。”

“……什么旅途？”闻言，宝伶睫毛微颤了一下，还有点怀疑是自己听错了，就连瞳孔都有一瞬的失焦，“这个游轮会离开？！”

“是啊，七天六夜的日韩航线，”老太太看了一眼腕表，“下午五点离港，很快了。”

……这艘豪华游轮很快便会离开 A 市了？！

这周团里还有一场线下的品牌活动呢！经纪姐姐还不得抽死她？！

宝伶急得在屋子里转个不停，随后很快像是想到什么，又着急地跑到了通道上想要招呼服务员。一个亚洲面孔的服务员就像是事先立在那儿等候似的，见状，立马微笑上前：“这位女士，有什么需要吗？”

女生的心怦怦直跳：“我需要下船。”

“这个……您有什么东西落下了吗？或是不舒服？”

“能不能下？”

见服务员欲言又止的表情，宝伶干脆不问了，直接大步走向电梯不停地按着向下的按钮。门终于开了，观光电梯外是游轮内珠光宝气富丽堂皇的大厅，但她现在完全没心情欣赏。

服务员也趁着电梯门即将关上的那一刻飞快地迈了进来，慌而不乱：“女士，登船时间早已停止，现在已经关闸了。”

宝伶理都不理他，眼巴巴地看着电梯门才缓缓打开没多少，便侧身跑了出去然后一脸无助地停在了已经关闸的甲板出口处。

服务员眼看对面精致美艳的面孔是真有点无措了，他微微张了一下嘴，还是决定先行坦白比较好。服务员立得更加恭谨了：“您是保安组组长请上来喝茶的，在这期间用餐和游玩都由我这个私人管家为您服务，您不用担心……”

真是无赖啊……宝伶总算明白过来了，气得差点咬破自己的下嘴唇。

她抬眼望了一下就近的摄像头，眼眶微微泛红：“我要见保安组组长！或者江原野！”

3

“不是，她瞪我干什么？这一看就是江原野派过去挡事儿的吧？！”

其实在监控室里的赵烈早看到了。

他此刻真是憋屈地撑在操控台上，听不见对话内容，但是很明显小美女还对着摄像头又是撒气又是泪眼婆娑的，再这样下去，很有可能会引其他客人过来围观。他一脸忧愁，道：“能哄好吗？”

身后的小组员也赶紧跳到前台看热闹：“听服务部的那边说了，实在不行就陆续送时尚杂志、糕点、晚餐过去，晚点再邀请她参加宴会什么的……”

很显然，视频里的小美女也还是很要面子的，见到不远处的工作人员和客人们都陆续朝这边看过来，她赶紧仓皇地埋着头躲回了电梯。

好不容易再次回到九楼，小美女“嘭——”（赵烈猜想的）的一声扭头便关上了门！

原本以为她之后还会闹腾一阵，但是直到游轮离港，她都没再出来过。

但是送过去的所有东西——任凭门外的侍应生如何微笑哈腰、变着魔术地哄，小美女门也没开地统统拒绝了。

可想而知她是有多生气了。

十九点之后，江原野才身着成套的白色维修服喘着粗气推开了监控室的门。

男人整个身子就那样随意地靠在门边，宽肩长腿，身姿挺拔。他取下头上的白色安全帽，揉了一下被汗濡湿的头发，飞快地交代着：“把我的行李送到她房间任她处置，再给我找一套合适的客房制服送到我的舱房。”

“好嘞江先生！”

小组员答应着，刚麻利地钻出门，耳麦便响了，那头的语气很是急切：“原野回来了？你这样，把行李送到房间你就不用管了，之后交给我。”

赵烈原本在甲板的D区巡逻，知道江原野终于肯露面了，拿上客房制服后，就冲向了江原野的舱房。房间昏暗，墨绿色的窗帘掩上了，透着微光，卫生间里是哗哗不断的水声。

江原野在洗澡。

赵烈不客气地坐在了他的床上，嗓音粗重地问着：“其实吧，轮机部你想什么时候去就能什么时候去，干吗非得在这个时候折腾自己，故意不让自己出面啊？”

卫生间里仍然只有哗哗的水声。

赵烈知道江原野能听见，他仰靠在床头，叼着一根没点火的香烟继续叨叨，明明好奇得不得了，偏偏还要摆出一副司空见惯、老生常谈的模样：“我说兄弟啊，虽然这是你第一次带女人上船，没有经验，我也能理解你急迫的心情，但你这是……在玩囚禁啊？”

“你再不出去就会后悔了。”这回，卫生间里的男人终于舍得发话了。

闻言，赵烈明显愣了一下：“为啥？”

下一秒，江原野关上了花洒，卫生间一片寂静之中，他的音色懒洋洋的：“你要自卑。”

赵烈：“……”

赵烈气得一个鲤鱼打挺从床上站起来。看来他还真是多管闲事了，行行行，他走！但是……“小美女还什么都没吃呢，现在估计气得都能活生生剥了你！你还是自己好好想想怎么哄好她吧。”

“笃笃笃。”

一天八百回的敲门声，听得宝伶的白眼都快翻到天上去了。

她仰躺在床上纹丝不动地玩手机。

“开门。”是江原野。

一听见他的声音，女生只觉憋着的一口气终于找到能发泄的人了。江原野足足晾了她四五个小时，现在终于舍得来见她了？！宝伶咬牙切齿地跳下床，迅速把门开了条小缝，然后立马坐回皮质沙发上，跷着二郎腿，只等恶狠狠地兴师问罪了。

房门被完全推开，江原野略微倾着身，神色平静地推着餐车缓缓走近，双手抱怀的女生却呆愣住了。

明明和其他的客舱服务生一样都身着深蓝色的半身燕尾服西装，搭配白色领结衬衣，但他就是帅人一等……男人熟练地将餐盘一一放到桌上，就连手指关节都好看得令人移不开眼。

男色诱人啊……宝伶只觉喉咙发干，最后干脆委屈得不想忍了：“你就是……”故意的……

哪知男人干净而低沉的声线更快响起：“抱歉，我刚跟着工程师从轮机部回来，设备需要检查保养，机舱油味重，怕你闻不惯，所以我冲了个澡才赶过来。”

温水煮青蛙。

说完之后，江原野还垂下眼，带着七分歉意、三分倦意地勾着狭长的眼眸看向她。

这下，宝伶彻底呆滞了，因为她的脑子里立马就浮现出了一个满脸机油、手里拿着扳手蹲在灯光暗淡的机舱内哼哧哼哧检修的工人形象。

于是，宝伶那盛气凌人的气焰慢慢熄灭了。

她没想到江原野竟然还抢先说话了，更没想到事实是这么凄惨的，毕竟他自今早从国外回来到现在都忙得像个陀螺啊。

而且刚才洗完澡，她还穿着他行李箱里的白衬衣呢。

宝伶清了清嗓子，觉得自己的坐姿不太雅观，又撩了一下头发坐好："可我也是很忙的，再说，你给我行李箱任我处置有什么用啊？我有那个力气把它扔下海吗……要不是《完美大脑》我险险冲进了五十强，刚才打电话报备，经纪姐姐的唾沫星子都能把我淹死，太乱来了……"

女生的睫毛扑闪着，此刻正噘着嘴抱怨呢。江原野又递了一张银行卡到她的眼前，她瞥了一眼，惊住了。

"你给我银行卡做什么？"宝伶咽了口口水，剧情转换得太快，她有点心虚又有点紧张地抬眸直视他，"想……包我啊？"

她的声音软而微颤，尴尬的对视中，江原野不动声色地咳了一下："这是房卡，游轮上几乎所有消费都可以算在房卡上。卡上绑定的是我的账号，这几天你就当休假玩好了。"

看着宝伶刚刚遮过大腿根部的衬衣，和衬衣以下的细白长腿，江原野漆黑的眼眸里还是不可避免地沾染上了别的意味。

女生倾身接过房卡，草草地瞟了一眼，便毫无兴趣地放在了桌边。之前为了赌气快饿到昏厥，现在她对餐盘里的食物更感兴趣。

宝伶一边两眼放光地揭开餐盘盖，一边朝江原野随意地摆手，下逐客令："好了我知道啦，那你忙你的，我花你的，我们各尽其职，晚安晚安！"

一直候在附近的那个亚裔服务员看到从房间里走出来的江先生不但没有受挫的神色，反而还低头失笑了……这真是世纪奇景啊。

4

确定了这一趟游轮之行可以用来放飞自我玩出花样后，宝伶在早晨七点便风风火火地打电话催促尽快送早餐。她给服务生留了门，看到十五分钟后推开房门，送来早餐的人是江原野时，她真是觉得无比神奇。

宝伶就靠在门边，虽没有化妆，白净水嫩的巴掌脸却非常精致。

她仰着头凑近他，但是江原野实在是太高了，如果他不配合，想和他说个悄悄话都不行。宝伶便干脆用平时的语调好奇地问了：“江学长，咱们悄悄地说啊，你是不是有什么服务人的癖好？”

见他有一瞬的凝滞，宝伶还赶紧解释道：“我记得选手介绍时说你在东大学的轮机工程，而不是什么服务专业对吧？可是你看看五年前的富丽大酒店，还有此时此刻……一切是如此的似曾相识，如果你真有这癖好，我一定会好好满足你！”

“那个……侍应生，这里来一下。”旁边的舱房却不适时地传来了羞涩的招呼声。

江原野仍低着头，纹丝不动，只微眯着眼，静静地看满嘴跑火车的她。

宝伶却着急了：“先别说了，你快去呀，没准她还能给你小费！”

江原野：“……”

被宝伶推出房门的江原野只觉自己额头上的青筋跳动了一下，但他还是很快走向那位客人，只是神色清冷了些：“您说。”

“麻烦送一份葡萄柚、松饼和热牛奶到客房来。”

“好的。”

江原野正要转身离开，那位女客人又脸红地拉住他：“你等等，我回屋给你拿小费。”

男人却疏离地拉开了距离。

“不用，您把小费留给待会儿给您送餐的侍应生就可以了。”

女客人愣了一下，这才明白过来，双眼一下就没光了。但她又很快抬头，想要从他的胸口处找到他的铭牌记住他，却发现他并没有佩戴铭牌：“送餐过来的就不是你了吗？”

“作为私人管家，我只服务 9227 的客人。”

他才没有服务别人的觉悟。

等江原野再次回到 9227，就见餐盘里的燕麦粥喝到一半就不要了，蘑菇奶酪煎蛋卷更是吃了两口就没动了。

“回来啦？”

听到声响，宝伶拿着梳子从卫生间里钻出一个脑袋来：“快帮我读一下今天有什么活动，快点快点，我就要准备出门啦！”

闻言，江原野终于忍不住掀了一下眼皮，轻睨了她一眼，温柔皮囊下的孤傲是真的快掩不了了。哪知女生的面容竟然一下就皱了起来，委屈的表情简直真的不得了：“唉，也对，反正我也是个一无所有的客人，你跟着我也是受苦，你走吧，不要再管我了，我能行的。”

江原野很是无语地抽了一下嘴角，他知道她从来都是得寸进尺的人，但没想到现在她踏入娱乐圈，戏竟然这么足了。

男人连活动安排表也不看一眼，便快速开口：“下午有面具热舞派对、船长晚宴，再晚点的大提琴音乐会也还不错，祝您玩得愉快。”

“拜拜江学长，你服务得真好！”

就像是故意在等他缴械投降似的，宝伶的道谢来得很快，声音软软糯糯的，还冲他眨了一下眼，才穿上高跟鞋，兴奋地拿上桌上的房卡出了门。

即使女生早已离开，舱房里仍然留有她身上淡淡的果木香，这才是她的气息。

即使现在的宝伶身边，有个他从高中开始便不太想看到的男人。

第一期《完美大脑》录制的初始排名梁旭第八名，江原野第九名，两人的位子挨在一块儿。

很显然，当开场主持人介绍完选手们分别来自什么学校和年龄之后，落座之后的梁旭便显得很是兴奋了。梁旭初中的时候跳级了，所以现在在读大三的梁旭其实也才十九岁。男生稚嫩的面庞很是清俊，就连眸光都是干净的琥珀色："江学长，还记得我吗？真没想到会在这样的竞技节目里遇见你啊。"

当时江原野正烦躁着阶梯式坐凳对他来说太矮了，一坐下，还得微微弓着背，就只简单地对梁旭点了一下头，算是回答了。

按理说这么冷淡的回应，梁旭应该是碰了一鼻子灰，可他还在乐此不疲地追问："江学长不像是会参加这种综艺的人啊，为什么来的？"

闻言，江原野怔了一下，这才轻笑了一声，狭长的眼眸略微垂下，他实在提不起精神和这小毛孩说话。

他侧头静静地看向梁旭，就算是天然呆吧，这"护食"也表现得太明显了。

舞台零星的光束坠入江原野漆黑如曜石般的瞳孔，男人眼神直白："你是什么原因，我就是什么原因。"

这下，梁旭微微张着嘴，瞳孔中有一瞬的失焦，像是被惊到了，但他又很快扬起了嘴角："原来是这样啊，不过没关系的，我和她的家人现在相处很愉快，并且我们还在同一个家族群里……"

"快乐的郑家人？"

江原野左手撑在后面，右手大拇指和中指指腹轻按着太阳穴。身后的选手已经在小声讨论第一次的淘汰赛是该选择着重观察的，还是推理的项目了。江原野好听的声线透着几分被海浪冲浸过的疲惫："没看见我也在里面？"

记得那时埋头沉默了许久的梁旭还是眼神空洞地咧嘴笑开了："凭什么呢？江学长，有什么资格待在里面呢？"

其实江原野一开始还真没考虑过他在里面合不合适，只觉得郑家家族群怎么可以这么吵？

直到后来毕业，他整日奔波于国内和欧洲的船厂，看到郑妈妈眉飞色舞地在群里炫耀着宝儿和小旭都即将参加《完美大脑》的海选时，他才不爽地意识到，他居然安静了这么久。

刚才给 9223 送完餐的亚裔服务员走进来有条不紊地收拾着餐具。

过道的灯光明亮而柔和，江原野合上了 9227 的门，一边迈着长腿一边利落地扯开了拘谨的领结扔给了服务员。

室内温度适宜，他仍觉得束缚得很，又单手解开了两颗扣子，目光冷冽："照顾好郑小姐。"

"好的，江先生。"

5

宝伶先去低层的理发店舒舒服服地洗了个头，又去买了适合热舞的黑色吊带背心、短裤搭配女士黑色西装外套，领了假面便冲入甲板派对。

喧闹动感的音乐激起了所有人的热情，每个人都戴着假面扭动着，享受着这场狂欢，就连一些游轮工作人员也加入进来。如果此时不是深秋，早有人亢奋地跳入旁边的泳池玩乐了。

但是宝伶跳了一会儿就觉得没意思了，虽然戴着面具，但是同行的都知道彼此是谁所以有个伴，她呢？这时候真的好想江原野也在这儿啊。

可他还得负责修船、做服务生，勤勤恳恳地身兼数职，忙个不停。

最主要是她的手机掉了，没办法联系上他！

宝伶惆怅地去旁边端了一杯果汁喝，也正是到了边上，她才看清楚了舞池里优哉游哉的一头银白发！

宝伶双眼一亮，是隔壁的“乱世佳人”老奶奶！

宝伶放下果汁，欣喜地钻入舞池，来到老奶奶身边。老奶奶以为自己挡到了宝伶，一边跳着一边往后挪，宝伶只能再次靠近：“奶奶，是我啊，帽子被风吹进房间的邻居！”

老奶奶沉默了好久才一边“噢噢”地表示想起了，一边热络地和她跳起了恰恰。没一会儿，老奶奶又跳起了桑巴，宝伶也只好配合着换了舞蹈。

见状，老奶奶还十分惊讶地问她：“你会跳很多舞？街舞也会吗？”

“会啊。”

她可是多才多艺的女团成员好吗？

闻言，听老奶奶的声音却像是高兴得不得了：“等着啊，我找我孙子和你跳！”

宝伶：“……”

和她的孙子跳……小毛孩儿吗？宝伶一时竟无语凝噎。

但是很快，个子矮矮的老奶奶便把一个高高瘦瘦的假面拽到了宝伶的身边，宝伶努力地抬了抬头。老奶奶的孙子应该比江原野矮不了几厘米……

“虽然我这孙子傲气得很，但会很多。和这个姐姐玩，姐姐人很好的。”

宝伶忽然有些郁闷，自己也才二十一岁呢，两人谁大谁小还不知道呢……

两人戴着面具对视了一眼，宝伶能明显感受到他冷漠且很不耐烦。

可老奶奶还在身旁呢，彼此都不好直接拒绝。正好音乐变成了迷幻燃爆更适合男生跳的*Feng*（风），宝伶偏了一下头，挑衅地笑了：“会吗？”

“当然。”是很清冷的声音。

“OK，那来啊。”

*Feng*有男团编舞，宝伶先跟着跳了，小毛孩儿也紧跟其后，两人并列一排，跟着鼓点，动作利落又冷酷。

也许是一男一女步伐如此一致，动作又流畅吸引人，很快，四周便有人停了下来，认真观看。

*Feng*从歌曲到编舞都相当的酷，特别是最后的编舞有男女互动的模式，宝伶是一段向前的引诱式动作，小毛孩儿则撑坐在地上缓慢地后退。最后小毛孩儿轻松跃起，低头靠近宝伶，抚摸上她的面具。

彼此眼神再次接触，宝伶轻微地喘着气。

舞蹈结束。

音乐也戛然而止。

安静了一瞬的舞池里响起了掌声，而后又响起了一道有什么东西正快速向两人飞来的声响，还溅了周边不知情的人一身的液体！

下一秒，不远处便传来了某个女人近乎愤怒的嘶吼声：“你凭什么和林易远跳舞？！”

与此同时，小毛孩儿眼明手快地将宝伶迅速揽入怀里，又伸出手肘硬生生地挡下了玻璃杯。只听一声清脆的撞击声之后，残留着橙汁的玻璃杯摔在了地上，发出刺耳的玻璃破碎声响，玻璃碴溅开老远。

见状，一众吓得没魂儿了的游客赶紧跑开了。这完全是状况之外，周边的安保迅速开始安抚游客们的情绪。

宝伶也被吓得一愣一愣的，头上还有黏黏糊糊的感觉。如果那玻璃杯真砸在她的脑袋上了，此刻她绝对是鲜血直流，说不定还会直接暴毙啊。

她哆嗦地从小毛孩儿的怀里离开，小毛孩儿也正好取下黑白色的假面，甩着麻木的手肘低头看她，他的瞳孔清澈而紧张：“没事？”

见到他真面目，宝伶的表情反倒更惊悚了：“真是你啊？！”

见状，大男生却仍然皱着眉头，紧抿唇线，不知是担心她，还是以为她也是偷偷跟着他上来的私生饭（艺人明星的粉丝里行为极端、作风疯狂的一种）。

“……林易远前辈您好，我是 SA 女团的宝伶。”

*Feng*的编舞就是他啊，那个 The one 男团成员林易远……

6

医疗室里，宝伶再三地请医生帮忙看看林易远到底有没有事，林易远则一副“你有完没完”的神情淡淡地扫了她一眼。

“这叫爱你有多深，砸得就有多重好不好？噢，虽然她想砸的是我……”女生话音一滞，又转头内疚地看向旁边的老奶奶，“奶奶，真的抱歉……”

老奶奶却慈祥地握住她的手：“我七十九岁生日的时候，小远还在巴黎时装周，所以这次游轮之行，是他特意延后公告来陪我的，只是没想到现在的粉丝如此偏执……”

老奶奶说话轻而缓，诊室外由远及近的急促脚步声便显得格外清晰，宝伶下意识地探头看去，却看到了心急如焚的赵烈。

女生一下就垂下眼睑，但很快那种无名的失落感就没了。江原野怎么可能会在这个时候出现呢？

赵烈神色真诚而惶恐："实在抱歉，是我们的疏忽，旅行结束之后，我们会免掉三位的房费，希望这次意外没有打扰到你们的心情。"

"赵烈。"宝伶忽然叫了他的名字，她神色犹豫地卷了一下自己的发梢——还有股甜腻的橙汁味，虽然觉得有些自作多情，但她还是说道，"别告诉他这件事。"

原本还在诚诚恳恳鞠躬的赵烈却愣住了，他诧异地抬头，虽然很想告诉小美女，她是差点因为别的男人而受伤的这种事当然不可能告诉江原野，但他现在最在意的是："你认识我？"

女生笑嘻嘻地道："我是伶子啊，就高中时候最爱跑到你们班拽着江原野逃课的伶子啊！"

就像是太过久远的记忆在刹那之间复苏，抖落了一地的时光碎片，赵烈"噢噢噢"了好一会儿，黝黑俊朗的面庞却忽然意味不明地笑了。

原以为江原野铁石心肠，没想到还是栽在她手里了啊。

在得知兄弟和他自己一样，从头至尾都喜欢同一个女人后，赵烈的心情瞬间明朗了起来："OK，那我先忙了。"

医生在为林易远上药，沉寂的大男生从受伤到现在好像连眉头都没皱一下，这时候却冷不丁地忽然开口："女团允许谈恋爱？"

闻言，宝伶却轻笑地反问他："男团能谈恋爱吗？就算可以，你这年龄也不达标啊。"

林易远却不管她的回避型回答，继续单刀直入："他不是娱乐圈的吧？"

这下，宝伶更蒙了：“……他不是保安组组长吗？”

“我说，江原野。”

这一问，连上药的中国医生的手指都顿了一顿。

“噢，他啊。”宝伶微微低了一下头，有点小骄傲又有点小害羞，“他现在是我在游轮上的私人管家，还会修船呢，很有出息的。”

中国医生惊到一下把雪白的药膏挤出好长一条……

林易远脸色难看地扯了扯嘴角：“医生？”

医生则低着头，下意识万分惋惜地接过话茬：“可惜了，可惜了……”

宝伶：“……”

可惜了，富洋财团的江少爷在她心里原来是这么个形象……

第二章

这样的男人不存在的

1

“翡翠号”游轮由富洋财团进行运营和管理，2000 年建造于意大利船厂，是一艘能载客两千六百八十人的豪华游轮。行程的第二天和第五天分别停靠于日本的鹿儿岛和韩国的济州岛，其余时间在公海巡游，客人们可以自由享用游轮上的娱乐设施，也可以参照活动时间表观看歌剧、魔术表演、音乐会等等。

宝伶心中的游玩计划自公海巡逻的第一天结束之后，便是睡觉、吃饭和躺着玩手机。

SA 女团群里正在疯狂刷着参加品牌活动的美照和拍摄代言的现场花絮。

宝伶点开小视频，就见打扮精致的大媛正噘着嘴对着镜头涂口红，手上新做的闪光指甲很是耀眼。

大媛身后的小米也看向这边疯狂卖萌，说：“宝儿！TH 家连你代言的拍摄方案都想出来了，结果你却扔下我们独自去偷欢了！！”

宝伶：“……”

宝伶很想反驳一句，但细想一下，小米说得没错啊……

宝儿：作为补偿，我试着帮你们要到林易远的微信号？？

“林易远”这颗深水炸弹一扔出去，“塑料花私密群”立马就沸腾了。

大媛：易远大佬也在游轮上？近距离见到了吗？握手了吗？握完了手千万别洗啊！！

小米：宝儿你上辈子是拯救了银河系吗？什么好事儿都被

你撞上了……

宝儿：但是“翡翠号”真心不错啊，就连侍应生都是每天被自己帅醒的那种。什么时候我们也能接个游轮上的活动，简直棒呆了！

VV：哎，侍应生能有多帅，总不能比大佬还帅？

宝儿：比大佬……

宝儿：还帅。

宝儿：还高。

宝儿：还有男人味。

大媛：！！！

VV：快去治治眼睛，这样的男人不存在的。

宝伶赶紧戳开红包——0.03 元？

大媛：0.01 元？

小米：0.01 元……

“笃笃笃。”

再熟悉不过的敲门方式，宝伶像条美人鱼一般滑下床，然后飞快打开房门，顺便回复姐妹们最后一条微信。

宝儿：好了，不和你们说了，把自己帅醒了的侍应生来投喂我了。

宝伶就轻开了点门缝，等江原野缓缓推开，她立即微仰着头甩了一下慵懒的卷发，从下巴到细颈的线条甚是诱人，那流转的眼神更是惊心动魄地勾人。

然而，走进来的男人只是低头云淡风轻地瞥了她一眼，便推着餐车不解风情地从她身边路过：“过来。”

“有讨好我的力气，还不如出去用餐。”

她已经连续两天一日三餐都是叫客房服务了。昨天更甚，他在门外等了整整十多分钟，宝伶才带着一副被吵醒哄不好的表情开了门。头发毛糙眼神哀怨，完全忘记了四十多分钟前是她自己叫的客房服务。

江原野将餐盘熟练地摆放在小餐桌上，便扯下领结坐在了皮质沙发上。

他一边解开袖扣，一边低头快速浏览餐桌上的“今日活动安排表”。

对江原野来说，身上的客房制服好像只是一件再普通不过的衣服，而不是他的身份。男人的声音干净而低沉：“‘翡翠号’里的餐厅、活动安排没有一个让你满意的？”

江原野并没有帮她揭开餐盘盖，女生只能坐到他身边自食其力：“我想去你的舱房看看，可以吗？”

男人仰靠着，手搭在沙发边儿上，宝伶则倾身吃得津津有味。他静静地看着她的侧颜，她的鼻子有着小巧的弧度：“有什么好看的。”

“可以吗？”

“不行。”

“那是客人禁入的区域。”

“好吧。”

宝伶提不起兴致地撇了一下嘴，吃得差不多了，她瞅了一眼一旁的活动安排表，眼神空洞。愣了一会儿，然后忽然一脸亢奋地跑到床头拨通了座机电话：“您好啊，能麻烦让保安组组长赵烈到 9227 来一下吗？”

“……好的，稍等。”对面迟疑了一瞬，但还是很快答应了。虽然毫无理由地就要见保安组组长是不可能的，但谁让对方是住在 9227 的客人呢。

“你找赵烈做什么？”江原野刚准备起身收拾，虚掩的房门便被人忽地推开。

之前的亚裔服务员赶忙大步走上前，飞快抢走了江原野手上的餐盘："让我来，我太闲了！"

然后那个亚裔服务员风一般地快速收走餐具，还贴心地带上了门，前后不到半分钟。

宝伶："……"

挂掉电话回头的宝伶正好撞见了亚裔服务员向江原野投去的疑似"我能行，我可以"的娇羞眼神，以及抢盘子时的肢体接触！宝伶完全呆了，看着站在原地愣了一下的江原野准备离开了，宝伶赶紧跑过去挡在他前面："留下来和赵烈叙叙旧嘛，你别走……"别跟着那个小男人走……

宝伶忽然想起昨天收盘子的时候，那个服务员也在门外巴心巴肝地等着江原野啊，满满的社会主义兄弟情……

江原野却不明所以地看着她："我和赵烈没什么可叙的。"

"伶子，你找我？"

赵烈刚推开门，便见两人正面对面离得很近地相互对望着。啧，来得不是时候啊。

"伶子？"

江原野微眯了一下眼，轻缓地抬起狭长的眼看向赵烈，然后上一秒还拦着，怎么都不让他走的女生又殷勤万分地跑到赵烈的身边，他眼角含笑、慢悠悠地又对赵烈笑了笑。

赵烈却被这笑意激起一阵寒意，连忙干巴巴地笑着："……郑小姐啊，有事吗？"

"坐啊坐啊。"

她一边指了一下对面的小沙发，一边拽着江原野一起坐在了双人沙发上。

宝伶把桌上的活动表递给赵烈，问道："这个表，之后几天的活动已经都确定好了吗？有没有可能让我上台演出一场？我看游轮上有好几个剧场、演出厅什么的，我是女团成员，你放心我不会把舞台搞砸的，能安排一下吗？”

闻言，赵烈这才松了一口气。在来的路上他就在琢磨，郑宝伶怎么忽然找他过来，原来是为了这么简单的事。他下意识地看向她身旁的江原野：“其实你可以……”直接问旁边这位……

可江原野摆出一副事不关己的模样，拿起桌上的杂志慢条斯理地翻了起来。赵烈顿了一下，掩饰性地对他咳了一声，哪知对面的男人翻杂志翻得更认真了。

宝伶则聚精会神地听着：“嗯，我可以怎样？”

“……其实你可以找娱乐经理！这事他负责。”说着，赵烈还起身拨电话，赶紧把皮球踢给另外的人，“我叫他过来。”

见状，宝伶有气无力地道了声谢，在焦灼的等待中，她又起身到进门的柜台边默默煮茶，又顺便洗出了四个小茶杯。

她只是……想在舞台上站一次C位。SA是在韩国成立的女团，后来才回国发展。团里谁不是能歌善舞、貌美如花，VV更是从小红到大的组长兼C位，要想在11个人里博出彩，她都快愁到秃头了。

赵烈见角落里的宝伶有些低落，他一脸困惑地看向江原野，很小声地质问他：“干吗呢？干吗呢？自己的妞不管了？”

江原野轻笑着从西服胸口拿出金丝眼镜戴上：“她没有问我啊。”

赵烈：“……衣冠禽兽！斯文败类！不是好鸟……”

赵烈真没脾气了：“得，有本事你就一直稳住。”

宝伶端着托盘刚把茶壶放到桌上，娱乐经理就急匆匆地走了进来，神色恭谨又惶恐，毕竟左右两边坐的都是大佬，他来能起到什么作用：“郑小姐，您找我？”

宝伶赶紧倒茶，浅红色的小瓷杯里升起朦胧的白色水汽，她热情地递了一杯给娱乐经理："百忙之中让您来，您喝茶呀。"

"不了不了，您说您说。"娱乐经理忙不迭地笑眯眯摆手，江先生都还没动呢，他敢喝么！

连她泡的茶都不肯喝，还能谈得好事吗？宝伶这下是真没抱什么希望了，她询问的语气都低了几个调。可娱乐经理听完，也和之前的赵烈一样用了一个轻松的口吻："哦，这个啊，其实你可以……"直接问旁边这位……

宝伶心怦怦跳，她抿了口茶，而后仰着头，微微蹙着眉，像等待死亡宣判一样地看着这位娱乐经理。

可娱乐经理在关键时刻不说话了，他看着两位不说话、无表情、装冷酷的大佬，终于知道他为什么来的了，他就是来背锅的。

娱乐经理只好无奈摇头："郑小姐……"

见状，宝伶只觉手指的血液在一瞬间凉透了一大半，手无意识地松了一下。

眼看她手中倾斜的小瓷杯就要洒出热乎的茶水来，江原野赶紧从软沙发上挺直了背，飞快夺过她手中的茶杯，然后喉结滚动，仰头两口喝了下去。

等他放下茶杯，才注意到了杯沿有女生刚才喝过留下的口红印，江原野只觉嗓子有些哑："你想表演什么？"

显然宝伶也注意到了口红印，她的耳根微微发红，看着他说："跳舞啊，我能一连跳六支舞，你有兴趣看吗？"

江原野手肘撑在沙发沿上看着宝伶，二十五平方米窄窄的房间内，四个人都安安静静的，这显得他说出来的音色更哑了："有啊。"

"……哈哈哈，那我这儿也是有空子可以钻的。"见状，娱乐经理一边抽出胸口的手帕擦冷汗，一边接话。娱乐经理多机灵的人啊，这么暧昧的氛围，他还能不懂江先生其实已经松口了吗？

“真的真的？！”

幸福来得太突然，宝伶又喜滋滋地给自己的杯子倒满了茶，她举起茶杯：“我先干为敬啦！”

2

娱乐经理把自己的笔记本电脑抱了过来，调出未来几天的安排表给她看：“星光剧场已经安排了杂技、国际舞欣赏，船头大厅的音乐厅也有音乐会、钢琴弹唱……三号的明月剧院只有一场歌舞剧，时间安排紧凑一点的话，能在晚上八点十五给郑小姐安排一场。但是那日的晚八点音乐厅的大提琴演奏会已经开始了，所以会分散一批观众，可以吗？”

“大提琴，”宝伶凑近电脑思忖着，“我记得公海巡逻的第一天就有啊，为什么大提琴可以有好几场？”

“大提琴好听啊，”还不待娱乐经理回答，赵烈便已经精神抖擞地拍着腿接话了，“不信你问原野！”

闻言，宝伶偏着头看向被突然提到的江原野，女生白皙玲珑的面孔十分温柔地笑着：“哦，原来你还有轮班休息的时间去听音乐会呀，好听吗？”

看似明艳动人的笑容，却让在场的三个男人都沉默了。

就连赵烈这个宇宙直男都听出了一丝丝“当场抓包自家男人偷偷出去玩的血腥现场”的意味，而且当时还是他非要拽着江原野一起去听的，赵烈赶紧转过头拼命假装看风景。

江原野淡淡地扫了一眼嘴欠的赵烈，站起身，镇定自若地理了一下略微褶皱的制服，又拿起桌上的领结随意地扣上便走向房门。路过女生身边的时候，他停下步子，低头，眼神直白地看向她：“一般般，走了。”

……明明就是心虚地逃走了！！

“我得巡逻了。”

“我也去给郑小姐安排，顺便通知国外的舞者和您排练！”

哪知江原野一走，赵烈也拿起帽子一副很忙很忙的样子往门外冲，娱乐经理也不敢多留，抱着笔记本电脑一起溜走了。

但是娱乐经理很靠谱，不到半小时便发来消息告知宝伶排练厅的位置以及舞者的联系方式。之后的时间，宝伶大多泡在琳琅酒廊和她们一起排练，三支个人舞蹈，三支十一个人的团舞。

十一月三号的早上，宝伶跑去隔壁和乱世佳人老奶奶用了早餐，又邀请她晚上一定要来明月剧场，便忙自己的去了。

明月剧院位于四五层甲板，能容纳近五百人。宝伶早已化好妆换好服装在后台等待，陆续有观众入场、落座。套房房客有视野极好的专属区域，女生站在幕布后面，一直忐忑地望着。专属区域空落落的，一个客人都没有。

音乐会真有那么好听吗？

宝伶眼巴巴地等啊等，在快要到八点的时候，便看到老奶奶挽着林易远远远地走来了。

剧场灯光昏暗，宝伶欣喜地钻出幕布：“你们来了！”

老奶奶今天换上了旗袍，还搭配了一条珍珠项链，笑容里满是欣赏：“祝你演出成功啊。”

林易远则一身简单的酒红色西装，他看着她，额前稍长的黑发微微遮住了他的眼，男生音色清冽而干净：“干吗这么折腾自己？”

他天天站C位的小屁孩儿怎么能懂自己的痛，宝伶笑盈盈地答道：“小远前辈要是肯带着点儿我，我就不用这么折腾自己了。”

领他们坐下后，宝伶便回后场紧张地准备了。

剧院内暖场音乐响起，有微弱的光从幕布隐隐透来，还有越来越多人说笑着入场的声音。宝伶在暗处默默记动作，两个国外舞者有说有笑地从她身旁路过，就听她们一直不停地念着“船长，船长”，总不会船长也来观看了吧？

台上娱乐经理和国外主持人正在表演脱口秀，结束之后便是她的主场。

她和舞者们都静静地在幕后等待了。

整个剧场静下来的瞬间，宝伶甚至能听到自己呼吸的声音。

宝伶入场，热舞音乐响起，台上打着聚光灯，她微扫了一下黯淡下来的台下，真是有被惊到了。

船长和穿着工作服的外国游轮高层们几乎快坐满了专属区域，着便装的江原野甚至还和保安组组长赵烈、船长他们坐一排，林易远则在他们后一排。

伴舞从两边加入，都是身形高挑有料的金发美女，但也更衬得中间亚裔女孩的舞姿娇美惹人怜爱，看得一脸又痞又凶的赵烈都有点心神荡漾了。他笑眯了眼，略微斜着身靠近江原野：“这上上下下地都跟过来了，没想到还真挺有看头啊！”

男人目不斜视，声音淡淡的：“还行。”

赵烈跟着音乐享受地晃了一下脑袋，一脸夸张地看向他：“就这样都还行？看来你在日本的阅历很丰富嘛！”

闻言，江原野这才将目光从舞台移向好友，他轻笑一声，挑眉，“有些话，我干吗说给你听？”

赵烈：哎哟，这意思是江原野还有别的话可以把伶子夸得不知东南西北了？

赵烈无语凝滞了一瞬，他忽然发觉自己越来越不能和原野这小子愉快地聊天了。

立体环绕的音乐逐渐变得轻快，宝伶的表情也由冷艳变得可爱，但她到底是紧张了。跟随鼓点，她像往常一样轻松地来了个帅气空翻，可右脚的粉色平底鞋却在半空中忽然飞了出去，引来场下观众一阵轰动。

直起身来的宝伶吓坏了，只知道专属区域有一小片的骚乱，但是并没传来砸中谁受伤的声音。

音乐还在继续，宝伶干脆脱下另一只鞋，光着脚，踩在冰冷的台面上继续跳舞。

她仍然笑得清甜，雪亮的小鹿眼缀满了星光，一副我见犹怜的模样，但心却拔凉拔凉的。

音乐停止，宝伶不停地喘着气和舞者们一起向观众鞠躬。宝伶愧疚地把头埋得很低很低，一个劲儿地祈祷娱乐经理行行好吧，快把她们放下去……

今天的表现糟糕透顶了。

哪知娱乐经理向台下快速扫了一眼，便意味深长地笑了："所以，是哪位宾客捡到了一只水晶鞋呢？"

说着，台下的工作人员还配合着穿过座位迅速走近，请他将鞋子放进托盘内。

江原野却神色平静地起身，一半是亮得发光的舞台，一半是坠入黑暗的观众席，身影颀长的他拎着粉色平底鞋，在两重光影里行走，来到台前。

台高一米，却还不到男人的腰身。

他穿着深蓝色西装，黑色稍硬的短发理得干净利落。男人略一抬头，一双墨黑的眼便落在宝伶身上，宝伶愣了一下，而后默默地光脚走到了他身边。

女生正要弯腰，江原野却轻轻握住了她的脚踝，男人的手掌有点灼人，声音深沉：“你的脚，好小一只。”

这话羞得宝伶脚趾都跟着弯曲了一下：“现在是说这话的时候吗？”

3

“那你想听什么？”

两人被精致的光束照得轮廓都在发亮，其他人的目光像钉子一样齐刷刷地投射过来，宝伶脸上有点火烧：“快别说啦，我想早点下去。”

“什么？”

说安静也不安静的环境，江原野没太听清，抬起极黑极亮的眼眸，一边疑惑着，一边准备付出行动，他扬了一下眉：“抱你下去？”

宝伶的手原本就轻轻地撑在他的左肩上，她微微张嘴，诧异的疑问词还没发出来，江原野就轻轻地环抱住了她的小腿。她的双脚一下就腾空了，失去重心的她整个人都倾倒在了他的肩头。一瞬而已，而在外人看来，男人是温柔地扛着她落到台下。

然后，专属区域的高层这才是真正的轰动了！

高段位玩家啊！

他们什么大风大浪没见过？不就是江先生为小美女穿了一双平底鞋吗？不就是江先生抱得美人归了吗？他们不羡慕，真的不羡慕。

他们就是想平静地掏出手机拍下，然后等待机会学以致用而已！

就连林易远也难以置信地看向台前，他的周边大多是异常兴奋地在小声交谈的外国人，更远的座位更是有女观众发出艳羡的感叹声。

“男友力爆棚啊！”

“嫉妒死了，我也想被这样宠爱啊……”

林易远的喉结微微滚动了一下，不经意间说出了心中的疑惑，甚至还有一丝莫名的心慌：“他是谁？”

太少见到宝贝孙子如此错愕，老奶奶温和地笑了一下：“你希望他是谁？”

而与此同时，台上就只剩下同样惊讶的娱乐经理，但他还是很快回过神来，笑容满面地继续主持：“今晚的演出到此正式结束，感谢大家的到来！”

宝伶换好服装从剧场出来时，看到老奶奶和林易远竟然还在门口等她，她惊喜地走上前，挽上了老奶奶的手腕：“你们在等我吗？”

“是啊，一起回去吧。演出很精彩啊，谢谢你邀请我们来看。”

身旁不时有侍应生走过对他们致以淡淡微笑，老奶奶也微微点头回应侍应生：“刚才台下的是你的私人管家？”

女生有点不好意思地偏了一下头：“是啊。”

“‘翡翠号’游轮的体验真的舒心又热情，负责我们的那位一天就摸清了我们的口味，第二天就能按我们的喜好推荐美食了。富洋财团培训出来的私人管家的确很不错啊。”

原来江原野现在的顺毛是培训出来的啊。

当时环抱着他脖颈的时候，她还不争气地脸红了呢……但他曾经，四舍五入也算是抱过她的。

又痞又酷的。

那时宝伶还在读高一，她放学坐公交，大老远就看到一个白发苍苍的奶奶慢悠悠地走上车。宝伶坐在第一排双人座靠过道的位子，想也没想便起身让座：“奶奶您坐这儿，没关系，我有坐的地方！”

宝伶笑嘻嘻地倒退着，本来想坐在第三排的女同学的腿上，哪知司机一个转弯，直接将她甩到了坐在第二排的江原野的膝盖上……

宝伶的第一个反应就是他的腿够长够坐，可是没有肉感。宝伶心虚地咽了咽口水，转身抬眸看他，清俊瘦削的男生正好也缓缓垂眼。两人离得近了，宝伶能看到他根根分明的睫毛，还有那几乎快把她冻成冰的眼神。

他肯定以为她又想占他便宜了！

“我不是，我没有……”宝伶一边哀怨地解释，一边想要赶紧站起身，却被江原野双手拽住了宽大校服的两边，又稳稳地将她拉回坐在了他的腿上。男生倦懒地开口，湿热的呼吸就轻轻地打在她薄薄的耳廓上：“乱动什么？”

宝伶：“……”

要不是两人都穿着校服，她才舍不得站起来呢。

哪知头顶的男生又低低地轻笑了一声：“话说你刚刚那全部压下的体重呢？”

这下，宝伶细嫩的脸蛋干脆鼓成了河豚。好气啊，居然察觉到她没把整个体重都落在他腿上，甚至还明说出来了！正是修路路段，车子颠簸，隔着校服外套，她仍能感受到腰上微弱的热量，那是从他手掌传来的温度。

“哎哟，现在的高中生怎么这么不注意言行举止？大庭广众之下就抱起来了……”

听到身后传来的尖锐女声，宝伶又想站起来，可校服还被他静静地拽住，她动不了，这下她连呼吸都变得小心翼翼了。

很明显，身后一直沉默的江原野丝毫没有想要理会的心思。

见状，那微胖的中年妇女嗓音更大了：“哎哎哎，真是没眼看！”

之前被让位的老奶奶神色也有些为难：“别这么想年轻人，他们都很单纯的……”

车上更多不明就里的人望了过来，有年轻女娃娃，也有上班族。

年轻女娃娃止不住地羡慕：“我当时看到女生是不小心甩到他身上的，就像我上回坐地铁一样，太挤了，我被一个超帅的男生用手肘保护了一路。这叫天助我也，不是人为啊。”

宝伶：“……”

还好路段很快恢复平稳，江原野轻握了一下宝伶的腰，让她起身，他也跟着站起来，将位子让给了她。

他很高，穿着蓝白色运动校服站在公交的车尾还得微微埋着头。江原野侧头，十分平静地扫了一眼中年妇女：“哦，阿姨的意思是，您的女儿在车子转弯时不小心坐在我身上，我一脚踹开就可以了，是吗？”

这话把大婶憋得够呛，宝伶记得她那时候还在脑洞大开地想着，还好她不是那个阿姨的女儿，那么长的腿，她得被踹开多远啊……

回过神来，宝伶郁郁地吹了一下发丝。送老奶奶到了房间门口，一直沉默不语的林易远这才忽然将手机递向宝伶，可她却只注意到他手臂上的乌青，心疼极了：“还痛吗？”

闻言，林易远无语地晃了一下手中的手机：“看这里。”

亮着的屏幕显示的是微信二维码名片。

男生的声音难得干巴巴一回：“要我带你飞吗？”

宝伶愣了一下，而后忙不迭地四处摸衣兜找手机，她紧张得不得了："要啊要啊！哎，屏幕暗了，小远前辈快点亮一下！！"

顶级男团 The one 成员林易远的微信号啊，姐妹们知道了一定高兴到爆炸啊！

4

最后两天的游轮生活，省吃俭用的宝伶，终于受不了诱惑和林易远的奶奶直奔免税商店。

果然，女人无论到了什么年纪，在买买买方面都是战斗机啊。

宝儿：姐妹们，我给你们带回来了超大惊喜，所以游轮上的免税店礼物呢，每个人的预算五十刀不能再多了！为我省下的，回来折现成飞吻送给你们！

VV：啊啊啊，你好抠。

大媛：宝儿小富婆，这不是你的作风啊，给谁省钱呢？话说，你要到比大佬还帅的侍应生的微信号了吗？

宝儿：他手机掉了。

小米：哇哇哇，你还真找他要啦！

VV：唉，掉手机，这明显就是拒绝人的一贯说法。连我们宝儿都拒绝，这么高冷？

宝儿：是真掉啦，我还让经纪姐姐明天来码头接我的时候顺便带上一部新手机呢。

大媛：有！奸！情！

宝儿：想太多啦。

宝伶和林奶奶仅一下午便战利颇丰，傍晚还约好最后一起吃个便饭，就连林易远都异常温顺，卡着饭点来接她们了。

但是一行三人明明都已经走过"crew only(只允许船员进

入口”很远了，手指勾着六七个购物袋的宝伶还是沉不住气了。她匆匆扔下一句“你们先去餐厅，我马上就来”，便折回到员工区域附近迷茫地打转。

她想在下船前见江原野一面，她有礼物想送给他。

还好不远处保安组的员工看到了她，迅速地从甲板过道走过来：“不好意思女士，这儿再往下的楼梯是员工区域，不对外开放的。”

她很配合地点点头：“我知道的，就是想问一下，现在能方便见一下名叫江原野的侍应生吗？”

“侍应生？江先生吗？”

这一问让对面黝黑壮实的男人双眼瞪得大大的，毕竟这一句话的重点太多了，以至于他一时之间都不知道该好好品味哪一个词才好。所以，江先生还喜欢玩角色扮演的吗？

“或者你们这儿称作‘私人管家’？可以吗？”

“可以可以，等我啊！很快！”

都玩上刺激的私人角色扮演了，还有什么不可以的？四周本就偏僻无人，那保安像是知道了什么天大秘密似的，兴奋地跨过挂有“crew only”木牌的绳子便跳下了楼梯。

甲板过道上海风很大，乌青色的云层聚在一起。“翡翠号”梦幻奢侈，再过一会儿游轮的外墙上便会打下一束一束朦胧的橘黄色灯光。这个移动城堡和陆地上一样，天色一暗下来，便是处处笙歌的不夜城。

而她很快就要离开这个温柔乡了。

宝伶正趴在栏杆边感叹这场像是刮刮乐刮到的美妙旅程就要结束时，脑袋上忽然被人扣上了一顶硬邦邦的帽子，还掉下一截弧形的保险绳挡在眼前。

头顶更高处传来男人好听的声音：“你找我？”

“给我扣的什么帽子呀？”

宝伶是相当嫌弃这根细白保险绳的，她回头瞥了江原野一眼，便愣住了。他这回穿着成套的白色维修服，微微卷起两层的衣袖干净而软，一看就是洗过很多遍、经常会穿的工作服。

“你没戴过的。”

男人斜斜地倚靠在栏杆上，正低头听着呼呼的风声取下灰黑色的手套，可是身旁的女生却已经亲昵地拉过他的手腕，认真地替他戴上腕表。

切利尼月相型腕表配上白色漆面表盘，棕色鳄鱼皮表带，给他扣上倒数第二个孔眼正好合适。

之前见风大，他给她扣上了帽子，现在反而看不到她的表情，只能任由女生冰凉纤细的手指翻弄把玩着自己的左手。然后宝伶迫不及待地抬起头，明眸中满满当当的笑意：“好看吗？喜欢吗？”

那闪烁的眼眸直接撞上了江原野垂下来的目光，横冲直撞地坠入了他的心底。他只觉心脏收紧了一分，便不可遏制地软了下来。

江原野没说话，他知道这时候只要一出声，嗓子保准跟磨得滚烫的沙似的，于是努力地移开了视线。他看了一眼挂在她手肘的几个购物袋，几乎是在一瞬间便确定这腕表是她买过的最贵的物件：“给我省钱呢？”

等了这么久，结果却是这样的话题，女生不笑了：“你不喜欢？”

“还行。”江原野这才沉默地看了她一眼。

算了算了，反正也是不可能听到他一句夸奖了，完成任务的宝伶满足地放开了握住他的手：“OK，我朋友还在等我吃饭，我们录制再见啦。”

闻言，江原野敛下神色，漠然地扫了一眼她刚刚抓住自己的那只手。感受不到她手指的温度，这动作于他还真有点像是一个机关，抽走了他原本就趋于零的柔和：“以前的还是新交？”

宝伶喜滋滋地道：“刚认识！是顶级男团的C位前辈哎！小小年纪，人还挺真诚，最主要是愿意和我交朋友！”

“是吗？”江原野忽地笑了一下，他微眯了眯眼，步子往后倒退了两步。在暮色下，他锋利的轮廓显得很是柔和，“等我。到我这儿来了，我来招待他。”

“不用……”

他应该是打算回舱房换衣服，无奈，宝伶只能在甲板上再等一会儿。她百无聊赖地摸了一下头上的帽子，而后掏出手机点开相机想要看一眼，原来是白色的安全帽啊，而且还被她戴出了一种能激起人保护欲的骑马帽的模样。

宝伶盯着相机里的自己感叹地看了好一会儿，正要伸手自恋地比个“二”，手机屏幕中便冷不丁地出现了一个修长的身影挡住了灰色和深蓝色相撞的天色。

林易远面无表情地出现在她身后，静静地看她自拍。

又瞟了 眼前面，优雅走来的老奶奶也温和地对她笑着，静静地看她自拍。

宝伶只能继续绷住刚才想要自拍的笑容：“我朋友说请大家吃饭。天色正好，小远前辈，不如我们一边自拍一边等他？”

“是谁？”

“江原野。当然，你可能也不记……”

“嗯。”可是大男生没听她说完，便略微倾下身又靠近了她一些，相机才算是成功挤下了两张精致的面庞，“拍吧。”

在前方举起手机的宝伶稳了稳：“小远前辈，不知道你有没有听过两个女生自拍，然后两人都后退了五十多米，还是没能自拍上的故事？”

然而站在后面的林易远丝毫没有表现出男生应有的态度，仍然纹丝不动：“嗯，拍吧。”

宝伶心想，好吧好吧，“咖位”比她大，她就不和他计较了。

宝伶正要心如死灰地按下拍摄键，屏幕自远处又入镜一个长身鹤立的男人，来人穿着笔挺俊朗的酒红色西装。他腿长，不算快的步伐两三步便来到两人身边，他眉眼疏阔，声音听起来也算是干净客气的：“拍好了吗？”

看到江原野走来，宝伶赶忙欣喜地跳到他身边：“你来一齐拍啊，我们三人的！”

江原野低了一下头，忍不住揶揄她：“我拍？那还看得到你吗？”

意思很明了了，两个一米八三以上的大高个儿，加上一米六一的她，她再站边上，也只能拍出的两个颜值爆表的男神合照，根本拍不到她。

两个身高相仿的男人这才相互对视了一下。

江原野略微垂了一下眼眸看向对面的男生，黑发黑仁，比自己想象得还要小一些。

林易远到底沉不住气，眼神再冷漠也藏不了跃跃欲试想要比较一番的较劲儿。

江原野自然很是配合，伸出手来：“江原野，跑船的。”

大男生也伸出手来：“林易远。”

宝伶站在两人中间愣了一下，这冷风中正经地握手，别说，还颇有种大佬和大佬见面的架势。

老奶奶什么都看在眼里，她适时地走上前：“我给你们拍吧。”

“啊，好啊好啊，麻烦啦。”

宝伶把手机递上前，然后回头，又开始犹豫站哪里她的身高才显得不那么突兀，站林易远旁边自己应该和他们的身高差距没那么大，她作势要往他身边走，但头顶的安全帽被人轻轻按住了。江原野面带微笑地磨了一下后槽牙，然后像运球一般地将她捞到了中间站着。

宝伶觉得莫名其妙，看了他一眼："干吗啊？"

白色安全帽下柔顺黑亮的卷发更衬得她水灵清纯。

江原野手肘搭在栏杆边，微眯了眯眼扫了她一下，语气明显要比刚才冷淡，还带着某种深沉的压迫感："帽子歪了。"

都是男人，林易远看得清楚，也明白得很，他不禁冷哼了一声："有歪吗？"

闻言，江原野这才低头嗤笑出声。

江原野轻拍了一下宝伶的背，示意她别再看自己，看对面的老奶奶，然后他平静地掀了一下眼皮看向林易远，觉得自己今天简直好脾气到不行："怎么，现在的小孩儿都这么爱较真了吗？"

林易远最讨厌被人"小孩儿、小毛孩儿"地叫了，他正想反驳，而江原野已经转过头面向镜头不再看他了。"朝对面的长辈笑一下吧，等很久了。"

第三章

祝你早日追到我吧

1

游轮之行的最后一天，“翡翠号”游轮于早晨七点靠港，近三千人的游客分十批先后离开，VIP 可以优先下船。昨晚江原野请吃饭，宝伶一高兴喝了点酒，但是也已经尽可能地早起了。没有行李，只有七八个购物袋，此刻她正在卫生间美滋滋地试戴新买的迷你型蝴蝶结银耳环。

在明亮的镜子里看到自己抬起的左手手腕上空空如也，宝伶愣了一会儿，才诧异地意识到手腕上的吊坠珠式手链不见了！

明明前两天还在的，而且那是自己特别喜欢的一条手链……宝伶心慌地把房间翻了个遍，还是没找到，她哀怨地用葱白的手指轻戳了一下自己的脑袋，难道是在买东西的时候挤丢了？

宝伶怅然地在屋子里转了两圈，最后还是只能心痛地带上购物袋急急忙忙出门了，再不下船，之后就得挤爆了。临走前，她还去敲了一下老奶奶的门。

无人回应，难道老奶奶已经离开了吗？

她今天清醒了，本来还想再次道别为昨晚喝醉酒之后的行为挽回一点点形象……

昨晚考虑到有老人在，江原野带他们去的是香港餐厅，可能是氛围太好，总之，喝了点酒的宝伶便有点上脸了。

她慵懒地举着高脚杯，琥珀色的香槟透着浓郁的花香和柑橘的果香，她一个一个地祝福：“祝奶奶年年有今日，岁岁有今朝；希望小远……事业和学业双丰收！”脑子已经轻飘飘到连“前辈”两字都抹掉了。

然后又转向身旁静静看着她的江原野。女生巴掌大的脸，神情却严肃得不得了：“祝你……祝你工作早日稳定下来吧。”

她心里酸酸的，她马上就要离开了，可他的制服不仅一天之内换来换去的，还越换越好看，如果他被好看的小姑娘眼馋上了怎么办……

宝伶单手撑在桌布上，蝴蝶衣袖微微滑下，露出一截细白的手腕。她托着脸，期待满满地望向他们：“好啦，该你们祝福我啦。”

林易远：“……”

江原野：“……”

宝伶等了一会儿没等到，有点不乐意了，便眨巴着清丽的眼眸：“你们还没想好吗？”

坐对面的林易远咳了一声，脑子很久没这么飞速转动过了。这显然比领奖感言还难啊，男生握着刀叉的手都浸出细汗来了：“我带你，你会红起来的。”

记得当时她还不知天高地厚地、茫茫然地皱了一下眉：“你不带我，我就红不起来了吗？”

闻言，三人神色各异地看向她，寂静得连刀叉的声音都变得微弱了。

气氛一度降到零点，偏偏她还没察觉，还是江原野伸手拿走了她的酒杯。光是看对面林易远的神情就知道他不会介意，但总归失了分寸：“她喝多了。”

男人刚替她说完话，宝伶的手便轻轻地搭在了他衣袖上，轻晃了晃，眼神迷蒙：“你呢，你呢？”

还在等他的祝福呢。

宝伶睫毛微颤了一下，温顺地望着他，几秒的目光对视之后，江原野只觉喉咙越发干痒：“祝你早日追到我吧。”

宝伶："……"

总之，昨天的晚宴就是一场大型的交友失败现场……

宝伶快步往甲板出口走去，长队已经排起来了，来晚了点，她只能跟在后面亦步亦趋地前进着，顺便低头浏览微信消息。

经纪姐姐在接她的路上了，《完美大脑》第二场是更为惨烈的1V1。进入前五十的宝伶已经自带流量了，编导特意将她的比赛录制安排在了后面。目的是拉长热度时间。第一期节目预告今晚就会放出来，正式播放则在下周六晚。

梁旭也给她留言了。

梁旭：每天分析市场一点意思都没有，大宝，我好想录节目啊。

宝儿：你堕！落！了！

梁旭：好吧，其实是好想见到你，这样就不堕落了吧？

梁旭：话说第一期录制的时候你可能没注意到，江原野学长也来参加了，可能发挥有点失常，还排我后面。我感觉他在日本留学期间应该经历了很多，变化很大。

宝伶纳闷地看着这么一长串的文字，她觉得江原野没什么改变啊，从头到尾贯穿了他的穷……啊，不是，是他的卖命和奋进……

梁旭：江学长不像是会参加这种综艺比赛的人，《完美大脑》不是为家境一般的参赛选手设立了十万成长爱心基金吗？我觉得我们都是朋友，大宝啊，不如我们八二分，你八，我二，我们悄悄转给江学长，让江学长感受到浓浓的校友情！

深秋气温低迷，天色也一连灰蒙蒙了好几天，海风以势如破竹般的态势刮得宝伶脸颊生疼。她怅然地盯着屏幕，生出了万分感慨。她该如何维护江原野的自尊，又不拂了梁旭的一番好意呢？

女生紧了紧外套衣领，正好该她过安检了，她赶忙回了一个：

你确实挺二的，但我不太了解他的情况。

可刚踏出脚步迈向安检，安检门便跳动着红光发出刺耳的声响。

这动静在她之前都还未遇到过。

宝伶显然也被这突然的声音吓到了，她赶紧向后退了一步，一切又恢复正常。

下船的和正在排队的都将目光转向她，然后便事不关己地讨论了起来。

“之前下船的都还没听到过这样的警报声呢……”

“哎哟，保准带了船上的什么东西离开，不然安检器怎么会响个不停呢？”

“喂喂喂，不会是免税店的吧？”

“郑小姐，您可以再试一下。”

工作人员当然知道这响声为何而起，可对方是江先生“金屋藏娇”的郑小姐啊，他倒宁愿是机器坏了。工作人员毕恭毕敬地祈祷再过一次就会安静无声了，但那令人神经紧绷的警报又突突直响了。

“到底怎么回事啊？有问题先扣下，让我们后面的先走行吗？”

长队原本排得好好的，为了看热闹，后面有人在推搡，宝伶没站稳又被推进了安检门。奇怪的警报又一响，躁动的人群也更喧闹了。

工作人员赶紧地拿走了她手腕上的购物袋，警报顿时就停了！工作人员的汗也跟着流下来了，他这举动不就默认了购物袋有问题吗？

宝伶这也才反应过来了，她眉心一跳，连自己都开始怀疑了，声音有点颤：“你打开看看，如果有问题我们立马调取免税店的监控。”

“啧啧啧，没想到啊，这么漂亮的姑娘居然还偷窃！”

“唉，有多漂亮啊，我都看不到……”

工作人员一边迅速地清理购物袋里的物品，一边神色凝重地低头对耳麦说着什么，另一位工作人员也立马调整心态，准备先将郑小姐请到一边，继续其他乘客的下船工作。

“麻烦让一下。”

宝伶正不停地低头躲避看热闹者的拍摄，身后却传来一声清丽的女声。

她总觉得这声音似曾相识，回头一看，宋菲丽正穿着卡其色大衣将大提琴琴盒斜挎着背在身后，神色清冷地看了她一眼。

江原野的高中同班同学宋菲丽……原来她也在这儿啊。

宋菲丽身后还跟着几位金发碧眼的演奏者，应该是她的同伴，双手抱怀地低头私语着，脸上多少带了点等得不耐烦的神情。

周边嘈杂的埋怨声就像是忽然被罩上了密不透风的透明屏障，和她像是隔着两个世界似的。宝伶神情呆滞地给她们让出了一条道，心里却有什么正缓缓地沉了下去。

大提琴琴盒。

两场地理位置极佳的船头大厅音乐会啊，原来都是属于宋菲丽的音乐会。

“误会误会！下船工作照旧，我们也会调取监控，尽早给这位客人一个说法。”

忽地，宝伶感觉有什么阴影落了下来，轻轻软软地扣在了她头上——是礼帽，能遮挡住她的脸。

2

赵烈带宝伶到就近的咖啡厅等候，工作人员也确实从购物袋里发现了两个带有商店磁条的传呼机，这个没被店员取下来的磁条也是导致安检警报一直响的原因。两个传呼机的价格还不足五百人民币，捎走一盒口红都比这个精明，没有磁条、不易发现，价格还美丽。

赵烈有点焦灼地看了一眼手表："在调监控了，伶子你放心，江原野也很快就赶过来了。"

"嗯，不是我的问题，那我可以先走了？"

女生望向他的眼神有些失焦，赵烈愣了一下，开始紧张心慌，总觉得事态好像莫名变严重了："他应该坐上电梯了，很快……"

宝伶吸了吸鼻子，觉得有点冷。她拿起桌上归还给她的购物袋，冷淡起身："那可以带我离开了？经纪人已经到了。"

"好的。"

赵烈磨了磨后槽牙，还是硬着头皮答应了，他总觉得要完蛋，他和江原野两人。

饶是放荡不羁的赵烈，站在甲板对着逐渐远去的瘦小背影行注目礼时，心也像是被猫挠了一下，有点难受。这趟游轮之旅，他们是委屈她了。

身后有一行人由远及近的脚步声，江原野神色焦急地大步走在最前面。

他当时在开会，中断理由都没留下一个便匆匆离场了。他走到甲板上，快速地扫了一眼下船的人潮，脸色黑了又黑："你放她走了？"

赵烈也很无奈："是她不想留啊。"

身旁跟着下来的保安组小组员也顺着目光看下去，还愣了一下，显然他们是船上还不知情的少部分人："刚离开的是那天差点被水杯砸伤的美女啊！"

这话一出，保安组小组员身边两位大佬的神情立马变了，然而这些人还在滔滔不绝地讲着，想当初他被聘用的其中一个原因还就有话痨可以调节船上气氛呢：“啊，我到现在还记得美妙而惊险的公海巡逻第一天，她和那个大明星一起跳的街舞，真是酷毙了！而且大明星为她挡玻璃杯的时候也是帅惨了啊！”

栏杆冰凉，江原野搭在栏杆上的手背指骨微微突起，他面无表情地看向小组员：“你可以去广播室了。”

“好嘞，江先生！”

交代完毕，小组员才侧头看了赵烈一眼，没说话。

赵烈真是有好几年没见过江原野用这样的眼神看他了，赵烈有点发瘆，更多的是心里慌张。就像是五年前原本可以置身事外的江原野插手带他脱离警察的追击之后，在那个夜晚里江原野回头看他一眼的神情一模一样，赵烈头皮发麻：“原哥，是我不对，只是伶子因为别的男人差点受伤这事，我真不知道怎么跟你……”

“手机。”

“啊？”被打断的赵烈又愣又虚。

为了宝伶临时树立起来的好修养彻底被磨没了，江原野有点不耐烦了：“手机给我。”

“好好好。”

赵烈慌慌张张地掏出手机，然后战战兢兢地双手奉上。

电话铃声响起的时候，宝伶还以为是经纪姐姐在催她，可是扫了一眼却是一个陌生号码，她礼貌地接起：“你好。”

“一直直走，看到港厅靠右是 VIP 通道，走那儿方便。”

是江原野的声音。

人潮里的女生忽然停住了脚步，她下意识地回头望去，便远远地看到了甲板上的两人。但她又很快转过身来，知道了方向，她步伐更快了：“你怎么会有我的号码？”

他的声音透过电话，显得更低沉了：“快乐的郑家人，我在里面。”

这下，拧巴的宝伶诧异了一瞬，心里越发感到无力了。

她清秀的眉眼好看地皱在了一起，甜软的声音也像是打了霜：“江学长，谢谢你邀请我到游轮上做客，掉了的手链就当这趟行程的费用了。”

闻言，对面愣了一下，似乎有一瞬找不到自己的声音：“什么时候？什么手链？”

“今早上发现不见的，房间里找遍了也没有。玫瑰金珠式手链，不值什么钱，不重要。但是我想过了，平白多出来的两个传呼机和掉的手链很有可能是同一时间发生的。我在游轮上待了几天，也挺喜欢‘翡翠号’的，只是不想这么莫名其妙地被人抹上不好的印象，希望对你们的调查能有所帮助吧，再见。”

无边的秋风呼呼地刮着，女生垂着眼睑一口气说完，便迅速挂了电话。

她委屈得不得了，还想着帮他清理船上的“老鼠屎”，她真是很大度了。

宝伶只是有点不甘心，心里皱巴巴的。如果说看到赵烈和江原野在同一处共事，她还能衷心地替当年的学霸和校霸的友谊干杯，但是现在再加上和江原野同班的宋菲丽，事情走向变得不那么乐观了，因为江原野从东京毕业回国一年多了，却只有她一人是不知情的。

就像五年前的富丽大酒店一样。

那时候她高一，已过立冬，她和同学逛街，无意瞟到了五星大酒店前站得笔直的门童，居然和高三（2）班常年不在校的那个差生十分相像。就在她以为那是跩到不行的赵烈的双胞胎兄弟的时候，她像是做梦似的揉了一下眼睛：通透的旋转门直对过去的酒店前台，那里面站着的是江原野吗？

高三学生都这么闲的？

周末还有时间兼职的吗？

还是有什么不可告人、无法言说的身世？

当然，江原野和赵烈的确是高三学生中最例外的两种人。江原野是那种有同学分神和他聊天，老师都会劝解这个同学说：“人家不用听课都次次第一，想考哪儿就考哪儿的，可你不一样，你上课和他玩，纯粹是害了你自己。”

而赵烈呢，是和江原野勾肩搭背，老师连话都不敢多说一句的人。

宝伶的家就住在市中心，离富丽大酒店也才五个站，当时有同学在，而且同学也没发现酒店里的异常，她只能眼巴巴地被拽走。然后等第二天周日上完舞蹈课，她再次出现在了富丽的旋转大门前。

这次宝伶围上了米黄色羊毛围巾，穿着白色长款羽绒服，就连打底裤也是最薄显腿瘦的那种，再搭上一双棕色马丁靴。

她步伐轻快，高马尾一扬一扬的，呈半弧形的前台有三位接待员，两女一男。

宝伶目标明确，在低着头的男生面前停了下来。

她害羞又期待地将自己的身份证和银行卡放在冰凉的大理石上，就像是把全身家当都心甘情愿地推给他似的：“我想……开房。”

这声音实在是太熟悉了，以至于模样清俊的男生听见了，非常不愿抬起头。

“您好，让我来吧。”

这样的情况最近几天真是见太多了，女接待见自家少爷不太想搭理这女孩儿，正要微笑上前，江原野却一反常态地伸了手，按住了台上的两张小硬卡。

他抬了一下清冽的眸子，又碍着女生的身高，江原野只能略微俯下身，哑着嗓子警告似地单刀直入：“赶紧回家。”

“我不。”

他就知道她不会这么听话的。

这下，一身制服的男生干脆无所事事地开始转笔，静静地看着她表演：“你又想玩什么？”

宝伶认真地浏览他身后的房间类型，女生微微仰起的脸蛋，在明亮的水晶吊灯下像是镀了一层温暖的柔光：“我订总统套房你会有提成吗？”

转笔“啪”的一声落下。

江原野忽然觉得有点烦躁，他几乎是未加思索地便回答了：“没有。”

闻言，他身旁的女接待心痛地倒吸了一口气。有啊有啊，当然有啊，对酒店也好，对他也是有好处的啊！

“哦，”女生黑色浓密的睫毛微颤了一下，“那我订哪个房间你可以来给我讲题啊？”

这下，前台小姐姐们傻眼了。

女生偏了一下头，还在垂死挣扎：“或者抽空？就抽空来给我讲一讲题也行呀？”

就连江原野也一时之间不知道该摆出什么样的表情才比较好，他愣怔了两秒，被她气笑了。

江原野低低地笑着，埋下头的时候，额头上的头发晃着他的眼。他拿过小硬卡，熟练地录入信息，男生整个身子都散发着一股漫不经心的放松和愉悦：“行啊，半夜可别后悔。”

这话一出，前台小姐姐着急了，不是，小少爷你可说清楚啊，咱们富丽中庭还挂着“富强、民主、文明、和谐”呢，是个友好舒适又安全的五星级酒店呢！

可宝伶却少有地脸红了，孤男寡女共处一室，但是只要对方是江原野，她没什么好后悔的！

办完入住的男生抬起头，便看到她耳根红得可爱。他轻挑了一下眉，小姑娘想什么呢，一副视死如归的表情。

3

江原野在晚上近九点的时候，敲响了女生的房门。

其实在敲门的那一瞬，他还是有过犹豫的，但是房门开得实在是太快了，下一秒，穿着酒店白色浴袍的女生便懒洋洋地靠在门边。宝伶的小脸持续绯红，特别是配上酥软的声线，柔柔地叫了他一声：“江学长。”

闻言，男生整个头皮都发麻了，还不可遏制地咽了咽口水。

江原野快速扫了一眼房内只有水果、红酒，独独没有作业本，下意识地把背绷得更直了，好像他赴的是一场鸿门宴。其实这也算江原野人生中第一次踏进女生的房间了，他目不斜视，心思端正得不得了地问了句：“作业？”

女生却走到桌边，地上铺着灰色地毯，走路无声的，她殷勤地拿起一小块儿的脐橙，递到他嘴边：“吃吗？”

他淡淡地看了她一眼，微扬了一下头，移开了。

“好吧，那有你喜欢的水果吗？站了那么久，多少补充点儿水分吧？”女生的手指陷进橙子的两边，分开果肉和果皮，然后轻咬了一口，便笑了。

她笑起来眉眼弯弯，缀着万千星光：“你们这儿的水果很甜啊。”

他感到难耐不已。

和之前在前台听到女生说“你会有提成吗？”一样莫名的烦躁再次涌上心头，江原野发觉他现在急需要找点事儿来分神。他扫了一眼两只高脚杯里的红色液体：“会喝酒？”

闻言，宝伶眼睛一亮，她不太会，但是她可以配合啊：“想干杯吗？”

男生漆黑的目光有一瞬没一瞬地看了她一会儿，却伸手去拿起另一边的果汁，仰头，喉结滚动，喝光。再倒第二杯，仰头，速度虽然要比第一杯慢一些、但还是没有停顿地喝光了。

宝伶：……原来他这么渴的吗？

宝伶看得一愣一愣的，还好心地问了一句：“现在感觉好点了吗？”

然而对方没有不仅回话，反倒暗流涌动地睨了她一眼。他是正常男人，这感觉……怎么可能好受。

“没作业我就走了。”

“有的有的！”

女生赶紧把果盘推开，然后倾身把床上的几张卷子捞起来，平平整整地铺在办公桌上：“刚才趴床上写，字有点不好看。”

“反正也会擦掉。”

“为什么？”

办公桌上亮着温暖的台灯，江原野俯下身，左手撑在桌上快速地扫了一眼，这时候才发觉果然只有学习才能让人明智理、快乐、心态平静啊。

他修长的指尖在卷面上点了好几处：“这里选 C，这儿是 -1，这儿公式对了，答案算错了。”他一边说着，一边翻到了第二面，干干净净，然后又看第二张卷子、第三张卷子，情况大致相同。

他一时有点无语：“三个小时就做这么点儿？”

宝伶坐着，两脚习惯性地踩在椅子上，连指甲盖都是好看的粉白色。她双手环抱着膝盖，仰头望向他，还特意甩了一下披散下来的黑发：“不止啊，我还洗头、洗澡、给你准备吃的了。”

江原野：“……”

男生干脆不和她废话，直接教她解题思路，想要速战速决，可放在桌边的手机响个不停。她想瞟一眼，于是干笑一声：“多半是家族群在发红包了。”可是又被江原野的眼神吓得缩回了手，然后响个不停的微信终于变成了来电铃声。

宝伶抬了一下眼，看到手机屏幕显示的是正出差在外的妈妈，女生愣了一下，表情一下就垮了：“我妈来查房了。”

男生也怔了一下，然后缓缓地直起身，双手抱胸地看着她，没说话。

女生绝望地咽了咽口水：“我临走之前就只和奶奶说了一声‘到女同学家赶作业就不回来了’。”

铃声还在响。

静默两秒，原本打算置身事外的江原野还是妥协了。宝伶为什么来酒店，他再清楚不过了，他叹了口气：“接电话，说同学还在洗澡，五分钟后再给她打过去。”

他一边说着，一边走到床头拨通了电话。三分钟后，一个看起来特别年轻貌美的女服务生走了进来，声音清甜地给她妈妈回了电话：“哎，对对……现在的作业量真是越来越大了，惹毛了改天我让爸爸给老师写意见书！哈哈哈，好的好的，阿姨晚安，有空来我们家玩哦！”

宝伶在一旁听得大气都不敢喘一个，连带着让江原野也不准呼吸。

直到女服务员挂上电话，宝伶才彻底松了一口气。宝伶感恩戴德地道了谢后，才眼眸清丽地看向身旁的男生：“那我们继续赶作业吧。”

“嗯。”

真的、真的就只是写作业吗？

女服务员十分复杂地看着两人，但是看到小少爷一手撑在少女的椅背上，回头冷淡地向自己扫了一眼后，好吧，不打扰了，就当他们在赶作业吧。女服务员决定闭嘴，安静地离开，顺便为他们带上房门。

钢笔和试卷摩擦发出沙沙的响声，但是宝伶的英语作文才刚写满一排，她便忍不住了：“江学长，不早了，你先回去吧。”

闻言，男生的手指关节顿了一下，不禁轻哼了一声。这时候知道要点脸了，不太晚了点？

“这里多加了一个s。”

宝伶：“……”

宝伶只好用黑笔轻轻地画掉s，然后侧头直视他。昏黄的灯光映亮了女生的面容，近到能看清她脸上的绒毛和好看的嘴唇上细腻的唇纹：“谢谢江学长，要我送你吗？”

房间寂静无声，甚至能听到彼此呼吸的声音。

江原野这才有点不爽地垂眸：“想让我来就来，想让我走就走？”

这下，女生彻底地仰靠在椅背上，雪亮的眸子对他笑嘻嘻地：“那是因为，我知道你想走啊。”

他手上原本也握着一支笔，时不时给她做验算的，现在不耐烦地磨了一下后槽牙，干脆清冷地将笔往桌上一撂：“你知道得还挺清楚啊。”

“还行。”

短暂的沉默中，江原野也没什么可说的了。他清了一下嗓子，觉得声带有点难受，而后冷漠地转身往房门走。宝伶赶紧跳下椅子，快步跟上前："我送你吧！"

江原野看也不看她一眼："你觉得我想要你送？"

果然，宝伶听到这话，脚步立马就放慢了，她停了下来，接着耳边便传来了沉闷的关门声。

女生一下就蔫下去了。

她这算什么，眼巴巴地为了江原野来酒店消费，还让他想方设法帮忙隐瞒妈妈。在他心中，她得有城墙转弯那么厚的脸皮才做得出这样的事吧……

过道壁灯昏黄，江原野在她门口气得足足站了一分多钟，才想起掏出房卡，刷开隔壁房间。他有些牙痒痒，不知道自己是为了什么，有家不回来这儿睡商务房。他特地没开灯，坐在宽敞的落地窗前的阳台上，给赵烈打电话："值完班带点凉茶到 8720 来。"

"好啊，带串儿吗？"

"随便。"

今晚没有月亮，整个城市都被一片黯淡无光的夜色罩住，他的音色也似沾染上了夜晚的寒气："哦，顺带回休息室把你两套校服找出来，洗干净明早穿。"

"我明天不想去上学啊，我还想陪……"

"谁让你去上学了。"

赵烈只觉莫名其妙："那我给你找一件就行了呗。"

"冷，我要穿两件。"

对面的赵烈沉默了两秒，他和江原野是最近一段时间才好上的。之前只觉得江原野是个不爱学习但学习很好的学霸，但没想到其实脾气和他一样，是本质上的冷漠，只是江原野更内敛，而他自己易怒："得，原哥你开心就好。"

4

周一有升旗仪式！必须穿校服！教导主任的儿子不穿都会被骂哭的那种！

早晨，宝伶利落地扎了个马尾就要冲出房门，然后硬生生地撞上了一个结实的胸膛，而且被撞疼的鼻梁还被对方校服的拉链刮掉了一小块皮，一下就红了起来。女生眼眶转着盈盈的泪水，抬起头，精致的五官一下就皱在了一起："痛得要命……"

江原野："……"

原本还准备绷一上午冷脸的江原野一下就稳不住了，女生的鼻子真的少了一块皮，露出里面猩红的血肉。

江原野手腕上还搭着另外一件校服，他慌神地把衣兜都摸了个遍，才暴躁地想起刚洗的哪有纸啊！然后他又大步飞快绕过捂住鼻子的宝伶，跑回她屋，把抽纸拿出来，一连抽了好几张，然后拉开她的手，给她止血。

"是我不好。"江原野第一次给人道歉，还不太熟练，声线都在颤抖，其实手也在抖。

女生泪眼婆娑的，鼻子那块儿火辣辣地疼："丑吗？"

男生微微弓着腰，飞快地哄着："不丑，好看。"

哪知宝伶原本还忍着的泪水，一下就掉下来了："有……有多好看？"

江原野："……"

"你最好看。"

哎哟，他原本就是随口接的，哪知人家姑娘还就真抽了两下，不哭了，忍着莫大的痛苦平静下来了。

宝伶哀怨地看了他一眼，然后后退一步，别过脸，掏出手机，倒吸着凉气把鼻梁上的纸巾轻轻地扯下来。其实没怎么流血，就是里面的那层肉露出来了，再过一段时间就会开始干痒结疤。

正中央的疤……不丑才怪！

宝伶心如死灰地照镜子，最终她选择低叹一口气，手伸向江原野。手心向上，一看就是来要东西的：“校服给我带的吗？你等我一下，我穿上一起走吧。”

闻言，江原野不知是无奈还是气结地将校服默默地递给她，她的情绪可真是……收放自如啊。

直到电梯里，宝伶都还红着眼，昏沉的清晨，电梯里没几个人。

江原野则双手插兜地站在她身边，时不时放下偶像包袱偷瞥一眼女生的表情变化。

随着“叮”的一声电梯门打开，背着大提琴琴盒走进来的宋菲丽，便看到穿着校服的两人，一人神情像是受了莫大委屈似的迟迟缓不过神来，另一人则难得地表现出了一种……焦灼又愧疚的样子。

宋菲丽微微张着嘴，惊讶得好半晌发不出声来。

宝伶看到她，也愣住了：“宋学姐好。”

“宋学姐怎么会在这个酒店？”宝伶又问。

江原野想也没想地便接话了：“她参加大提琴比赛。”

“哦，”宝伶这才终于浮出一抹微笑，“祝宋学姐旗开得胜。”

打扮精致的宋菲丽咬着嘴唇，心神不宁地回了个“谢谢”。

宋菲丽站在两人前面，只能透过电梯内镜去观察他们的动静。眼看很快就要到一楼了，宋菲丽终于心里泛酸地忍不住了：“你们……”

“你们……江原野，你们一起回学校吗？”然而等真正说出口，宋菲丽还是努力绷住了一股子看似不在意的孤傲，硬生生地换成了别的问法。

男生懒洋洋地轻靠在电梯内，他收回落在宝伶身上的视线，用一副“明知故问”的眼光看了宋菲丽一眼：“是啊。”

宋菲丽：“以后还是少兼职吧，快期中了，别太累。”

宝伶也猛点头，跟着附和：“对啊对啊，你最近看起来真的太累了。”

江原野：“……”

他不太喜欢来自不熟悉的人的客套，不耐烦的眉头蹙起得都很明显了，哪知宝伶也跟着瞎起哄。江原野挣扎了两秒，最终还是缓和了大佬般的面部表情，淡淡地回了声：“OK。”

…………

回过神来，宝伶已经挂了江原野的电话。

宝伶真的想不明白，如果不是宋菲丽喜欢江原野，自己就不会在富丽大酒店和“翡翠号”游轮都这么碰巧地遇上宋菲丽。

此时身后的巨大游轮却忽然传来了悠扬的音乐，大家都莫名地回头张望。

伴随着背景音乐，一向只在发生突发事件时才打开的广播传来了播报声：“尊敬的 9227 客人，这趟旅行给您带来了困扰，我们衷心地表示抱歉。‘翡翠号’全体上下将竭尽全力，让您在下一次的游轮之行感到舒心、快乐，感谢您选乘‘翡翠号’游轮。”

整个播报，宝伶都呆呆地。为她正名来得太快了，以至于她还来不及感受一点点回温的过程，便忍不住低头笑了。

身旁的行人也意犹未尽地回头：“‘翡翠号’真是厉害啊，不让人感到一点不爽的。”

“反正保安组是真不错，是那么多游轮公司里最靠谱的！”

“这播报也是保安组搞的？”

“是的吧，不然会是谁呀？”

而原本还一脸担忧的赵烈听到这一长串广播也愣住了：“不是，原哥你动作快啊。”

江原野一直看她走进港厅了，才淡淡地看了一眼赵烈并往回走：“尽快查到是谁做的，顺便给林易远置一份礼物，最后，手机没收了。”

“哎哎哎，那不行，里面还有宋菲丽的电话号码呢！我重新给你买个手机都行啊，原哥！”

男人轻睨了他一眼：“连喜欢的人的号码都记不住？”

赵烈：“……”

赵烈心如死灰：“我今天就回去背行吗？”

“关我什么事。”

赵烈：“……”

第四章

吃点糖，对我甜一点

1

一回到陆地上，就像经纪姐姐白飞来港厅接宝伶时，损她的那句一样“这一周是不是玩得翅膀都长出来啦？”。

宝伶觉得之后的日子，就像是长了翅膀，忙得脚都沾不了地了。接连三个线下的品牌活动，还要为圣诞节发行的新专辑录制 MV。

《完美大脑》很早就通知了宝伶二十三号参与比赛录制，结果公告还没发来两天，又来邀请整个 SA 女团二十三号作为开场嘉宾来参与录制。同时某个观察类比赛项目，也还需要 SA 女团跳一支舞，于是一直待在 B 市拍 MV 的十一人回了 A 市准备配合电视台的录制。

一行人刚下飞机，回别墅的奶白色小巴车内一片沉默，前排的大媛睡得快昏死过去，不时地传来大媛的脑袋撞向车窗玻璃的声音。

戴着耳机默默看视频的 VV 都有点听不下去了：“她总说感觉最近变笨了，天天用脑袋撞窗子，能不掉智商吗？小米，你把她的脑袋按你肩上嘛！”

“不行，她比我高，我睡她肩上还差不多……”

VV 叹了口气，扯下一只耳机站起身：“我来，我们换个位置。”

“遵命队长！”

小米倒还真想和 VV 换位子呢，毕竟 VV 旁边坐的是宝伶。小米兴奋地凑到她身边，就见宝伶正聚精会神地一个个点开家族群里的成员小窗口，再一一退出，从“相逢是缘”到“七彩祥云”再到“顺其自然江二娃”……

小米感到自己的内心受到了撞击：“宝儿，你在借鉴微信名吗？”

宝伶：“……”

宝伶好笑地抬了一下眼，又哄小孩儿似的将小米的脑袋按在自己的肩上：“我呢，在清理门户！”

话音刚落，宝伶便注意到了屏幕上某个微信名。她垂下的睫毛微颤了一下，像一划而过的流星。

燎原。

头像看起来是某个地方的夜晚，雾灯明亮。

宝伶犹豫了一下，还是点开了他的个人资料。相册栏一片空白，再试着点进他的朋友圈，还设置了权限，她什么都看不了！但是江原野却能如鱼得水地悄悄混迹在自家的家族群里，八十多号成员啊，说不定他早把她兄弟姐妹的地址摸透了，就连二伯哪天占了某个供应商几百块小便宜之后来群里发红包，江原野都还有可能抢过呢！

宝伶心态不平衡了，得把他拉黑、踢出家族群！

而最有可能遇见江原野，并且把他拉进家族群的也就只有身为“外貌协会”会长的妈妈了，而这个罪魁祸首却还在群里欢天喜地地分享她的香水“种草笔记”！

宝伶气不打一处来地点开妈妈的微信，私戳她。

宝儿：那个微信名叫“燎原”的，是不是你以前开家长会，看人家长得帅就把他拉进来啦？

宝妈：肯定是这个样子的啦，小旭不就是这样进来的吗？但是你说的燎原啊，他好像都不在群里说话呢，我记不太清是哪次家长会遇上的。就只记得见到他的那一刻，哇，内心“砰”的一声炸开了烟花，就像见到了你爸爸！总之是你妈妈喜欢的类型，你明白吗？明白吗？！

还是你女儿喜欢的类型呢……

宝儿：总之，以后别随随便便就拉人进来了！他有喜欢的人了。

宝妈：……妹妹，这是大群哒？

…………

这下，宝伶只觉心脏都收紧了一分，心跳一声比一声更令人胸腔发痛。之前家族群不断振动，她发到大群里了。她忙不迭点撤回消息，大群的人沉默了一瞬后，纷纷出来帮忙发表情包刷屏。

半分钟内跳出了七十八个表情包之后，大家纷纷说：

“小旭旭应该看不到了吧？”

“小旭旭肯定看不到了。”

而妈妈还来私戳她：妹妹，你撤回做什么呀？燎原没看到最后一句怎么办？？

见状，宝伶不禁觉得好笑。她微微侧了侧头看向水汽茫茫的车窗，夜晚霓虹交错的城市映在朦胧的玻璃上，成了小小的、层叠在一起的发光彩块儿。她们家族还真是神奇，其他人都只注意到了前半句，就妈妈一人重点放在了后半句。

江原野手机都掉了，怎么可能看得到啊？

梁旭也终于开始在群里活跃了：我看不到啥啦？

众人心照不宣：宝儿的丑照。

…………

这时候宝伶的手机进来一条新消息：“燎原”请求加你为好友。

宝伶的手机“啪”的一声掉在了车上，她赶紧捡起来，同时还把睡在她肩头的小米弄醒了。

小米迷茫地揉了一下眼睛，反应过来后还懊恼地拍了一下自己的脑袋：“哎，我还真睡着啦？宝儿，其实我是想问你《完美大脑》录制的事情哎。”

也许是饿醒了，又或者《完美大脑》的确是太具诱惑性了，就连前排的大媛也诈尸般地醒来了。大媛一边抓着自己睡得毛糙的头发，一边起身转过头来：“对啊对啊，《完美大脑》本来我是为了小旭看的，第一期昨晚半夜看完，之前预告里也还没有那个人，但是正片里的那谁，江原野简直就是宇宙中最亮的星好吧？江原野怎么能长那么帅的？？”

录制那天江原野胡子拉碴的，和高中时候的俊颜差远了好不啦？也和游轮上的私人管家形象差远了好不啦？

宝伶忍不住唏嘘一下，浑身上下都散发着一股见过大世面的泰然。

她们也太容易满足了。

大媛说着，还诧异地看了一眼，怎么身边人变成VV姐了？再看一眼VV姐的手机屏幕，大媛眼神更亮了：“你看你看，就连VV姐都暂停在原野和小旭那儿，她在舔屏，哈哈哈！”

宝伶：“……”

VV现在是真想按着大媛的脑袋让她哐哐撞大墙。

本来这也是她二刷节目，VV干脆关掉了视频，转过身也加入了群聊。VV双手抱怀，做的亮片指甲在晃悠悠的大巴里很是耀眼，她意味不明地说：“节目一出，我看网友就扒出你和江原野也是同校的事情，但是我看网络上倒是在大幅度捆绑营销你和梁旭啊。”

宝伶撇了一下嘴，一副兴致索然的样子：“就营销我是天才少女不好吗？非要拿感情说事。”

VV：“天然呆学霸配你这个小妖精，怎么看都是你占他便宜好吧？”

宝伶：“……”

宝伶看了一眼街边熟悉的彩色广告牌，马上就到富丽大酒店了。她心情很好地掏出口罩戴上，又蹭起身扶着椅背慢悠悠地往车门靠近：“先走一步啦姐妹们，我去蹭个饭，谁让我爱占人便宜呢。”

2

前两天，赵烈打电话来说，已经查到了偷她手链的员工，并且要在富丽大酒店的顶楼餐厅请她吃饭以表歉意。

宝伶犹豫了一瞬本想推掉的，哪知电话那头的大佬也跟着沉默了一下，随后冷不丁地传来他那粗重的嗓音：“怎么？你不想来？”

特别是尾音那个危险的上扬，吓得她在电话这头都忍不住点头哈腰：“哪里的话呀，谢谢您谢谢您！”

那温婉客气的回答，让对面被卤鸭脖咸到了的赵烈都有一瞬的错觉：是我道歉还是她道歉？

富丽大酒店的顶楼餐厅处于常年订不到位的火热状态，因为坐在通透的落地窗边，可以观赏到整个城市的夜景。电梯门缓缓打开，着一身笔挺燕尾服的侍应生便已经恭敬地候在门前：“您好，预约人是赵先生对吧？”

宝伶点了一下头。

整个餐厅呈精致的弧形，靠窗的餐桌依次排开，右边便是靠近吧台的位子。其实不用侍应生带路，也能一目了然地看见先到的好友。

只是这已经坐下的“好友”和宝伶预想中的有些不同。

她在一路柔和的灯光和悠扬的钢琴曲所营造的朦胧氛围里，缓缓停下了脚步。

是江原野和宋菲丽。

不远处的餐桌前宋菲丽刚刚剥开了糖盒里的一颗奶糖送入嘴里，那个糖盒的颜色宝伶总觉得很熟悉，应该是自己很喜欢吃的一款椰奶糖。

然后边吃边玩着糖纸的宋菲丽整个五官都掩饰不住她的喜悦了，桌前的烛光一闪一闪地，柔和了两人的轮廓，也映亮了他们的瞳孔。

宋菲丽像是想起了什么，一脸羞涩地对低头看手机的江原野说话，并且还边说边靠近。那笑容甜美腻人，也亏得江原野受得了！！

但是宝伶受不了了，她的心脏被挤压得有些难受，还有些微苦。

宝伶转身便往电梯口走，她清了好几下嗓子，仍然觉得酸涩得难以下咽。这感觉就像被人按住了脑袋硬生生地往雪堆里推，一边被推还一边被问：“这冬天确实很冷吧？”

江原野，他确实有喜欢的人了吧？

偏偏等电梯的时候碰见了正好抽完烟回来的赵烈，赵烈看到宝伶这回又委屈不已地红了眼，他都想跟着哭了！

谁又把姑奶奶气到了？！

赵烈原本想等身上的烟味散去，可电梯门关太快了，他只能迈腿飞快地跨了进去：“伶子，你怎么啦？”

宝伶心很疼，整个人都沉下去了，她本来不想说话的，可是等赵烈待会儿再带她返回去也是破坏楼上两位的气氛。宝伶微微湿润的睫毛一抬，声线有些沙哑：“赵烈，你还请我吃饭吗？”

“请啊，你不喜欢这里？”

“那我带你去吃好吃的。”

闻言，高大强壮的赵烈一开始还只是发蒙，之后整个人都在打退堂鼓。还好这话江原野没听到，不然这醋吃下去他要丢半条命了。赵烈别扭地“嗯”了一声，然后一边不动声色地拉开了和宝伶的距离，一边悄悄地给江原野发送消息。

烈：SOS！！你的妞不喜欢吃你们家的菜啊，快下楼跟上我，我们要离开富丽了！

燎原：怎么？

寂静的电梯里，宝伶其实一直盯着电梯内镜映衬出来的赵烈的身影。

眼看着对方敛声屏气地运用小碎步离她越来越远，远到都要委屈自己的身体挤在电梯角落时，她终于忍不住问出来了：“为什么要离我那么远啊？”

赵烈：“……”

赵烈一抬眼，震惊了。完了，忘了有电梯内镜了！

宝伶原本是随口一问的，等意识到了某个致命逻辑之后，胸腔深处的苦涩好像把她压得更难受了。一般人面对不喜欢的人都自然地保持距离，他这是又间接证实了楼上两位的亲密关系吧？

想到这里，女生开始急急忙忙地摸衣兜里的手机。

电梯正好“叮”的一声打开，冷空气穿过酒店大堂肆意地涌进来，前仆后继地打在了她清秀苍白的面庞上。

下一秒，宝伶深吸一口气走出电梯的架势，就像要和这即将到来的寒冬打一架。

其实只是点开了应用，狠狠地拒绝了“燎原”的好友申请，而且还一边戳着屏幕，一边不停地懊恼，怎么点起来这么爽的“拒绝”只能点击一次呢？

江原野也早在电梯厅不耐烦地等着了，甚至已经在认真考虑升级酒店内庭，多增加一个电梯的可能性了。然而就在这个时候，他发现自己被拒绝申请好友了。

他愣了一下，而后不悦地皱了一下眉，最后直接地给赵烈拨电话，响了两声，挂了。

好不容易电梯来了，宋菲丽却刚刚走出旁边的洗手间，眼看着电梯门快要关掉，宋菲丽着急地跑了几步：“原野，等等我啊……”

男人冷淡地掀了一下眼皮：“这事和你无关。”电梯门便完全关上了。

宋菲丽今天穿得光鲜亮丽，此时却显得狼狈不堪。她微微张着红唇，先是愣住了，而后不禁低头冷笑，和她无关？

都是她做的，和她无关？

深秋的夜晚，刚下过雨，气温湿冷，银杏叶落了一地，死气沉沉地黏在了路面上。

而此时的赵烈正站得笔直地给宝伶排队买掉渣烧饼。

一米八五、额头上还有刀疤的大高个儿安安分分地往队里一站，都会莫名给人一种“这家烧饼肯定很好吃吧，闻着香。你看大佬都飘过来了！”的畅想。

特别是大佬一脸满足地买好了烧饼，然后殷勤地跑向在旁边看小物件的某个女生身边，那一副求表扬的表情，让后面排队的路人都忍不住发出感叹了：“呜呜呜，这是怎样绝世美好的爱情！”

“伶子，你还想吃啥？关东煮？烤肉串？烤红薯？还是冰糖葫芦？”

“要不要我把整条街都给你排一遍呀？”

赵烈很耐心地陪在她身边，服从命令听指挥。

他的殷勤是真心的。

赵烈其实早在宝伶离开游轮的第二天，就已经通过监控确定了嫌疑人。那人的确是趁着人多的时候把传呼机悄悄放进了宝伶的购物袋，而偷手链则是忽然萌生的贪恋。

偏偏他这个作案动机，竟然是“被人收买了”。

赵烈稍微用了点手段便让他招了，结果没料到收买他的人的体型、外貌、国籍的描述直指宋菲丽，让赵烈越问心越凉。

短暂的惊愕之后，赵烈又骂骂咧咧地加重了审问力度。

最后更加恐慌地发现嫌疑人是真没胆量向他吐假话，而且从游轮赶回船厂那边忙得昏天黑地的江原野还向赵烈下达了死命令，两天之内就要结果。

游轮发生偷盗本来就是保安组的失责。

赵烈知道因为这件事，让原本都有了破冰迹象的江原野和郑宝伶两人的关系，又一朝回到了解放前。但赵烈上报结果的时候还是瞒下了“被收买”这一点。

就算自欺欺人也好。这顿饭局，郑宝伶想怎么把气撒他头上都行，毕竟他没办法、也不可能去动宋菲丽。

3

燎原：你们到底在哪儿？

烈：就这儿的夜市一条街啊，黄色的大棚子你看到没？她在看帽子。

烈：哎哎哎，我们已经到下一排的紫色大棚子了啊。

燎原：人呢？

熮原：我到了，在哪儿？

熮原：电话也不接？

江原野不耐烦地抬了一下眼，正值周末，一眼望去温暖的黄色小灯泡挂满了整个卖场。有人在吆喝，有人在讲价，喧喧闹闹的，让原本就不宽敞人流量又大的街道上显得更拥挤了。

“哎呀……”

忽然身后传来女人难受的低吟声：“原野，你可以走慢一点吗？”

江原野这才略微回头，他都不知道宋菲丽一直在他后面，好像还崴脚了。她弯着腰一只手撑着旁边的摊位，另一只手揉着脚踝。宋菲丽抬起头看着他，目光满含委屈，还带着控诉的意味。

“受伤了就在这儿等着，我让赵烈来接你。”

他们之间本就有不断穿梭的行人用探究的目光在高颜值的两人身上逡巡着，没料到男人面无表情地留下了这一句转身就走了。

啧啧，这么狠心的男人……一旁看好戏的油腻男赶紧上前想要扶住她：“没事吧？让我来……”

“我好着呢，走开！”

宋菲丽气得咬牙，她想要拿手中的糖盒将油腻男的手打开，又想到这是她好不容易放下面子才问江原野要来的，舍不得让别人碰，最后只能直起身，踩着高跟鞋又歪歪扭扭地跟在了江原野的身后。

而在前面几排商铺里的宝伶正在兴致盎然地翻看小衣物，她发觉很久没来这儿淘好东西了，稀奇玩意儿越来越多。

赵烈帮她买卤鸭架去了。女生没忍住笑，把发现的新大陆悄悄地扯出来给老板娘看：“你这里都有最新款的丝袜卖啦？”

老板娘斜挎着钱包，也是见过大世面的："这个穿起来透气嘛！要一个吧？"

宝伶摇摇头，脸皮薄地把丝袜重新塞回挂满了裤子的货架里："先不说这个，我刚才报的价你考虑好了没呀？那件灰色高领毛衣，两百五，行不行？"

闻言，老板娘表情鄙夷又坚定："这绝对不可能的，十几块钱还是要让我赚的吧？这可是羊毛啊，低于三百五打死我都不卖的！"

正好赵烈气喘吁吁地跑回来了："伶子，你要买什么？多少钱？"

还不待宝伶开口，老板娘就已经探出头来："三百五！只要三百五，买不了吃亏买不了上当！"

宝伶赶紧将二傻子赵烈拉开："不行，就两百五，不然我们不买！"

见状，老板娘火气也来了，谁稀罕赚这点儿小钱？干脆一屁股坐回凳子上，双手抱胸："不好意思，那我也不卖！"

"两百五不卖吗？"

忽然，离宝伶头顶更高的地方传来了异常熟悉的男人的声音，她侧头一望，才见江原野正身着一套深蓝色西装笔挺地立在她身边。男人宽肩长腿，垂下一双墨黑的眼，就那样静静地和老板娘对视了一眼，都仿佛让这个摊位蓬荜生辉、发光发热了。

"……卖的卖的！现金还是转账？要不转账吧？"

"现金。"

"好的好的，小哥哥说了算！"

宝伶："……"

宝伶此刻对老板娘是万分震惊，鉴定完毕，老板娘简直毫无原则！

老板娘是真的毫无原则，打包好了毛衣还兴高采烈地跑到刚才的裤子货架上扯出几条丝袜，看向宝伶：“刚才看你喜欢，你要哪个颜色的？干脆打包一起三百好不啦？”

江原野在掏钱包，他顺势掀了一下眼皮正要答应，便看到了几条单薄又独具特色的黑丝明晃晃地正对他造成视觉上的冲击。男人瞳孔骤然微缩，还不可遏制地咽了一下口水，然后下一秒便已经大步靠近老板娘，用自己的身影遮住了赵烈的视线。

“要哪个？”

江原野问话一顿一顿的，还不自在地摸了一下鼻子，回头看宝伶的神色也像一尾游动在暗夜中的红鱼。

宝伶原本还事不关己的态度，这下看清了，她猛然红了脸：“不要不要，快找钱了，我们要走了！”

说完，宝伶便飞快地往下一家跑。赵烈原本还想瞅一眼到底是什么东西，结果阴影再次靠近。他被从正面走来的江原野完全遮住了。

江原野淡淡地扫了一眼拿满了食物腾不出手来的赵烈，这大概就是赵烈无法及时回复他微信的原因：“哪些是宝伶的？可以我来拿了。”

闻言，赵烈如获大赦，赶紧咧嘴笑着做交接工作：“给给给，你的妹子，我确实伺候不惯。”

宝伶在下下一个摊位强装镇定地继续挑选，其实早已心跳如擂鼓，还顺便悄悄地侧头看他们跟上没，然后就对上了江原野的目光。

周边灯火辉煌的，而江原野永远都是最惹眼的，即使手里提着乱七八糟的市井小吃，拿着她的珍珠奶茶。而且，从十六岁到现在，她都深深地领悟过——也只有他的面无表情是一种表情，是能令人心动、心痛的魔障。

男人走近，埋下头，将毛衣袋子递给她。

宝伶今天戴了一只深卡其色带有黄色格子的猎户帽。过去几年见不上面也就那样过了，最近见面的机会频繁起来了，江原野反倒觉得难熬。此时，女生娇小明艳的模样于他而言，说她就是他的猎人，他也绝不狡辩。

“为什么拒绝我？”

宝伶：你说什么？

这什么突如其来的话题？难道是指“燎原”？

宝伶视线向他身后望去，看向了跟过来的宋菲丽和赵烈。女生竭力压抑住了内心的酸楚，宝伶坦荡地接过毛衣，还仰头对他笑了，眼中却毫无感情：“让江学长破费了，但是您也不加个前言，我听不懂您在说什么呀。”

闻言，原本心情稍微愉悦点的江原野胸腔又开始发堵了。他在电光石火间快速过滤了一遍今晚的言行举止，最后得出结论——他没有做错任何事，一定是她工作不顺心了。

男人看她嘴唇稍微有些干，便把奶茶递到她嘴边，语气微软了下来：“燎原是我。”

要知道之前是宝伶喂江原野水果但他不吃，没想到现在宝伶也学会了后退一步，别开脸，表情异常认真：“什么燎原呀？微博名？微信名？还是QQ名？”

江原野的目光彻底凉了下来。

赵烈则茫然地走上前：“怎么啦？怎么站在这儿不走？不去撸个串吗？”

宝伶眯眼笑着：“我就不去啦，超饱的！”

面对赵烈，宝伶是真心实意地笑着的，不像对江原野那般敷衍提防。江原野低头轻呵了一声，从前他也是很大度的人，当然，他现在也依然很有风度。

江原野将奶糖盒塞给宝伶，手背指骨都隐隐凸了起来，他一字一句缓慢地说着："吃点糖，对我甜一点。"

与此同时，宋菲丽也面带微笑地凑近宝伶。

这次她笑起来格外优雅高贵，还将手中一模一样的糖盒递给了宝伶，很是大方："宝伶，好久不见，这个也给你！"

闻言，宝伶呆住了，就连江原野也略微诧异地看了宋菲丽一眼。

这下，宝伶更气了。江原野有什么好诧异的？怎么了，还舍不得他给宋菲丽的一盒糖了吗？

"谢谢，谢谢你们。"

略微有些降温了，冷空气直钻入肺腑。

宝伶只觉周身冷得连指尖都开始发痛，连带着心脏也忍不住一阵一阵地痛。女生一个劲儿地点头道谢，拒绝任何眼神接触，然后抱着冰冷的糖盒飞快地转身离开了这个寂静又喧嚣的夜市。

她摇摇欲坠的期待彻底坍塌了。

江原野一直静静地盯着宝伶的身影，直至完全消失不见时，他才微眯了一下眼，然后打发赵烈去给宋菲丽买一杯热奶茶。

赵烈这才回过神来："哎呀，我都忘了！你喝哪个？"

江原野平静地晃了晃手中只剩半杯的奶茶："我喝这个。"

赵烈还傻傻看不清状况，只是一阵坏笑："啧，一个会讲价，一个会吃剩下的，小两口还真会过日子。"

温暖的小黄灯照映着五彩的店铺棚，这样的气氛很容易让人放下防备。现在就只剩他们两人了，宋菲丽呆呆地，有些受宠若惊："江原野，谢谢你……"

"我说，"等重要的人都走了，江原野才像一只逐渐挣脱开了枷锁的猛兽。他喜欢无边蔓延的黑夜，他喜欢毫无顾忌的刺芒，男人凉薄的目光在月色下，让人如坠冰窖，“还没看明白？没有赵烈，我会搭理你吗？”

宋菲丽嘴角的笑意彻底凝固了。

4

宝伶是最后一拨录制《完美大脑》1V1 的选手，与比赛类似的题型会在录制前三天发送到选手邮箱，给予一定的时间让彼此私下练习，以减少录制时间。八十进五十之后，根据初试排名和前两场比赛成绩，从余下的五十名选手中选出了综合能力排名前四的四名选手成为队长。四支队伍，包括队长，每支队伍通过 1V1 比赛模式一共分别筛选出五名队员，之后四支队伍通过抽签两两进行比赛。

积分第一名的队伍直接进入决赛，第四名则止步争夺赛，第二名和第三名再次比赛，争夺进入决赛的资格。在半决赛中获胜的队伍和积分第一名的队伍在决赛厮杀，竞争出一支种子队伍，最终和来自国外的天才队伍进行终极对决。种子队伍可以从余下三支队伍里互相换人，也可以保留最初的五人模式，全场胜率最高的选手则为本季的“完美大脑”。

临近比赛，宝伶把自己关在房间里闷声练习。赛制残酷，她都要怕死了，偏偏大媛还总是抱着手机来骚扰她。

“完啦完啦！我听台里朋友说的，目前状况是王铭亮战队满员，其余战队都只剩一个名额啦。可是二十三号录制那天还有六个名额啊，这不就是说有三名选手即使获胜了，也会面临没有队长选择的情况吗！”

四名队长早已经选出来了，并且会坐在队长席参与每一场

1V1，开启激烈的队员争夺大赛。

四名队长分别是来自北京大学的梁旭、东京大学的江原野、新加坡国立大学的程远和清华大学的王铭亮。

宝伶原本在平板上练题，现在手抖得和食堂盛菜阿姨有一拼了。她深吸一口气，迫使自己平静下来，然后走到房间角落里拿起一支颇有些重量的老旧网球拍，熟练地在手指中转了起来：“姐妹你出去吧，别逼我打哭你。”

球拍在半空中飞快地转动着，风声也被打乱了，大嫒甚至还察觉到了转动带来的微风轻轻扬起了她耳边的发，吓得她赶紧带上门出去了，但仍然关不住她的鬼哭狼嚎。

“呜呜呜，宝儿你好可怕！！”

“宝儿，我就是来带个话，不论明天结果怎么样，姐妹们都请你吃饭饭！”

不论结果怎么样。

宝伶既感动又无奈，她平躺在米白色的沙发上，随手翻开旁边冰凉的参考书搭在了自己的脸上。

《完美大脑》播出之后，她也悄悄去网上看过评论。

“就想问一句宝伶是怎么进的？难道评测还有颜值这一项的吗？一百进八十垫底，八十进五十也垫底，她是准备靠垫底冲进决赛吗？”

“陪跑的还没看明白吗？节目组找到了炒作目标，十八线女团成员也可以借此红一把，互利互赢啊！”

“当花瓶看看也还行，但我猜测节目组肯定安排她 1V1 输，不然躺赢进了战队，就会拖累整个团队吧？”

“不是还扒出她和梁旭江原野三人都是盐外附属中学的吗？估计花瓶都没在练题的，可能在不停纠结‘哎呀我是该和梁旭炒 CP 呢，还是和江原野呢？’如果两人表示都不想理她就尴尬了哈哈哈……”

每每看到这里，她都咬牙切齿的，江原野不理她她习惯了，但是他也不会理你们的！

宝伶的参赛项目是层叠消融，规则是奇不消偶消，通过对抽象的几何图形进行思维的融合与叠加。大屏幕上会出现一个复杂的图形，选手记忆完毕便开始埋头用屏幕里的简单几何图进行拼图，然后屏幕图形会在三十秒内消失。谁先提交正确答案，谁获胜。一共三个图案，由简入难，分值分别是1分、2分、3分。

宝伶和对手在经久不衰的掌声中走出，为了能观察选手的整体状态，四位队长就坐在她们正前方，但宝伶就只是对其中三位队长报以微笑，直接跳过中间的江原野。

虽然余光好像扫到他换发型了，哎……但是……等等！宝伶恶狠狠地警告自己，想都不准想他！脑子里的弹幕也不能是关于他的！

比赛正式开始。

场上的灯光和录制间内安静沉闷的氛围总是让宝伶觉得热，她深吸一口气，才刚刚记清楚图形的细节，手还没碰到平板屏幕，对面选手的系统就忽然传出了“答案正确！”的播报声，吓得宝伶心脏一下都缩紧了！

与此同时，宝伶这边的屏幕也被完全锁死，动弹不了了。

主持人有些遗憾地看向宝伶：“没关系的宝伶，下一题加油啊！”

“嘿嘿。”

宝伶只会尴尬地对主持人傻笑了，这节目录制多了，对心脏很不友好啊。

于是第二题的图案才刚刚跳出，宝伶便埋下头飞快地触摸屏幕了，让台下观众免不了一阵担忧。

“有看吗？她有看图吗？”

“她已经自我放弃了！”

“哎呀，图消失了吗……”

“答案正确！”

宝伶看到自己屏幕上闪动的那硕大的四个红字，只觉整个血脉都沸腾了，她甚至想冲出去跑上两圈，她的瞬时记忆还是很可以的嘛。

她心情激动地下意识抬眸去找江原野，原来他剃了个寸头啊，额前的短发像狗啃过一样，但冷峻的五官却显得更具有攻击性了。而且男人还愿意柔和了棱角，对她笑，好像很为她骄傲。

宝伶的笑容却凝住了，还无比冷淡地将视线移向了大屏幕。她的优秀，和他有什么关系？

这下，就连主持人都有点惊讶了：“好样的好样的，那两位，最后一题稳住了啊。”

伴随着现场紧张的背景提示音，第三题的图案出现。

这一次，宝伶仍然只看了一眼便埋头做题。对面选手有点受到影响，表情明显纠结了起来，但仍在焦急背图，嘴巴还在一直动，看起来已经在做初步计算。

“宝伶又靠短时记忆？这图很难啊……”

“天，直到图形消失的最后一秒，王怡还在背图，但是宝伶一眼都没抬头再看过啊！”

“啊，她终于抬头了，但是图形已经消失了！糟糕，她不会忘记了吧……”

“王怡也开始做题了。”

但是一分钟过去了，两人都毫无进展。

反复尝试了很多回，宝伶的记忆都有些混乱了。这一道题的难度其实并没超出她的预料，只是最开始做题的时候，她整个手速、推算速度都在一心求快。等她意识到前面有一步拼错了之后，她再重新把它们移开，顺便抬头想再看一下，结果图没了。

她甚至都还没确定脑海中的图形是否出现了偏差，脑海中的图形就已经开始变得模糊。女生紧抿着唇，脸色被室内温度暖得通红，而整个人都萎靡了下去。她开始手肘撑在桌上做题，双肩都颤抖了起来。

整个观众席从图形消失之后，彻底变得安静无声了，但氛围更令人紧张了，恍如被逐渐抽走了空气，进入了徒劳挣扎的真空状态。

时间过去得越久，这题越没有解出来的希望。

忽地一声“答案正确！”，有人感觉重新活过来了，而有的人虽懊恼含恨却已无力回天。

这忽然出现的系统提示好似才让观战的所有人重新呼吸到了空气，宝伶整个人都软下来了，心脏猛烈撞击的疼痛感到现在还令她无所适从。

主持人也慨叹万千：“是你吗宝伶？”

虽然这个答案已经被投放到了大屏幕上，显而易见。

宝伶不停点头。她之前怕极了，精力也早用光了，此刻声线都在发颤：“是我啊，是我没错的。”

之后掌声热烈响起，就连主持人也热血沸腾了。他本该是公正、毫无偏见的，但这样高亢的身体状态也侧面证实了在此之前他的确轻视了这位选手：“能说说获胜的关键吗？”

宝伶犹豫了一瞬，然后无奈地笑了：“脑子里的图形变了很多回，我一个一个试的。”

主持人怔了一下，笑了：“虽说是‘试’，但也不要否认了自己的努力。那么我们也很高兴王怡的参赛，接下来就要到万众期待的队员争夺大赛了。不知道经过这次紧张的交手，是否会有队长欣赏郑宝伶的表现呢？”

队长采用爆灯制。

而且一连爆了三盏灯！

观众席一阵惊叹：“到底怎么回事啊？虽然宝伶这场临场发挥不错，但几位队长到底看上她哪一点了？”

“毕竟这在所有题库里，难度仅为中等啊。”

“不是我说，她几次都赢下来了，还不允许队长选她了吗？”

看到这样的发展，主持人也忍不住扬了一下眉：“三位队长，准备一下抢人宣言吧。”

程远：“不是所有在物理学上有成就的人都叫天才，来我们队，我会努力做到让观众先意识到你是郑宝伶，之后才是女团成员的郑宝伶，相信你自己啊！”

梁旭等程远发表完毕，才眼神明亮地看向宝伶。他很努力地克制住了想要下台拥抱她的激动，他骄傲无比，兴奋得心脏都快跳出来了：“你会来我这里的，对吧？”

大家都敛声屏气地等了一会儿，就连主持人都下意识地问出来了：“没了？”

梁旭点头：“没了啊。”

主持人把那句“行吧”硬生生地咽下去了，然后看向了江原野。印象中的前几场，他都是不用说话选手就屁颠儿屁颠儿地开口直呼：“我愿意我愿意！！”

主持人开始调侃：“江原野，这次你依然选择放弃宣言吗？”

而宝伶已经下意识开口了：“没事的，我选梁旭。”

这果断的回答让在场观众都大吃一惊，而后瞬间了然。台下有观众雀跃地讨论着：“哇哇哇，这是在发糖吗？彼此都好坚定啊……”

主持人：“情谊深厚啊，看来这是一次毫无意外的选择。”

闻言，宝伶愣了一下，总觉得这是个很好的解释机会。女生清丽地笑了，明眸闪亮，心跳一声比一声强烈：“我不是来谈恋爱的，我是来让公司骄傲的。”

第五章

痛就珍惜我

1

宝伶在一片震惊的目光中回到了选手休息室，即将上场的选手们也都欣喜地向她奔过来表示祝贺。宝伶友好地回应他们，而后安静地坐回红色的软沙发上继续观看比赛。选手室有挂壁电视，现场情况直接转播到屏幕上。

宝伶小心翼翼地观察着台上的江原野。男人脸色阴晴不定，眉宇间透着生人勿近的警告，下颌微微收紧，看向走近的两位选手的目光也是冷锐而犀利。

特别是当这一组比赛结束，又到了队员争夺大赛时，主持人再次好意地提醒了他："抢人宣言真的很有意思，不试试吗？"

沉默了一瞬，江原野这才平静地掀了一下眼皮，薄唇微启："和我并肩作战真的很有意思，不试试吗？"

这话一出，就如猛然炸开的烟花，绚烂了一众少女心。

"他之前都不这么温柔的呀？"

"到了最后关头他终于愿意抢人了！！呜呜呜，这个女孩也太幸福了吧！"

"我忍不了了，我嫉妒得快炸裂了……"

闻言，主持人也意外地怔了一下，笑了，然后开始揶揄他："江原野，小调皮啊。"

休息室里的宝伶不禁挺直了腰杆，铺天盖地的酸意噌噌往上升，都蹿到天花板了。明明她当时做出决定时，主持人最后还特公正地问过他："江原野，你没有异议吗？"

他回答的是："她开心就好。"

她现在很不开心！！

她从喜欢上他开始，开不开心都是他说了算的。

宝伶其实先认识的是江原野的奶奶。

江奶奶是宝伶住筒子楼时候的邻居，江奶奶很节约，是天不黑透都别想让她开灯的那种。所以江奶奶想孙子了，就慢悠悠地戴上平底盖那么厚的眼镜，然后双手撑在阳台边，借着可以晒得人昏昏欲睡的日光，眯着眼翻相册。情到深处忍不住一抽泣，一抖动，册子掉楼下那户人家的雨棚上了！

放学回家的宝伶正好抬头看到了江奶奶伤心不已的表情，她爬到锈迹斑斑的防护栏上，伸手捞了很久才救回了相册。

江奶奶喜极而泣地邀请她借着日光一起欣赏。宝伶一边翻看一边跟着江奶奶连连点头，而且越看越兴奋，浑身上下都像开满了旋转的粉红色小花，整个人都荡漾起来了，最后还忍不住发出赞叹："好腿好腿！"

江奶奶："……"

长手长脚，是真的清俊。

那样子的俊颜，很像老天赏饭吃，然后祖师爷怕他吃不饱又添了几勺的偏爱。

特别是七岁骑马的那一张，风和日丽，男生穿着亮丽的蓝色外套、浅色牛仔裤、黑色马靴，微微弓身攥着缰绳驰骋，露出了少年时代该有的神情。他笑得很开心，像初雪融化。

所以刚升入盐外附属中学的第三天，宝伶远远看到江原野和他的同学准备走出校门时，她飞快地跑上去，以浑然天成的自来熟混入他们的小团体："江原野，你都不上晚自习的吗？"

闻言，团体里几个沉不住气的浪子们齐刷刷地回过头，看清小女孩儿的模样后，一个个兴奋不已。

“哎呀，原野你可以的，高三都还没拒绝完，才开学几天就又被高一的小妹妹看上啦？”开口的是江原野身边的一个平头男。

盐外的三个年级校服不同，就是为了方便区分每个年级的学生。

宝伶几乎和江原野擦着手臂并行，江原野很不喜欢过分亲密，本想习惯性地冷漠回以对方一个“赶紧滚”的目光，可这一瞥，硬生生踩了个刹车绷住了眼光。这姑娘，也太清纯娇小了，他还是善良点吧。

江原野最后只是平静地皱了一下眉，没搭话，但步伐迈得更大了。

可宝伶就像是面对多年的好友，话一开闸就关不上了：“真的好险啊，我跟你说，如果不是初中拿到了体操大赛二等奖，我根本上不了盐外！班主任还想我们高一就住校呢，住校好玩吗？可我每天晚上还有舞蹈课啊。话说那个大食堂的米粉传言不是很好吃吗，我坐第一排哎，每天第一个冲出教室，这都抢不到气死我了。哎，我们好像不顺路了，我要过马路，你明天还逃晚自习吗？不逃的话，我明天再来找你聊，对啦，你高三几班呀？”

“小机关枪”的扫射速度超快的，小团体中的四人努力尝试了好几次想要插入话题，都在提起一口气刚吐出一个“你”字时，“小机关枪”又气也不换地开启下一个话题。

好不容易自言自语完了，末了还无比自然地问了句：“你高三几班呀？”

王阳是真觉得佩服：“怎么，小妹妹你搞来原野的名字，也不顺便打听一下他是几班的？”

“他奶奶搬家前没告诉我他是几班的呀！”

宝伶边说边轻扯了一下江原野的书包，两人的目光这才撞上了："几班的？"

江原野的神情由诧异转变成了沉寂："二班。"

"好的，拜拜啦。"

宝伶说到做到，高三有一整栋楼，到了六点，女生背着书包就出现在了高三二班的窗外。二班在一楼，她本来还想眺望一下，结果江原野就坐在窗边。

她穿过花台，走近，很自然地将手肘搭在窗边的小台子上，然后轻戳了一下正在玩手机的江原野："我来啦。"

"嗯。"男生这才敷衍地抬了一下头。

太近了，他都能看清她根根分明的睫毛，江原野不自在地仰靠在了椅背上，拉开了两人之间的距离。

其实他早看到她从花台那里走来了，但他总不能摆着在等她的姿势吧？

七点开始晚自习，这个点有的还在吃饭，有的在校园消食，明亮的教室里三三两两地没剩几个学生，但仅剩的几个人还是忍不住投来探询的目光。

前排的王阳倒是特别热情："妹妹，你进来坐啊！"

"不啦，我聊会儿就走。"

宝伶是真来和江原野唠家常的，从盐外的升学率聊到今天刚学的数学集合。一开始江原野还觉得她废话多，毫无兴趣地撑着下巴揶揄她："你没朋友啊，天天来找我？"

哪知一直说个不停的女生忽然停顿了一下，小小的巴掌脸十分疑惑地看向他："我怎么可能没朋友？只是优先考虑找你而已。"

江原野："……"

行吧，勉强看在"优先"的分上忍了。

直到宝伶接连来好长一段时间，江原野才好像忽然明白了，不禁低头轻笑。男生懒散地靠在椅背上，脚踩着课桌下的横杠，漫不经心地摇晃椅子。原来她和那些搭讪告白的女生一个样，他决定从容等待。

但是又过了一段时间，江原野彻底郁闷了。怎么回事？怎么还在纯聊天？不告白吗？

特别是女生还聊上他的朋友了："王阳还换位子了呀，怎么跑那么里面去啦？"

原本坐在教室靠墙座位正在撩妹的王阳听到自己被点名了，闻言，立马兴冲冲地跑到窗边来。

他也俯下身手肘撑在台面上，撅起屁股，和她深情对望："妹妹啊，其实我们每周都会调位子的，一整竖排往左挪。原野成绩优秀他不想挪，老师不会勉强的。话说你知道吗，前两天也有个妹妹学你趴窗边来找他，结果怎么着？"

"被他吓哭了，哈哈哈……"

忽然一阵刺耳的地面摩擦声打断了王阳的笑声，江原野面无表情地踩着桌杠将课桌往前一蹬，挤向王阳，抬头扫他一眼："你哪来那么多妹妹？"

王阳愣了愣，觉得委屈极了，之前不都这么叫的吗？

再然后，也不知为何心情阴沉下来的江原野对宝伶也没有什么好脸色了："你明天别来找我，我有事要先走。"

宝伶呆了一下，干巴巴地"哦"了一声。

她闷闷地生了会儿气，没忍住，又开始话痨了："我还不想和你聊了呢，我马上也要去跳舞了。我爸妈很恩爱的，总是满世界跑，然后他们就没时间管我啦，于是从小就把我送进各种特长班。其实我个人觉得也还好啦，我也喜欢学这些……所以那个时候呢，和我说话最多的就是江奶奶了，结果江奶奶后来还搬走了……所以就在我都以为自己已经忘记相片里的你长什么样时，我就遇见你了……”

“你晚饭都吃的什么？”

话说到一半被打断，宝伶怔了一下，一时有点没摸清这话题从何而来：“香蕉燕麦粥。有时候也吃草莓、桃子吧……”

话音未落，便见江原野轻车熟路地起身，单手撑了一下窗台，然后迅速翻出窗外稳稳地站在她的面前。一气呵成的动作做下来气也不喘一下，可看着她，男生平缓的呼吸却紊乱了：“我带你去吃好吃的。”

就像被簇拥得麻木了的脑子忽然通了电，江原野终于知道她的话痨是如何形成的了，她肯定面对过无人可说的境地。而且每次傍晚六点来找他，六点半离开，七点就上课的郑宝伶都是怎么解决晚餐的？

他竟然忽略了一个多月，一向除了冷漠没有第二幅面孔的男生竟然在此时生出了一股难言的悔意：“还有，我不是不想和你聊。”

“我明天真的有事。”

就像在向某个有着亲密关系的人报备行程一样。

2

但从那以后，宝伶就没再去窗边探望过江原野，一个是课程紧张，本班也还有很多同学关系需要处理，另一个原因是天转冷了。

不知不觉王阳因为再次调座，又成了江原野的前排。

王阳看着窗外萧瑟衰败的初冬景象，不知怎么的，就想到了语文阅读题必写的几个词语：“融情于景、寓情于景、借景抒情。”

王阳感慨地看向埋头画图形的江原野：“瞧瞧，这景色和原哥多配！妹妹……”感受到了一记冷光，王阳赶紧改口：“啊，不是，郑学妹没再找过原哥啦？”

没有回应。

“不对呀，原哥你以前的魅力值没这么低的呀？”

像是想到了什么，王阳的表情忽然变得严肃了起来：“原哥，好好反省一下你们之间的最后一顿饭，是不是难吃到她都不想见你了？”

难吃？男生清冷的目光一抬，把笔一撂，不禁靠向椅背冷笑了一声。他带她吃的米粉，绝对超过学校大食堂，是方圆十里最好吃的。

宝伶再一次主动找他，就是某天课间操的时候了。

明明高一和高三一个在操场这头，一个在操场那头，但宝伶就是有胆子一边跳一边偷偷摸摸地跑到了江原野身边站着。

每个班几乎男生居多，再加之江原野身高拔尖，站在男生队伍的最后面，别说他了，就江原野前面三个男生旁边都孤零零没有女同学陪的。

郑宝伶跑过来的时候，江原野正心不在焉地做操，虽然是在敷衍，但他长手长脚，怎么跳怎么酷炫。男生知道身边多了个谁，但是表情仍然是懒得变化。

跳操音乐高昂激进，宝伶说话却鬼鬼祟祟地：“江原野，我找你有点事！”

闻言，男生表情更冷淡了，眸光凛冽，唇线紧抿，还忍不住冷笑一声，现在是有事才会找他了。

北风在呜呜地刮着，沉默许久，他才从喉咙里说出一个单音节：“说。”

“如果被自己打不赢的人欺负了，但还都在一个班里，他们家境又很好很好，我该怎么收拾他们？”

闻言，原本还在做踢腿运动的男生忽然收回腿，带动一小阵的风一步跨到她身边，然后颤抖地抬起女生的下巴，紧张地端详起她的脸来：“谁欺负你了？”

“没……没有啊。”

宝伶被他捏住下巴，被迫仰起脸和他直视。江原野干净微缩的瞳孔就像魔石，而且温热的指腹贴着她的肌肤，让她的脸以肉眼可见的速度红了起来。

宝伶心跳飞快地拍开他的手：“不是我，是我朋友，我们该怎么办呀？快点儿，我得跑回去啦。”

她脸上的确没伤，而且……比前一段时间看起来更莹润可人了。江原野这才恢复心跳，沉默着转身回到了男生队伍。

跳操进行到一半，江原野声音淡淡的：“不要我帮忙？”

闻言，宝伶诧异地看了他一眼。她们班那几个“吊车尾”长得虎头虎脑一看就身经百战的，再看看旁边这位白面小生，除了长得高哪里还有优势？如果是二班那个大名鼎鼎的赵烈还差不多……

似乎察觉到了自己被轻视，江原野也不想多言，只是过了许久，才冷着脸扯出一抹轻笑来：“对方不是钱多吗？讹他呗。”

“讹他？”

“两位聊得开心吗？”

宝伶第一个字还没捋顺，就见自队伍前方走来了一位穿红色运动服笑眯眯的体育老师：“还做不做操啦？躲最后聊悄悄话呢？”

不仅是体育老师走过来了，周边的学生都跳着操闻声看了过来。江原野的人气，连教导主任都有所耳闻，但他从入校便表现得对女生毫无兴趣，这让教导主任既安心又担忧。

但直到看清了校服颜色不对，体育老师声音一顿，而后面色复杂地看向江原野："高一的？"

跳操运动即将接近尾声，见江原野不想说话，体育老师明白了，还猛然生出了一种临危受命的庄重感，看来这位女同学得由他来点化了："从高一跑到高三这边来，得有好一会儿吧？唉，你让我怎么说呢？我又不是语文老师，总之，才刚入校心思还是更应该多花在学习上，这些虚幻缥缈的感情很快就散了，你会遇见更好的男人……"

这下，宝伶完全慌了，特别是随着升旗台上一声悠长的口哨声——课间运动正式结束，他们三人很快便被附近看热闹的高三学生层层围住了。个个儿牛高马壮七嘴八舌的，目光兴奋得能吃人！

宝伶心脏狂跳，正准备谎称"去厕所路过这儿"，便听见了江原野的声音。

"老师。"

是干净微沉、还夹杂着一丝丝不悦的声音，显然很不满意体育老师说的最后一句话。

江原野双手插兜，面目略微有些挣扎和犹豫，但还是说出来了："她跳操太烂了，我让她过来，看看我怎么跳的。"

这话一出，众人都还在惊讶的时候，体育老师却最先反应过来，甚至满心欣慰，一脸"我看好你哦"的姨父般的慈笑。

有进步啊，江同学都懂得拒绝人的时候照顾她人情绪了！

体育老师连连拍手叫好，"好样的，好样的，那么麻烦江原野同学再做一次第九套广播体操。"老师一顿，还顺势拍了拍宝伶的背，"高一的数拍子！仔细看着点儿，学精髓啊！"

"好的好的！"

于是，宝伶毫无防备地对上了江原野冷飕飕的眼神，然后女生清了一下嗓子，开始如芒在背地数拍子。

这么多人都看着呢，原本懒散站着的男生挺直了背，从一开始的双手贴紧裤缝的准备姿势开始，宝伶终于数到点子上了，江原野也开始做操。

动作规范有力、表情正直严肃、眼神也坚定有光亮，宝伶敢保证，这是江原野这辈子从神态到姿态最像雷锋的一刻……

但谁能料到，日子没过多久，宝伶的脸上真的挂彩了，罪魁祸首还是江原野！江原野在富丽大酒店不小心刮伤了她的鼻子，他还内心愧疚地盼望着她的伤疤早点好呢，结果宝伶又添了新的伤痕。

3

盐外的期中考安排在十一月中旬，这一次高三在食堂考试。

江原野很早就做完了，写了近一小时题还是没把桌面焐热。他本想多趴会儿补眠，但是太冷了，最后还剩十分钟的时候，站起身提前交卷了。然后顶着所有同学艳羡的目光，男生淡然地掏出饭卡到销量爆好的米粉窗口提前定了一碗大份米粉、一碗小份米粉，到奥尔良套餐窗口定了两份套饭，又到热饮窗口买了一杯珍珠奶茶。

语文考试终于结束，在所有人都饥肠辘辘地冲向窗口排队的时候，江原野正好端着两个餐盘找了个显眼位置慢悠悠地坐下来。

王阳率先感动满满地奔过来："原哥我爱你！！我要大份米粉！！"

闻言，赵烈也跟着走过来，不满地扫了王阳一眼："怎么，你想让我吃小碗？”

面对一碗来之不易的大碗米粉，王阳也是能伸则伸，小身板挺得笔直：“烈哥，你以前都和宋菲丽一起吃的，不要为一碗米粉折腰啊！”

可江原野笑得肩头都在颤抖，他把饭卡扔给他们：“自己买，然后离我有多远坐多远。”

王阳：“……”

赵烈：“……”

与此同时，宝伶所在的考试教室里也只剩下她和几个被她拦下的男生了。

陆靖宇双手抱怀，整个人懒散地坐在后排桌子上，晃着腿，他目光很惊讶：“就你还想给梁旭出头呀？这兄弟之间帮忙，你情我愿的事情，你管得着吗？”

陆靖宇身后还有几个看好戏的小跟班，宝伶虽然心虚，但外在的镇定还是很唬人的。她清丽地笑了一下，还顺势靠近了他一步：“原来是这样啊，那如果我说，我和你在一起，也是你情我愿的事，老师管得着吗？”

这话一出，陆靖宇先是震惊，而后他身后的小跟班们立马露出了不怀好意的笑容。

“靖宇你好福气啊！！”

“喂喂喂，这小嫂子身材样貌还有声音可都比沈美月好多了啊！”

“择日不如撞日，快把她收下吧……”

这下，陆靖宇原本长得很是一言难尽的面容忽然露出了贪婪的笑意想要向她靠近。知道他放松了警惕，而且也逐渐听到了从走廊传来的脚步声，宝伶提着一口气，先他一步地主动倾身靠近他的耳边。女生湿热的呼吸轻薄地打在陆靖宇的脖子上，他整个人不禁战栗了一下，而后开始荡漾了。

宝伶声音轻轻："做什么美梦呢？你配吗？看见我鼻子上的疤了吗，其实我身上还有很多伤，我如果和老师说都是你非礼我弄伤的，你在学校的名声会怎……"

"嘭——"的一声，根本不让她说完，宝伶便已经被陆靖宇愤怒地推倒在地。

宝伶身后的桌子一同倒下，连带着前排的椅子更是直接发出刺耳的声响猛地向后一倾，砸向了她的额头。

见状，陆靖宇身后的小跟班们愣了一瞬，立马反应过来拉住了还想冲上前揍她的老大："靖宇你疯了吗？你打女生？！"

"你活腻了吗！连老子都敢……"

走廊上的脚步声忽地从大步变成了跑的，怒骂声被陡然推开的教室前门硬生生打住了。门口是紧张不已的班主任王老师。

看到教室内的景象，王老师怔住了，而后赶紧跑进来将面色痛苦的宝伶扶起来："没事了，没事了，老师来了……"

王老师也是年轻气盛的，回头怒气冲冲地向几个年轻蛋子吼了一句："都跟我回办公室！"脸上青筋都爆起了。

原本王老师身后还跟着一个打报告的女同学，但是宝伶叮嘱过她打完报告便趁机溜走。看见王老师把一行人带出来后，女同学心惊不已，毕竟当时教室里桌椅碰撞跌落的声响实在是太激烈了，她赶紧后怕地飞快跑下楼梯了。

王阳气喘吁吁跑上楼的时候，还正好和吓坏了胆的女同学迎面撞上了。王阳赶忙尴尬地退后，挠了一下脑袋笑开了："嘿嘿，妹妹这么晚才去吃午饭？"

哪知女同学神情更加恐慌地跑开了，王阳的笑容立马就僵住了，怎么回事？怎么今天原哥情路不顺，他也跟着倒霉？

江原野是第一个打到饭的，但来吃饭的都走了一拨又一拨了，他还靠在椅背上埋头玩手机。除了桌上的两碗米粉被已经吃撑了的赵烈和王阳又硬生生吞了下去，别的凉透了都还没动。

赵烈吃得胃难受，他整个人脸色惨白地仰靠在椅背上。

赵烈是真不想说话，但是吃人嘴短，缓了好久才憋出一句话："说实话，你又没提前约她，她不来很正常啊。而且女生嘛，也有可能中午去小卖部买个面包就吃了啊。"

江原野原本在玩俄罗斯方块，最底下一排干干净净啥都没有，都被他消退了。他觉得索然无味，悬在屏幕上的手指干脆不动了，眼睁睁看着一个一个彩色方块迅速掉下来，逐渐杂乱地占据整个画面，和他此时烦躁沉闷的心情很像。

江原野轻呵了一口气，食堂空旷明亮，只有人多起来的时候才稍显暖和。这个餐桌正对大门，他已经坐在这里灌了很久的冷风，发型都被风吹出一个又一个了。

江原野微微张了一下嘴，声音一点波澜一点感情都没有："看她脸上有伤，对她好一点而已。"

"说起那伤，"赵烈都有点怒其不争的样子，"你怎么回事？不懂循序渐进吗？就不能克制点吗？"

江原野："……"

已经被堵死的俄罗斯方块界面顶端却忽然滚动出一条新的信息。

王阳：原哥，不对劲呀，我跑妹妹考试的教室来了，一个人都没有，地上却倒了好几张桌椅！

4

见状，江原野心下一凉，下一瞬整个脑仁都开始胀痛，他全身低气压地刚站起身，就见宝伶异常颓废地走进食堂。

宝伶第一眼望去了旁边的打饭窗口，心想这个点了，哪里还有好吃的饭。她步伐很慢，整个人都很绝望，全身都像是散架后刚刚组装上去，痛得发软。宝伶当时没料到陆靖宇会忽然之间使出那么重的力气，她整个人摔在地上的时候，都有短暂的耳鸣，然后眼泪下意识地就滚落出来了。

她很随便地就在第一家窗口停下了，声音沙哑：“打两个热菜。”

宝伶正要摸出衣兜的饭卡，身前有阴影落下：“和她一样。”

女生再抬头的时候，就见江原野正神色平静地站在她身边，一边说话一边刷了饭卡。然后男生很自然地接过两个餐盘，低头看她，瞳孔一下便颤抖了。

江原野微眯着眼，原本就狭长的眼在此时显得更加阴冷。男人握餐盘的手指弯曲着，或许是用力过大，关节都泛白了，声音更是低沉得可怕：“谁欺负你了？”

闻言，宝伶有点诧异，心乱了一下，他应该什么都不知道啊：“……没有啊。”

她伸手慌张地推了一下他：“快吃饭吧，饿死啦。”

结果更是被他看到了手掌上的划痕。

江原野只觉心脏猛然被人捏紧到难以呼吸。男生沉默地垂下眼，整个人异常可怖。

赵烈远远地看两人走来，发现宝伶额头上居然又多了一处瘀青。赵烈都蒙了，她到底是不良少女打架斗殴？还是不小心撞床角？特别是两人坐下来时，看起来都死气沉沉的。赵烈被这种凝重窒息的氛围包裹，竟然恍惚觉得空气越来越稀薄……

宝伶吃得很慢，菜很快就凉了，但她完全不在意。

事情根本没有按照她所想的发展。

陆靖宇的仗势欺人从开学持续到现在，梁旭是她的同桌，被称为天才少年什么的，初中就跳级，所以比她还小两岁。他个子矮小，但看起来干净青葱得不行，爱学习、爱干净、爱同学，整个人都散发着朝气蓬勃以及令人向往的纯真气息。但是她隐约觉得他家境可能不太好，书包带子坏了，就随随便便用夹子夹住用了半学期。

陆靖宇一开始还只是让梁旭给抄各科作业，梁旭一句茫然地“为什么”问过去，陆靖宇就直接一拳打到他额头上，还称这是兄弟间的友谊。接着，是让梁旭帮他给兄弟们写，最好字体颜色还得不一样，明明梁旭全身家当就一支黑色中性笔。

偶尔那帮人还心血来潮地想拽着梁旭去各种高中生不该去的地方玩乐，老师不在没人敢拦，宝伶坐在过道边，就双手抱胸、跷腿，怎么都不让他们将梁旭拽出座位。

可是在这么艰难的环境下，梁旭闲下来时还会趴在课桌上，侧头满脸笑意地看向宝伶，眼中神色一闪一闪的：“原来这就是高中啊，感觉比镇上初中丰富多了。大宝，等我再长高一点，我想参加网球部，想想都酷炫！”

“不用很高啊，你看过动漫《网球王子》吗？里面的越前龙马超厉害的，而且我们的网球部部长顾风，听说他初中的时候也不高的！”

闻言，梁旭更兴奋了：“那我也很有希望吗？”

哪知梁旭还没开始他的网球梦，最近陆靖宇又让他在期中考试期间给坐在他斜后面的沈美月抄答案！

大家原本都看不过去，但苦于被陆靖宇压迫就没人敢出声帮忙。

可宝伶是忍不了了，使了个不算光彩的苦肉计，结果血气方刚的王老师把这事报上去，一向严厉的教导主任却拿他们几个没法——人家家长出资给学校建了一栋高三楼！就为了能让自家儿子顺利度过高中生活！

最后惩罚方式就是让他们写三千字检讨，补偿宝伶医药费，然后停课回家背课文。好像之前都是如此处理的。

别说当时了，就连现在宝伶仍气得血脉偾张，她全身都在颤抖，却无能为力。

宝伶觉得自己在吃草，也不知道在食堂发了多久的愣，左手忽然被一双温暖的大手包裹住，然后轻轻掰开了她的手指。

女生诧异地看向身旁的江原野，男生左手拿着沾好酒精的棉签，埋下头，小心翼翼地吹她的手掌："不会痛了。"

察觉到宝伶还是在下意识缩手，江原野眉头皱得更深了，握住她手指的力度又大了一些。手掌血色的细痕，头上的瘀青，乱糟糟的头发，这就是她自己搞出来的事？一点都不懂这不仅仅是她自己的身体，更是在意她的亲人朋友想要拼命保护好的身体。

江原野胸腔闷得都要炸开，他冷冷地抬眼，深沉的目光里责备的意味显而易见："痛就告诉我。"

他帮她解决。

那目光锁着人，让宝伶从心脏深处到手指指尖都轻微地、麻麻地疼了一下，而后是情绪塌陷，完全沉溺。

原本赵烈还在慨叹江原野这往返校医院的速度堪比《速度与激情》了，哪知悠长的午休铃声响起，坐在对面的赵烈只听清了"痛就告诉"。他不禁老练地啧了一下："哎哟，您这哄人方式能换一下吗？这话也对我说过啊。"

江原野："……"

破坏氛围。

怕是不想活过下半集了。

江原野咬了一下后槽牙，不爽地看向他："我什么时候哄过你？”

赵烈粗着脖子反驳回来：“那些对我好的日子里，你怎么翻脸就不认人！”

那天晚上，江原野救了他，他们结交的晚上，江原野的确对他说过“痛就珍惜生命”啊。

…………

然后，期中考试没过几天，成绩排名便出来了。江原野作为年级第一，甚至还在年级交流会上大发慈心地表示想要辅导高一某些成绩不太好的学生进行魔鬼训练，提高成绩，并且直接点名“陆靖宇”等五人。

这一善举感动了全校师生，每天下课结束，都由王老师亲自将这五人送进会议室，然后锁好门。

而且这几位同学家长听说了此事也兴高采烈地，结束小课还亲自来接他们放学，对江原野“老师”嘘寒问暖、点头哈腰。

而被江原野用学习折磨得脱了一层皮的陆靖宇想要揭发他的罪行，结果陆爸爸直接一巴掌拍向他，说：“人家全省模拟考第一的指导你还不知足呢？明早不给江老师带早餐，小心我打哭你！”

然后陆爸爸又笑嘻嘻地看向江原野，“江老师呀，我们先走了呀，明天再见哦！”

陆靖宇精神崩溃地看着大腹便便的爸爸竟然还向江原野卖萌，陆靖宇感觉自己没多少日子了……因为小课期间他们也曾向江原野发起过挑战，结果连架都打不赢他，而且王老师还锁上了门，逃也逃不了的！

这样的人生还有什么意思！！

而刚刚被陆靖宇揍过，宝伶一直都还沉浸在防备之中，但不知为何陆靖宇一行人竟然忽然向善了，而且那段日子还每天给她带早餐。她不收，他看起来都快哭了……

到毕业的时候，陆靖宇等人的高考成绩确实有了明显的提高，还感恩戴德地来和宝伶握手：“感谢，感谢您让我遇见了生命中的太阳！”

“所以说，人得有个偶像呢，我的一小步，就是人类的一大步！”

宝伶：“……”

第六章

他本就不是温柔的人

1

《完美大脑》所有的1V1比赛终于录制完毕，宝伶溜得快，早就坐上小巴车，吹着暖风优哉游哉地等队友了。VV她们表演结束就到台下看比赛了，琢磨着还得一会儿才能走出电视台。

A市天黑得快，刚过五点夜色就垂下来了，再晚一点，街边高耸的大厦的玻璃幕墙就会投射出五彩斑斓的画面。一下之间，宝妈和林易远都向她发来了新消息。

宝妈：嗷嗷嗷！妹妹，我最近看了很多遍《完美大脑》的第一期，原来江原野就是燎原啊！而且我想起来了，高一下学期我来给你开期中家长会，我就是在那个时候遇上他的！

YUAN：你很厉害啊。

很显然，宝伶看到林易远的微信，比看到妈妈的要更高兴，谁让她们母女都重色轻彼此呢？她美滋滋地决定先让亢奋的妈妈冷静冷静。

宝儿：前辈！没想到你也看我比赛，很高兴。

YUAN：A市电视台跨年晚会邀请我们了，有你们团吗？

电视台这么早就开始拟邀跨年嘉宾了？SA女团好像还没有接到通知……

宝儿：A市是个好地方，到时候我请你去夜市撸串，超好吃的！

女生决定避重就轻，可是刚发送了撸串请求，一想到他的火爆人气，宝伶又赶忙接了句。

宝儿：嘿嘿，还是顶楼餐厅吧！！

YUAN：嗯，谢谢你请我两顿。

宝伶："……"

女生怔了一下，然后笑着回了句"好的"，林易远的理解能力真是优秀！

然后宝伶这才优哉游哉地点开宝妈的一连串留言。

宝妈：其实说起来不是我主动找他要微信的，他跑来你们班，顺着桌上贴的名字看下来，直接就站我身边问我要你的电话，说有急事找你……还教训了我呢，你爸爸都没那么凶地对过我，说有空多陪陪你，别瞎跑跑……

宝妈：我当时就一边点头答应，一边把他拉进了家族群，还生怕他拒绝我！

宝妈：没想到他还是看在你的面子上，加入啦。

宝妈：快老实交代，那天他是不是向你告白啦？

宝伶震惊地看着这些内容，就仿佛自己当时所经历的和妈妈描述出来的是两个平行世界似的。

太魔幻了。

女生黑色浓密的睫毛微微颤抖了一下，刚升入盐外那会儿，她经常趴窗边找他，而且他们还一起经历了在富丽大酒店讲作业的美好时光，她真觉得她和江原野关系好到都快成拜把子兄弟了。

但是到了高一下学期的某一天，她还是照常去趴他窗户，结果江原野黑着脸直接把她轰走了。估计之前也是用那样刺耳的口吻吓跑想要向他告白的那些女生吧……

而且妈妈所提到的之后的高一下学期期中家长会，她也没有接到他的电话，倒是接到了网球社社长顾风的电话，让她去参加一个歌舞剧试音。

虽然最后她落选了……

但是他们的关系就是从那时候开始变得恶劣，一直到了最近的《完美大脑》录制才再次见面的啊。

司机似乎打开了小巴车车门，有冷风和逐渐清晰的说笑声灌进来。

“宝儿，看看谁来啦！！”

宝伶还沉浸在“当年她是不是少长了一只眼睛”的深度怀疑中，她兴致索然地抬起头，身子往前倾，懒洋洋地把脑袋搭在了前排的软椅上。

车内昏暗，只有从巨大的车前窗外投进来的街灯光芒为车内增添了生气。

大媛最先走上来，而后是一脸澄澈笑容的梁旭：“大宝大宝，我是不会告诉你我今晚要请你们吃川菜的！”

闻言，大媛走到前排坐着，笑得双肩都在颤抖：“还有外人在呢，你别这么俗气地叫宝儿行吗？”

梁旭因为宝伶的关系，和SA女团一直处得很融洽。他走近，都没在前排空余位子停留的，男生茫然地看向大媛：“那我也叫她宝儿吗？”

大媛：“随便你呀。”

梁旭终于走到了宝伶身边，埋下头，琥珀色的瞳仁略微有些炽热：“宝儿，我坐这里？”

话音刚落，宝伶便见江原野也走了上来。

录制结束后，男人套上了一件运动型黑色连帽短款外套，光线本就不足，更衬得黑发黑衣的江原野冷峻修长。

大媛殷勤地趴在前排凳子上招呼他：“江……先生您随便坐，别客气。您能接受我们的邀请，我们都很高兴了。”

“叫我江原野就好。”

“好的……江原野。”

而后男人的目光直接越过大媛，冷冷地落在梁旭拉着宝伶的手上。

“宝儿，坐下吧。”

梁旭不知道什么时候已经自顾自坐到她旁边，还把宝伶拉回来靠在椅背上，错开了江原野和宝伶两人的视线。

宝伶看不见江原野了，这才转过身很不习惯地看向梁旭：“你还是叫我大宝吧，‘宝儿’肉麻死了。”

闻言，梁旭坐在过道边，看见江原野随便找了个位子坐下。后上来的小米更是直接大胆地坐到了江原野的身边，梁旭这才低头轻笑了一下：“行，我知道‘大宝’是只能我叫的。”

宝伶没理他，因为她走了会儿神，结果宝妈在女儿的长时间不回复下，竟然擅作主张就开始在家族群介绍新人了，消息数量已经标红上升到了六十四条。

宝妈：亲友们，我今晚得隆重介绍一位隐藏在咱们群里的宝藏男孩！燎原，有看《完美大脑》的朋友吗？燎原同学，也和宝儿同一个高中的，是她为数不多的男性朋友，而且还是节目中的江原野哦。因此，我们家族群，就有三位盐外的小朋友挤进《完美大脑》啦！恭喜他们！

众人答复：

——不错不错，后生可畏呀！

——舅妈，那我应该叫宝儿姐姐为数不多的男性朋友们哥哥喽？梁旭哥哥，原野哥哥，你们真棒！

…………

窗外斑驳的光线不时掠过女生的面庞，宝伶懊恼地靠向车窗只觉头都大了，她赶紧私戳妈妈。

宝儿：妈妈，你在群里乱介绍什么呀？本来擅自拉他们进家族群就很冒犯了，他加进来这么久都不冒泡的，一看就是屏蔽群消息了，现在主动找他不更让人烦恼吗？

宝妈：不是呀，我刚才以为你在忙，就去私戳燎原啦，说很抱歉之前冷落了他，结果他秒回，表示听从指挥，积极配合的嘛。

宝儿：“……”

家族群还在闪动，而且还弹出了梁旭的名字。宝伶略微诧异地偷看了一眼旁边的梁旭，他果然表情凝重地正低头看手机屏幕。

宝伶也跟着点开家族群。

梁旭：恭喜。

燎原：谢谢大家，梁旭，麻烦告诉你旁边的人，加我微信。

见状，宝伶忽然觉得心里细细密密地痒，明明他们三人都正处于封闭的狭窄空间里，周围大媛、VV她们聊天的声音彼此也都能听见，但私下却靠着一个软件在沟通。

她仍靠在窗边，手指悬在屏幕前毫无进行下一步行动的意识，身旁的梁旭也一动不动，就当没看到。

最后女生下了好大决定似的，虔诚地点开了“新的朋友”。把握住这一次缓和大家关系的机会，之后就是好朋友了！

她飞快地点下了接受，结果手抖还顺便把“燎原”下面的陆靖宇的好友申请也接受了！

一想到最近的一次同学会，陆靖宇对她表现得过分热情，还声势浩大地表示打算靠陆家资产把她捧红……一时之间，宝伶整个五官都在拒绝。她连忙把微信名改成了“我点错了不要理我拜托了”，结果反倒加速了两个人向她发来留言的速度。

燎原：？

宝儿：不是说你。

靖宇啊：傻啊宝伶，你加错人不能这个样子的，直接把他加入黑名单，或者设置权限不让他看你的朋友圈就好了！

宝伶：……

你说得都对。

过个两分钟，陆靖宇就会发现看不到她朋友圈的那个人就是他自己了……

2

川菜馆坐落在热闹繁华的古镇里，店内装修非红即青，红色的雕刻柱子，青色的石阶地板。一楼大厅正对着的舞台在固定时间表演川剧变脸，底下好几个四四方方的木桌子、长条凳。靠近店这边的内墙则单独腾出位子装修出了一排小吃铺，有钟水饺、甜皮鸭、伤心凉粉等等，在暖色小灯的映衬下，宝伶光是匆匆瞥了一眼，便已口舌生津。

江原野注意到了宝伶的眼神，他直接就在小吃铺停下了：“我买点小吃送上来，你们先上去。”

闻言，宝伶欣喜地回头看他，男人站在暖光下，锋利的轮廓都显得柔和了起来。她轻扯下了一点口罩，纠结了一会儿，然后向他缓慢地做口型：“甜皮鸭。”

江原野点了下头，嘴角不自觉地上扬了一分，他当然知道她在纠结什么，她其实甜的辣的都想要。但他意外的是，梁旭竟然也默默地停在了他身边。

梁旭提前预订了包间，领班带着一行戴口罩的年轻女孩提前上了二楼，二楼中庭也是古色古香的中式建筑，从包间走出来就能坐在镂空的看台座位上观看一楼的变脸。

江原野没管他，估摸了一下她们的胃口，点了四份钟水饺、两份伤心凉粉和一只甜皮鸭。

“江学长，你这是准备正式和我竞争了吗？”

一直默默跟在他身边的梁旭终于说话了，他转头看向江原野，终于不再掩饰那充满敌意的目光。

江原野却仍目不斜视地看着身前的一碗碗凉粉，许久，他才微眯着眼，清冷开口：“你待在她身边够久了。”

梁旭也憋着一口气，其实他一直在装傻，当时宝伶在群里撤回的那句话，他也看到了。有别的喜欢的人就算了，现在居然还想要撩宝伶？梁旭神情严肃，垂下的双手也不自觉地攥紧成拳：“第一，是你离开她够久了；第二，对于宝伶，我绝不会退让；第三，这是我请客，请有点客人的礼仪。”

闻言，江原野这才不禁笑了一声。不断有湿冷的空气从店外涌入，他直起身把黑色外套的拉链拉到最高，领口竖起。男人看向梁旭，狭长锐利的双眸带着一丝不屑：“梁旭，我待你够好了，对我客气点儿。”

江原野对他好？

他自己怎么没觉得？而且为什么会这么说？

梁旭怔了一下，瞳孔茫然地微缩了一瞬，而后很不满地皱眉：“你到底在说什么啊？”

江原野却已经懒得和他说话了。男人直接和梁旭擦身而过，还拍小孩儿似的拍了一下梁旭的肩：“你请客是吧？那你随意，别忘了把它们拿上去。”

高中时候，江原野帮宝伶解决陆靖宇那个麻烦的时候，他不是不知道宝伶的伤是为谁受的。偏偏梁旭也毫不知道宝伶为他做了什么，而且还因为消除了小魔头陆靖宇这个契机，他在学校里看到梁旭和宝伶成双入对出现的概率越来越高了。

江原野本来没那么火大的，可是就连王阳从网球社打完球回来，还要大汗淋漓地来他耳边吹他看不到的风：“原哥，天天跟郑学妹在球场里打球的那个小矮子到底是谁啊？不是，他能跟你比吗？学妹知道你为了辅导陆靖宇那几个笨蛋，有多少天没去船厂学习了吗？不行，她待会儿来扒你窗的时候，我得好好盘问一下……”

“关你屁事。”

他虽然气哄哄地把王阳骂走了，但也把之后来扒他窗的宝伶下意识地凶走了。

看她干脆利落地转身离开，江原野更加不爽了，他就从没这么憋屈过，甚至还有种被她耍得团团转的愤怒，她当他是免费陪聊吗？

但是后来一模考，江原野被叫到校长办公室等待谈保送的时候，无意间听到了校长和领导正在讨论即将在美花大剧院表演歌舞剧《图兰朵公主》的事。在这个歌剧中，普契尼部分会采用中国民歌《茉莉花》，领导询问有哪些同学可以推荐来尝试一下，校长报上去了宋菲丽。一直在旁默默听着的江原野，还是没忍住报上了郑宝伶的名字。

试音很紧迫，也是在这个时候江原野才猛然意识到，他居然没有宝伶的联系方式。

那时候又正好撞上高一开家长会，他跑到楼下找她，校园里到处都是家长，还有在花坛边玩得脸都花了的小屁孩，却独独不见宝伶。

学校太大了，他停下脚步双手撑着膝盖，直喘气。

江原野在一片嘈杂和混乱的环境里，很是不甘心地给网球社的社长顾风发短信：“郑宝伶在不在你们那儿。”

“露天球场没看到，我问一下室内那边。”

“话说那天我看到你对她的态度了，说话那么难听，后悔了？后悔也没用。”

江原野：“……”

顾风和江原野同班，关系不错，江原野懒得理他，又收回手机往女生的班上跑，结果才刚从郑妈妈的手上要到电话，顾风又发来短信了。

“在室内，两个人，你要去？”

他盯着屏幕看了许久。

高一和高三原本就在两栋楼，好不容易在高一教学楼碰见江原野，原本有胆大的女生来回在他身边路过了好几遍才鼓足勇气想要上来搭讪，结果才走近，便听见江原野低头嗤笑了一声，脸色阴沉得可怕。

而且那沉默不爽的低气压还在逐渐扩散，吓得女生咽了咽口水，便赶紧跑开了。

不远处一大片一大片磅礴的火烧云正蓄势待发地向这边压来，男生黑羽般的睫毛垂下，他在认真编辑短信。

“让她现在去崇明楼四楼录音教室，现在立刻就去。”

“不去了？”

“去打人吗？”

他本就不是温柔的人，也没什么好修养，只是一见到她，忤逆也成一种本能了。

但是现在没有她。

3

包间两居室，还带喝茶间。

这一次聚会，只有 SA 女团的一部分成员，趁两位男士还没上来，小米夸张的声音简直是按捺不住地喷涌而出了：“这个圈子好看的太多了，什么奶油小生、魅力大叔啦，但是只有我刚才坐在江原野身边的时候，我脑子里才真真正正地蹦出‘英俊’两个字呢！他的侧颜、身形还有握手机的手指关节，真的真的，都帅瞎眼好吗！”

“哦。”宝伶懒洋洋地撩了一下耳边微卷的碎发，很敷衍地回应着，毕竟她被他帅瞎眼，也不是一次两次的事情了。

VV在低头忙微博粉丝突破两百万的送福利事宜，没理会犯花痴的小米，可大媛忍不了了，她一脸疑惑地看向小米：“这么激动，你这是在模仿我吗？不要抢我高贵美丽的人设好吗！”

小米却一手推开了挡在中间的大媛的鹅蛋脸，然后倾身很好奇地看向宝伶：“你说说，你们同校一年，你是怎么忍得下去不对他下手的？”

宝伶：……我对他下过手了，只是失败了！

宝伶身边的大媛也很不安分，大媛难以呼吸似的推开了小米胸前的肉：“小米，你压到我了！”

“乖啊，乖啊。”小米一边哄小孩儿似的轻拍了拍大媛的背，一边愤愤有词地说着，“我们就独处了二十四分四十三秒，我都忍不下去了！”

宝伶：“……”

小米：“你怎么不说话呀？”

宝伶有点心累地闭了一下眼：“我不想谈他的事。”

然后小米略微尴尬地抬了一下头，面带娇羞地看向刚走进来的男人：“嗨，江原野。”

“嗯。”

宝伶：“……”

宝伶原本就坐在背靠门这边，这下听见身后传来清晰沉稳的脚步声，头皮略微有些发麻，也不知道他听到了多少……

宝伶旁边就有个空位子，她都不敢回头，细白的脖颈僵着。然后下一秒，便听见旁边椅子轻微地被拉开的声音，是江原野面无表情地坐到了她身边。包间内灯光明亮，偏温暖，宝伶悄悄地瞥了一眼正在安静喝茶水的江原野，嗯，神情超冷淡。

陆续开始上菜，热菜一端上来，温暖的白气朦胧了彼此的视线。

或许是为了缓解氛围，VV 也终于抬起头来了："小旭真舍得让我们等啊，那讨论一下粉丝福利？白飞姐在问我，她好提前准备，我们送什么比较好呀？"

大媛："一套口红？包机票出国游？手机？包？"

小米："手机或者包吧。"

宝伶也紧盯着餐桌上的佳肴跟着点头："手机可以，吃吧，不用等他，我不是有个新手机没用吗？就那个吧。"

宝伶一边说着，一边准备夹一块就近的盐排骨，谁知江原野直接当没看见似的，伸手利落地转开了转盘。姐妹们也是不客气地，开始了飞快地、不停转动转盘的活动……

意识到宝伶怨念的注视，江原野还一脸平和地用侧颜看向她，一副"怎么了，您有事吗"的表情。

宝伶深吸了一口气，逼迫自己喝口茶冷静冷静。

悠悠地喝着酥肉白菜汤的 VV 终于像是想起什么，莞尔笑了："说起那个手机我想起来了，就是你想要送给游轮服务员但是没送出去的那个？"

闻言，大媛也震惊地抬起头："宝儿，你被那个服务员始乱终弃啦？"

宝伶："……"

宝伶只觉心惊肉跳，都还来不及开口，哪知 VV 为了保护她的形象，赶忙看向江原野，面不改色地打包票："别误会，大嫒口无遮拦，我们说的是女服务员。”

江原野：“……”

这下，一向沉稳自持的江原野也不禁意外地怔了一下，然后暗流涌动地别开视线，很不自然地咳了一下。

“小吃马上就来，你们说什么女服务员？”

梁旭终于推门而入，还带进了一股清冷的凉意。男生异常兴奋地直接来到宝伶的身后，眼神温柔地将她的发丝卷在手里玩了起来：“我刚才上楼碰见了王老师，还有别的教师，他们就在旁边包间谈盐外百年校庆的事，我们晚点去打个招呼吧？”

与梁旭话音同时落下的，还有江原野冷不丁放下茶杯与桌面接触的清脆响声。

男人略一眯眼，什么话都没说，只是单手将自己旁边的空位拉开，看向梁旭：“请坐。”

江原野今天是再普通不过的休闲搭配，但因为一身黑，举手投足之间冷酷气场全开，让人怯生生地不敢靠近。

“好啊，你快坐下吃吧，都凉了。”

见状，宝伶也赶忙轻推了一下傻乎乎的梁旭，示意他赶紧逃，别引火烧身。哪知推走了梁旭，看清了坐在自己身边的男人之后，惊讶地发现江原野的眸光又沉下一分。

太难伺候了，看在妈妈给江原野说了好话的份儿上，宝伶觉得今晚她都很可以了，简直是在夹着尾巴做人。

“那今天抢人大赛获胜的主人公终于到场了，”包间内温度适宜，VV 很随意地靠在椅背上，眼角的妆容虽略微有些晕染，但依然光鲜亮丽，她好整以暇地看向梁旭，“从三人里脱颖而出啊，小旭，今晚不得让你多喝几杯？”

“我喝吧，毕竟之后我还会把宝伶赢过来。”

接话的竟然是整场都惜字如金、阴晴不定的江原野。旁边的红酒已经醒好了，但他仰头一口干掉了小瓷杯里的白酒。表情没有一丝逞强，漆黑深邃的眼眸也是直接落在了满是诧异的VV身上：“几杯合适？”

VV毕竟是大姐大，神情怔了一瞬还是很快回过神。

这下她干脆双手抱胸，笑意不明地看向他：“我们和小旭的关系不错……说的喝酒，其实还有别的整蛊游戏在里面，不介意？”

江原野终于笑了一下，也神色轻松地靠在了椅背上：“我的荣幸。”

宝伶原本一直在闷头喝汤，这下终于忍不住把手伸到圆桌下想要去扯他的衣角，不仅没扯到，反倒碰到了他的手背。下一秒，自己的手竟然被男人反手握住了……

他手掌的温暖，烫得宝伶的心也酥麻了一瞬。

然后是彻底的迷茫。明明上一刻还一副“我和你熟吗”的冷漠表情，想要和她保持距离的男人，现在怎么还和她搞起小动作了？

宝伶下意识地挣脱了一下，江原野不仅握得更紧了，还直接侧头看向她，眸光暗沉，声音喑哑：“怎么了？要我做什么，你才会回心转意？”

宝伶抬头直视他，忽然觉得呼吸一窒。明明两人隔着在外人看来是非常礼貌的距离，可她就是有一种自己被他独有的雪松气息包裹起来的感觉，耳根也不可遏制地红了起来。

其实，她之前想拽他，只是因为姐妹们都是会来事的人精。

“宝儿宝儿，给他机会吗？一百个俯卧撑怎么样？”最先兴奋地提出要求的是大媛。大媛身边的小米像是终于摸清楚了江原野的心思，暗自撇了一下嘴，毫无兴致地扒拉了一下碗里的菜。

“可以。”男人答应得很干脆。

宝伶想瞪他，却又不敢偏头，江原野竟然还有心情和时间转换表情回答提问?

“请问我是漏掉了什么吗？宝儿好像还一句话都没说？江先生哪来的‘怎么了’？”

VV这话一出，宝伶又脸颊发烫地想起自己还被他握住的手。她不禁偷瞟了桌下一眼，就在两人椅子的空隙中间，江原野大摇大摆地拽着她不放。

宝伶心虚地抿了一下嘴唇，总觉得自己在做贼。

“那我之前努力的成果是白费了吗？”梁旭忽然放下筷子，自嘲地笑了一下。

闻言，大媛却很诧异：“不是啊小旭，我记得《完美大脑》之后还能有一次抢人机会，也是唯一的一次机会，只有进入决赛积分第一的种子队伍才可以。我觉得，江原野只是在侧面向你宣战而已，算是良性竞争吧。”

大媛好心地向单细胞生物的梁旭解释，完了，还不忘继续向江原野挖坑，毕竟这真是难得的机会啊，大媛期待的心怦怦跳：“我的意思是，脱掉上衣做俯卧撑哦。”

这下，就连一直索然无味的小米眼神也亮了，心情在“好冷好冷啊”和“可是会好帅好帅啊，好看的body（身材）谁不想看呢”之间不断变换。

VV也笑了：“会玩啊，大媛。”

“可以，”江原野仅思考了一瞬，便答应下来了，然后一双墨黑的眼直直地看向宝伶，“跟我来喝茶间。”

“什么啊，原来就只做给宝伶一个人看啊……”

“我不允许！”

这一次，梁旭坚决反对。

4

“你脱好了，我再进来。”

宝伶话一出，热闹的饭局安静下来了，果然大家都很会灵活运用语言的魅力啊。女士们眼神和笑容都暧昧了起来，两位男士的神态则天差地别了，梁旭像是一只随时都会炸裂的小浣熊，整个人都阴沉下来了。

宝伶整个晚上都有一种心脏被他们玩坏了的感觉，她也干脆不和江原野客气了，哪知江原野比她更放得开，还漫不经心地挑眉笑了：“不行，邀你看全程。”

说话间，男人很自然地离开座位，可他一直未松手，所以众人看到的便是站起身的江原野居然拉着宝伶的手！

红了脸的宝伶想挣脱开，但直接被身影修长的男人三两步拉进了被屏风隔出来的喝茶间里……

大嫒呆若木鸡，仿佛三观被震碎：“我看到了什么？？原来他们一直在桌底下悄悄牵手来着的？？”

这一声凄厉的哀怨之后，再听不见饭厅里的任何动静。

是浓厚中国风的红木折叠屏风，即使前面再有说笑的声音传进来，声音听着也是朦朦胧胧的。

喝茶室精致沉静，只有他们两人了。宝伶整个人软骨似的陷在紫檀西番莲纹扶手椅上，她单手撑在扶手上，托腮，仰头微笑着，静静地看他怎么做。

想看看他今天到底要玩什么。

江原野还就站在她身边，动作很慢，还一边扯下外套一边居高临下地、眼角带笑地看着她。

宝伶的睫毛忽然如黑色翅膀微颤了一下，还下意识咽了一下口水，她从没见过这么……轻佻的江原野。

她不服软，仍然与他直视。太过安静的氛围，以至于男人把脱下来的外套扔她怀里，触碰到了她的左脸，碰撞发出的声音在她的耳朵里如阵阵雷声。

江原野外套上的雪松气息也沾染到她身上了。

现在他还扯住了衣角两边，准备掀开黑色长袖……上衣衣摆被他撩起，腹肌因为动作而更加清晰。

女生还在瞳孔微缩地沉浸在他健壮有力的身体上时，他已经把衣服递给她，眸光玩味："帮我数？"

眼看他即将转身准备俯身做运动，宝伶忽然伸手抓了一下，结果直接抓到了他的裤腰，而且手指好像还隐约勾到了别的什么，一条是外面的运动裤……另一条很明显了。

女生的呼吸一下就乱了，特别是江原野还停下脚步，垂下眸，意味深长地看着她。

宝伶能感觉到自己的耳根红了，喉咙也有点干痒，但她仍保持动作不动，气势不能弱，手指还弯曲着轻抵他的腰侧，表情端正得不得了地问道："我是不是很优秀？"

江原野愣了一下，迷惑地挑了一下眉，还不太明白她的意思。最主要是身体和大脑的所有的感官都在她那只太会来事的手上变得高度紧绷和心痒难耐。寒冷的空气对流，身体却被冰冷纤细的手指完全点燃了。

他本来这一整天的心情都差到可以，没伤害梁旭，他都还惊诧自己这几年的戾气隐藏得很好。

然后知道了宝伶原来还想过送他手机，江原野忽然觉得自己的心脏被她紧紧捏住了，一阵阵抽痛之后便是烦躁。

他知道她在游轮上过得不开心，当初也是他故作落魄引她进港口，为了哄她服务部花样用尽，结果留下了她，游轮之行自己又根本没保护好她。

宝伶等了一会儿，没等来回应，于是还战斗力满满地仰起白皙亮丽的面庞，又轻勾了一下他的裤腰，把他拉到身边，眉眼弯弯地提醒他："我是很有原则的，不是你夸我一句，讨好我很多下，我就会加入你们战队。再说了，你们能不能进入决赛还不知道呢。"

宝伶自认为表达清楚了，还完成使命般的松开手，然后缩回椅子里懒洋洋地仰靠着，表情很是惹人爱："好啦，你做吧，很冷的。"

江原野直直地看了她一眼，而后转身伏地："不冷。"

有她在，他只会觉得热。

偏偏女生赞叹地看了好一会儿江原野流畅的背部线条，还觉不满意，又离开座，抱着他的衣服蹲在他身边，然后像只小蘑菇似的玩着男人手腕上的表。

那是她送他的，此刻的他只有身上这只手表最为显眼。

宝伶眨巴眼，轻软的声音表现得很是克制："其实呢，我今天的比赛表现也就一般般吧，也还没有到特别值得去夸奖的地步……"

闻言，江原野挑眉，心情很好地扬了一下嘴角，这不还是来求表扬了？

"外面好冷好冷，话说我刚才偶然看见楼下有个意大利女人和另一桌的客人在讨论美食。她一手紧紧不放开江小白白酒，一边和他们争执'我不管，我就知道意大利菜最好吃，反正什么都没有意大利菜好吃'真是好可爱，啊哈哈哈……"

宝伶正在循循诱导呢，结果屏风外的包间便传来了大媛魔性般的笑声，而且更让人意外的是，江原野忽然表情严肃地迅速起身，从她怀里抽走长袖两三下套上，还利用穿外套的时间命令她："把耳朵露出来。"

他刚在地上折腾了一圈，手太脏。

“什么？”

宝伶瞳孔有一瞬的失焦，她呆呆地把两边的碎发别到耳后，刚要抬头问他做什么，江原野便俯身，埋下头来，贴着她的耳垂：“我有事要去处理，给我理一下后面的帽子。”

宝伶：“……”

宝伶忽然觉得自己这大起大落的急促呼吸来得很是浪费！他在做什么春秋美梦！

“乖，我们宝儿最棒了。”

没想到他又靠在她耳边缓而沉地加上了一句，男人湿热的呼吸都落在她敏感的侧颈上，宝伶心颤了一下，刚抿了一下唇，便见他已经眼角含笑地自顾自理好了外套帽子转身大步离开了。

尽管已经看不见他的身影，但她还在心花怒放。

她承认她被江原野哄得有点飘了，还不可遏制地小鹿乱撞了起来，为什么他的一声“宝儿”就那么像好听的情话呢……

宝伶很娇羞地在喝茶间捂了好一会儿脸，才镇定自若地路过包间，想到外面的洗手池洗把脸。

结果才刚到中庭走廊，就被隔壁包间里的教导主任叫住了。他们抽烟所以开着窗，严重发福的教导主任在一片烟雾缭绕之中喜气洋洋地走出来，然后很是欣慰地将她拉进去叙旧：“看看，我们盐外的骄傲来啦！朋友们，掌声在哪里啊？！”

曾经上课时一脸严肃，如今脸色红润眉飞色舞的老师们齐齐抬起手来：“掌声在这里呀！啪啪啪！”

宝伶：“……”

原来老师们喝醉了都这么可爱……

或许是因为很快便是母校的好日子，也或许他们几个学子去参赛《完美大脑》也的确争气，教导主任用天花乱坠的溢美之词好好褒奖了她一番，最后一身酒气地重重拍了一下她的背。

宝伶很瘦，再加上包间里酒味和烟味齐飞，本就呼吸难受，这一巴掌下来差点让她一口气没喘上来，然而教导主任还在亲切地和她称兄道弟：“……就这么说定了啊，宝儿，十二月三号的百年校庆你一定得来！不来就不是亲兄弟！”

“……对！风里雨里，我们在学校等你！”

在这么感人肺腑的场景里，宝伶也只能一脸英气地配合着：“好的兄弟们！等等我，我去把梁旭小弟也叫来！”

然后女生便头昏脑涨地钻出了呛人的包间，开始大口大口呼吸新鲜空气，结果梁旭正背对着她站在二楼走廊上。他单手撑着红木扶手，面朝喧嚷的楼下中庭。

宝伶也跟着走过去：“你怎么不进去？”

梁旭却忽然按着她的脑袋，让她坐在了走廊的长椅上，不让她转过来，但他自己却咬合着腮帮，目光深沉地看着楼下异常瞩目的两人。

江原野正搀扶着一个陌生的外国女性离开饭店，女人走路歪歪扭扭，整个身子都靠在了男人的身上。江原野看起来也毫不抗拒。

梁旭整个人都沉默得可怕，他眸光清冷，握着栏杆的左手青筋凸起，隐隐憋着一股一点即燃的愤怒和不甘，偏偏宝伶还十分茫然又关心地靠近他：“你怎么了？脸色看起来很不好啊。”

许久，向来清俊乐观的男生忽然无奈地笑了一下：“大宝，你看男人的眼光很不准啊，这样我可是会捣乱的。”

第七章

不想再做正人君子了

1

这一夜，真正的捣乱来得极快。

一直平缓前进的出租车遭到了后方猛烈的撞击，在后排昏睡的宝伶整个身子不受控制地往前倾，等她猛然睁开眼的时候，身旁的梁旭已经眼明手快地揽她入怀。

出租车司机咒骂了一声后紧急刹车，轮胎摩擦地面发出了沉闷的噪音。一时之间，原本宁静的深夜，惊心的车鸣接踵而来，红色尾灯从出租车开始向后连成了醒目的一串。

出租车司机脾气暴躁地锤了一下方向盘，但还是记得回头问一下乘客受伤与否，便见两位年轻人，特别是女方神色慌乱地埋头压低了深色鸭舌帽的帽檐，还戴着口罩，现在整个人都异常紧绷地缩在后排一角，恨不得能隐身似的。

下一秒，便传来了手锤后排车窗的声音。

司机一瞥，来人是个瘦削的小年轻，可能是肇事车主来谈赔偿事宜。司机正要打开车窗，坐在后排长相俊秀的男生却冷不丁开口："别开，能麻烦您下车和对方谈吗？"

"啊？行。"

的确也和客人无关，司机回头，把衣服拉链往上一拉，然后打开门迎着冷风钻了出去。

可谁知道锤窗的小年轻竟然狂热地握着手机跑过来，只对司机草草地说了声"我都赔"，便想要越过他兴奋地钻进驾驶座。

见状，司机忽然从心里深处隐约生出一股不安，他忙一把抓住小年轻的后背外套，拎小鸡似的把他拎出来。

与此同时，他还听见了一连串的手机相机闪光灯的声音，这下司机更是爹毛，直接吼他：“没长眼睛吗？往谁车里钻呢？拍你大爷拍——”

可看起来极度营养不良的小年轻却还一门心思埋下头，疯狂地想要看后排的乘客：“宝伶，宝伶，可以拍个照吗？我支持SA很多年了，我真的真的超喜欢你啊，你们每场商演我都去，还有专辑……你旁边坐的那个男人是谁？他是你男朋友吗？这么晚一起走，你们是同居了吗？你回答我……”

一时之间，小年轻由之前的高度亢奋忽然到了一种极度抓狂的状态。司机就因为他说的一番话愣怔了一下，手劲稍微松了一下，没想到小年轻直接猛地挣脱开他，飞快跳进驾驶座，然后“嘭”地关上了车门！

漆黑的车内，宝伶虽然全副武装，遮得严严实实，但显然还是被这个突然冲进来并准备扑向自己的男人吓坏了。

梁旭几乎是在电光石火之间挡在了她的面前，还迅速伸手勾开了宝伶身边的门把手，然后一把将她推出车外，重新关上车门。

临近午夜的A市，气温骤降至几度，呼啸的冷风肃杀地扫过沉寂的街道。宝伶心惊肉跳地向后趔趄了几步，还是正在打电话的司机一把将她拽住。

等她站稳了，才见昏暗的车内两人如默片似的激烈地扭打在了一起。

更准确地说是陌生男人在主动发起攻击，整个身体都倾倒在后排，这让宝伶完全看不见梁旭的脸了。

从撞车到粉丝猛然袭击后排也不过两三分钟的时间，再加上呜咽的晚风刮得她耳尖发痛，她才终于缓过神来，雪刃般的眸子一下就清冷了下来。

宝伶也不是好惹的，她暴躁地扯开车门，哪知另一个高瘦的柔软身躯就钻入了后排，拼尽全力地去拉扯这位粉丝。小女生气得撒泼发抖，说：“林德意你疯够了吗？啊？让你别跟踪他们，你居然还撞人家的车！人家司机都报警了，你要点脸吧，林王八！！”

警察来得很快，收到宝伶的消息，经纪人白飞姐更是从家里床上爬起来，半小时就赶到了警局。

这位粉丝的妹妹低声下气地求原谅，嗓子都说哑了。白飞姐做事利落是毫不留情的，抽走女孩手中的手机，问：“是你哥哥的吧？我删点东西。”然后直接把人手机恢复出厂设置，还给她，然后接上宝伶和梁旭果断走人。

黑夜缓缓地从四面合拢，越发沉寂，只有从车外照进的路边灯光能看清白飞姐凝重的表情，她双手抱怀，眉头紧锁：“最近台里有意想邀请 SA 参加元旦晚会，机会不能错过。宝儿你最近出席活动都低调点，最好这事别被人拍到爆出来了……”

说到一半，白飞姐忽然回头：“小旭，真不去医院？”

今晚他们俩留下和盐外老师叙旧，VV 三人就先回去了，碰上这事绝对是无妄之灾。

梁旭把头靠到窗边，整个人都像是被寂寥夜色包裹住了，只有额头上的创可贴泛着光——那是宝伶在警局给他贴上的。

男生声音淡淡的：“不用，小伤。”

比起之前陆靖宇的拳头来说，这根本就是挠痒痒。

后排的宝伶心也一直揪着，今晚的梁旭果断、凛冽，性格近乎大反转，莫名挨揍完全是因为她。她一言不发地从包里摸出一把椰奶糖，悄悄地递到梁旭身边。男生注意到了她修长好看的手指，而后抬眸直直地看向她。

他想要别的。

梁旭难得冷漠地推开她的手，靠近她，哑着声说："等晚一些，给我想要的好吗？"

2

那晚之后，宝伶每日都过得提心吊胆，整个团出去参加活动的时候，也生怕下一秒就冒出一个记者把话筒伸进她嘴里，然后犀利地问她："你的粉丝和梁旭因为你打起来了，听说你只会在旁边冷眼看架？"

在练歌室看到白飞姐一闪而过的身影，宝伶在心里千求万求白飞姐可千万别是来找她的；吃果蔬餐，宝伶无意间抬头对上了白飞姐若有所思的眼神，她却恍若被死亡凝视住了，抖得不行。好像白飞姐说，还吃饭？这怕是你最后一顿饭了吧……

如此挣扎到了盐外百年校庆的前一天，白飞姐终于放她半天时间去彩排。

靠强大的心理素质熬到这一天，宝伶都觉得她已经看淡世俗，顿悟了。

所以此时，宝伶看什么都一脸慈祥。

初冬猎猎的北风吹卷起校内红色的横幅，听说三天校庆将开展各类活动，会回来很多知名校友。明天上半场有一个提问讲座，汇聚了各领域专业人士，作为金融圈新起之秀的梁旭和影视行业励志之星的宝伶都受邀在列。傍晚则是感恩联欢会，在校学生和校友共同准备十八个表演节目，宝伶暂定的是个人歌曲串烧。

宝伶当时扫了一圈，近二十多个人名，就连当年的网球社长、现今世界排名十一的顾风也抽空来了，独独没有江原野，宝伶心里还是很不爽的。

瞧不起谁呢？

江原野在造船的技术绝对一流，不就暂时在这方面默默无名，还只是一名游轮服务员吗？但他最优秀，不接受反驳。

宝伶以为自己真的无欲无求了，因为大半天的带妆彩排忙完，她和宋菲丽竟然能心平气和地坐在一起吃饭。

赵烈看宝伶毫无生气，最终还是大发慈悲地拿出了手机："看在你们都没有他微信的分上，我就勉强和讨人厌的江原野开个视频通话吧。"

宝伶正有气无力地扒拉米饭，忽然难以置信地抬起头，看向对面的宋菲丽，她竟然没有江原野的微信？

果然，坐在赵烈身边的宋菲丽听见这句话，精致的小脸一下就垮下来了，很不自在地咬了一下嘴唇，根本不敢和宝伶有任何的眼神接触。

请求"视频通话"的音乐悠然响起，宝伶竟然既有点小紧张，又有点小雀跃："为什么要给他开？"

赵烈一副"干吗非逼我说明呢"的懒散表情取笑她："这不看你没见到他，魂儿都没了吗？"

宝伶："……"

"他太忙了，明天直接来现场。"

宝伶欣喜追问："什么现场？"

"他明天有个人讲座啊，在致远楼能容纳三百人的学术厅，校方还觉得给他准备的场子太小了，但没办法，五百人的交流大厅不留给你们了吗？当然他个人是觉得给他间教室就行……"

宝伶严肃拒绝："不行的，那样子我把头挤掉也挤不进去的。"她顿了一下，不知不觉间可爱的话痨本性又被激发出来了："讲座是什么内容？轮机工程？他好像是这个专业的。可轮机是什么？会不会枯……不会的，绝对不会枯燥的！”

赵烈笑得都快合不拢嘴了：“瞧瞧，这精神气多棒！啊，通了通了！”

宝伶赶忙欲拒还迎含苞待放地抬起头，对方却转接成了“语音通话”，还只吝啬冷淡地说了句“在忙”便匆匆挂掉了。

宝伶：“……”

和上一次听见他的声音，低沉磁性地说着“我们宝儿最棒”的语气完全不一样。

精神食粮断线了，宝伶只能气息奄奄地躺平在了轿车后座上，回到了别墅。

当天夜里，A 市便迎来了初冬的第一场雪。翌日清晨一辆辆私家车和迎接省外校友的校车碾过白雪和泥土混合的地面，从后大门陆续驶入。

两边灌木丛上铺满了厚厚的一层白雪，路灯灯柱上也在一夜之间换上了喜气洋洋的校庆广告牌，红底白字，隽秀的中英文标注。

校庆三天没有具体的课程，学生们在校服外面裹上了胖胖的羽绒服，成群结队地说笑路过，不时会张望一下从身边驶过的轿车。因为太多期待的学长学姐们回归了，不论偶遇上谁，都能激动得嗷嗷叫。

宝伶其实也振奋不已，讲座底下，黑压压一片积极提问的学生。宝伶也只有在被问到参加《完美大脑》海选和正式录制的经验和训练方法时，正儿八经地像个深藏功与名的成功人士，其余时候就像个焦灼等待下课的学生。

讲座预计上午十一点结束，而江原野的个人讲座十点就已经开始了。

最后讲座在十一点十三分结束，宝伶想要从陆续涌上前台要签名求合照的学生里挤出去可死活挤不出去的时候，她清亮的嗓子忽然响彻了一小半的交流厅："先让我追个星！我快没电了！"

果然，人群错愕地愣了一瞬，而后立马齐刷刷地给她艰难让出了一条小道。

呼吸一下就顺畅了，宝伶竟然还有一瞬双脚终于踩回地面的错觉，她脸不红心不跳地感谢他们："我只充电五分钟，就能续航今天一晚上的表演哦。"

宝伶左脚踏进致远楼学术厅后门的时候，还在埋头扎马尾。

当忽然听见异常熟悉的男人声音响起时，宝伶竟然有一种肾上腺素飙升的紧张感，他说："那么刚才已经说过国内造船传统分成三大块，壳、机、电。但问题就在于国内以前主生产作为货物运输的船舶，内舾只占一小部分，而这一小部分往往都是现成的生活单元，所以外协进厂直接吊装，省事。而游轮相对于货船改变较大的就是内舾，即装潢。"

江原野说着，还按了一下手中的遥控器，然后回头看向大屏幕投射出来的PPT。幻灯片内出现了几组不同风格的游轮内部构造，有主打迪士尼的梦幻游轮、最会玩的派对之船、奢华北欧风的小型豪华游轮等等。

男人今天一套笔挺的深蓝色西装，明亮的壁灯落在他肩上，描出峻拔修长的身形。不论侧身站立，或是沉默的背影都帅得无懈可击，但宝伶能明显感到江原野今日不同以往的神态。

认真、多话。

他将这场讲座当成工作，是一丝不苟地全力以赴。

"没有造游轮的经验，因此与之配套的设计、制造、认证，国内都没有。拿一块木板来说，船上不仅要考虑耐火性，质量，还得考虑在高盐情况下的腐蚀。普通木板不做处理直接上船使用，几年就废了，所以得给它加涂层。涂层也还需要考虑毒性、是否易燃、你的漆是否经过船级社认证等等。这还仅仅是材料所需要考虑的问题。”

江原野的声音微沉但清晰，还极具侵袭的锐利感，再加上他独特的说话方式缓缓地为大家展开了一个陌生领域，从最贴近生活的实物举例，即使是中途求学的宝伶也明白他今天的主题是建造游轮，并不由自主地被他的话语所吸引。

宝伶不禁垂眸，扫了一眼静谧的台下。

全坐满了，就连处于风口的前后门门口都伫立着些不畏严寒、全神贯注看向台前的同学们。

男女都有，寒风料峭，大家都安分默契地挤在一起，那无比膜拜而崇敬的目光，让宝伶胸腔剧烈跳动的疼痛感越发清晰。看吧，她说江原野是最优秀的，在场所有人都深有共鸣！

宝伶过来之前换上了一早准备好的校服，为了避人耳目口罩也必不可少。

可猛烈的寒风似是能穿透衣裳钻入骨子里，宝伶刚哆嗦了一下，就被靠后的女同学霸气地揽住了肩：“妹妹，感冒了还站风口上？姐姐给你个好宝贝，你先转身。”

宝伶：“……”

被她护住的宝伶全身僵硬，她生怕被认出来，头也不能转，只敢偷偷瞥了一眼对方的校服……高二的，也对，宝伶心大地准备了一件高一的，谁都可以占她便宜。

可女同学还以为她害羞，干脆大大咧咧地自己上手，拉着宝伶的手腕华丽地转了个圈，还利落地撩起了她身后的校服。

就在宝伶浑身寒毛竖起，惊悚地以为自己被非礼了的时候，女同学忽然“啪”的一声一巴掌落在她的后腰上：“林氏暖宝宝，你值得拥有！”

宝伶：“……”

太刺激了。

3

“舱室布局、防火、乘坐舒适性……”

说到关键点，台上男人的声音忽然一顿，清冽的目光难得饶有兴趣地快速扫了一眼场下，却意外停住了。

江原野漆黑极亮的眸光微颤了一下，而后飞快别开视线拉回，继续镇定自若地提问：“能思考一下，还有哪些方面做不好，船厂就相当于交学费？”

虽然时间短暂，但坐在前排的学生就如高清摄像头一般敏锐地捕捉到了江学长的神情变化。然后前排学生呆愣了。迷茫了，江学长那克制的眼神是在看谁呢？最后他们以“我宁愿自己眼瞎了”的心碎状态拿出了手机，噼里啪啦地敲打键盘抒发悲愤。

与此同时，一阵连续的手机振动从正在给宝伶贴暖宝宝的女同学的衣兜里传来。贴好了，女同学将宝伶的校服重新扯下来，这才疑惑地掏出手机：“哪个群这么热闹啊……”

“……啊啊啊，江学长刚才看到谁了？怎么还脸红了？嘤嘤嘤，还不好意思地躲开视线了，难道台下有他认识的人吗……”

林同学飞快地、毫无感情地小声读完群里的消息后，忽然喜上眉梢地四处张望：“是宋菲丽学姐吗？但不可能啊，她们下午有表演，这时候应该很忙吧？难道伪装成学生混进来了？”

说着，林同学还无比警惕地看向戴口罩的宝伶，两人这才第一次目光近距离的接触上，然后彼此都惊讶地愣住了。

林同学呆呆地，身上的大姐大气焰瞬间被浇灭，神情也变得狼狈不堪，好半天才唯唯诺诺地找回自己的声音：“我……我哥的事，对不起。”

宝伶也没料到当晚那个粉丝的妹妹竟然是自己的学妹，而且生活中竟然是这么讨喜的性格：“别在意，继续听讲座。”

林同学埋头，抿着唇沉默地点了一下头，然后冷不丁地走到一旁的过道座位一侧，拍了一下男生的肩头：“给我妹让个座，她感冒了。”

“啊？好嘞！”

宝伶低调地坐过去时，竟然有一种难以言喻的奇妙感，特别是这位林同学还保镖似的杵在她面前。一旦有人试图经过这里，都会被她阴冷凶恶的目光吓得屁滚尿流赶紧跑。

这哥哥妹妹差距怎么就这么大……

“……有防火，就应该有通风？”

终于，坐在前排的一个男生鼓足了勇气举手，毕竟台上是天才学长江原野，台下则挤满了专属于他的三个年级的迷弟迷妹们。

江原野很赞赏地看了小男生一眼：“没错，很棒。”

闻言，稚嫩腼腆的男生呆愣了一瞬，他身边的同学也激动地拉他坐回座位，小声惊呼着：“被夸了，而且是很棒啊！是说你很有天赋的意思吗！”

小男生只觉整个血脉偾张了，他热血沸腾地倚靠在椅背上，一脸敬佩地仰头看向台上正在补充解说的江学长：“日本三菱重工曾在建造豪华游轮的过程中三次起火。第一次电线起火，第二次客厅区域的作业用布造成了小型火灾，第三次则是放置内部装饰器材的纸箱和绝热燃料发生火灾。”

“三菱重工的遭遇就在眼前，我们不得不重视。”

江原野欣慰地向后倒退了几步，目光放远，鼓励更多的同学回答：“还有吗？想一想密闭的大型空间，比如电影院，需要注意什么？”

立马有同学领悟，开始举手：“噪音？隔音设置？”

江原野温和地笑了一下：“需要考虑噪声控制，更多是在主机发电方面。船厂会优先考虑柴油电推进主机，在噪音、燃耗，及节省废气排放等领域，都具有很好的功能。这属于船舶的内部设备，是更复杂的专业，感兴趣的话，之后还能有这样的讲座，我再和你们细致讨论。”

“感兴趣，感兴趣！”

“江学长如果能一直留在学校就好了，留校任老师，我就住教室！”

前排几位女学生声音高亢得就像参加偶像演唱会似的，不经意间激动之情表达过度了。这毕竟是严谨的交流会，周边顿时传来了轻蔑的取笑声，那个女同学一下子便尴尬地缩回了身子，想要落荒而逃。

而江原野竟然还走到她身边，略微弯下腰，目光柔和地引导她：“还记得我刚才的提问吗？可以给我一个满意的答案，让我感到不虚此行？”

太近了。

修长完美的身形和冷峻沉静的面部轮廓，和独独只看她一人的眼神，这完美的时刻、这相隔一米的距离都仿佛将她的敬慕膜拜和小心翼翼放大了无数倍。

她震惊害怕想逃，也想一鸣惊人为他争气。

安静得似乎能听到自己心脏跳出胸腔的沉闷声响，女同学颤抖地开口：“逃……逃跑……逃生布局？”

江原野忍不住微扬了一下嘴角：“聪明。”然后利落地走回台上。

这回，女同学是全身颤抖得只想发出土拨鼠式尖叫了，还好旁边的好友眼明手快地捂住了她的嘴。

“目前全球有四家能连续建造豪华游轮的船厂，大多在欧洲。日本三菱重工率先在亚洲进行尝试，但最终退出了建造豪华游轮的市场，转向客滚船以及商船业务。一条游轮虽然造价高昂，但是能带动一个全新又极具潜力的产业链，不少船厂跃跃欲试，可真正敢做的少之又少，因为没有几家交得起这样的学费。所以当下，我们可以和国外有经验的船厂合资组建游轮，”江原野沉稳地停在台中央，目光锐利而坚定地看向台下聚精会神的学生们，“但在不久的未来，希望能看到独属于我们的设计。”

与此同时，明亮的屏幕暗下来了，只余下简单利落的四字：“谢谢观看。”

沉寂了一瞬，掌声轰然响起，热烈的、亢奋的、不愿停歇的。宝伶坐在最后一排，也不禁挺直了身板，拍得掌心都发痛了。女生胸腔里挤压着满满当当的骄傲和震撼，它们按捺不住地想要爆发出来，想要和更多喜爱他的人共舞。

他很会鼓励人。

难以想象这竟然是不可一世的江原野。

宝伶甚至有一瞬的恍惚，聪明人都很孤独吧，他们立在不可攀的云巅，是最期望能有人与他们并肩同行，去触摸出思想碰撞而爆发出来的超新星的火光。

4

讲座正式结束，在一旁静候的学生会成员立马开始了有条不紊的善后工作。他们暗下了几束冷硬的壁灯，整个学术厅瞬间便被温暖的橘色灯光包围了。

江原野则直接走下台，长手长脚地朝学术厅后门方向走去。

坐在过道边的学生陆续欣喜地蹭起身想要向他靠近，男人却疏离地拒绝，目光抬高："不用跟着我，话说难道你们就不想念梁旭学长吗？"

"哎？梁旭学长？在哪儿在哪儿？"

有人敏锐地顺着江学长的视线看向明亮的后门，下一秒，原本快步走近、神色冷郁的梁旭便满是错愕地被一群稚嫩的学生们猝不及防地围堵住了。

他们满怀敬意，神色憧憬，这让梁旭不仅找不出理由推开他们，还又被迫后退了几步，连学术厅的门也进不了了。

就连一直护在宝伶座位旁边，正准备热情又娇羞地伸出手邀请宝伶吃饭的小林同学也被狂热的人群无辜挤走，然后瞬间埋没。

宝伶心疼地回头看向她，可头顶更高处却忽然落下了一件轻薄的西服外套，遮住了女生的视线。

"让我坐一会儿。"

这道声音低哑略疲惫。

是江原野。

宝伶弓着腰，挪位子挪得很快，就那样顶着质地柔软的外套乖巧地移动着，然后男人顺势坐在她之前的位子上，倦怠地仰靠在红色的软椅上休息。

有从前排跑到后门的学生途径江原野的身边时忍不住停了下来，可是又想到之前他那冷淡的警告"不要跟着他"，最终还是默默跑开了。毕竟学校里，到现在都还流传着"江原野学长的平易近人是限时限量"的言论，就一定有人遭遇过血与泪的重创……

门外隐隐约约地传来学生们的欢笑声。

宝伶也是想低调，于是就披着西服转身靠近他，想和他说悄悄话，便见他修长的手指刚好剥出了一颗椰奶糖，然后伸手勾掉她耳边的口罩，喂到她嘴边。

男人一双墨黑的眼沉沉地落在她白皙的面容上，语气似有不悦："那女孩儿撩你衣服做什么？"

"啊？"宝伶抿了一下嘴里的糖，说话间都带有淡淡的奶味了，"给我贴暖宝宝。对了，你的个人演讲很棒啊，我都听懂了，还很感兴趣！要是早几年你这么给我分析一下，说不定我已经是优秀的游轮设计师了呢！"

闻言，江原野沉默地抿了一下嘴，决定面不改色地附和她："对，怪我。"

宝伶很大度地摆了摆手："也不全怪你，你也别太放在心上。"

江原野："……"

宝伶又忍不住望向仍然很是喧闹的门外："话说梁旭是来找我的吧？等他搞定了，待会儿我们一起去二食堂喝糖水吧，润喉的。"

看她只顾注意外面去了，江原野的眸光跟着就沉了一下。他没直接回答，而是低头漫不经心地扫了一眼刚收到的微信消息，问："他的脸怎么了？"

宝伶怔了一下，有些躲闪。

梁旭眼角的伤痕还在，是那天晚上在车内被那位粉丝抓伤的，没想到左眼皮一连肿了好几天，之前说好的陪她来彩排最终也没法来："没怎么，小问题。"

行吧，不想让他知道。

江原野轻呵了一口气，语气相当无所谓："等他，还是跟我走？我吃个饭就走。"哪知他说完，便眉目深冷地起身大步往前门走。

宝伶怔怔地，继续保持一动不动。江原野上身只穿了一件黑色高领羊毛衫，而身影修长的男人也的确是脚步带风的，一双大长腿三两步就和她拉开了好远的距离。

外面天光大亮，因此讲座结束，学生会成员临走前便把学术厅内的灯光完全关掉了。此时，只有两个通道门附近还涌进了些白茫茫的日光，越往台下，光线越暗。

最后宝伶气得牙痒痒地起身追过去，她身上还披着他的外套呢，江原野就是故意的！

二十排逐渐朝下的阶梯座位，宝伶有些心急，还有种像圆笼里狂奔的仓鼠似的感觉，只觉怎么也跑不完追不上。好不容易见他放慢了脚步，女生想也没想就准备冲刺跳到他背上，哪知江原野竟然停下脚步，还转身了！

男人几乎是瞳孔骤然微缩地下意识便伸手接住了她，还抱着她的大腿根部朝后险险地迈下了两个阶梯才稳稳站定。

宝伶披在身后顺势滑下去的外套，也被他半路截住了，抓在手里，悬在半空中，晃了晃。

宝伶的双腿紧紧缠着他的腰，这才堪堪到了能和他平视的高度。

近到交换彼此呼吸的距离，两人就这么暗流涌动地对视着。没了光影，男人立体干净的五官拢在黑暗中更显凛冽的锋利，是英俊到非常影响大脑运作了。宝伶都不敢呼吸了，甚至开始害怕被他听见她快速有力的心跳声。

还是江原野喉结滚动了一下，先开了口，可低沉的声音像是磨了滚烫的沙，哑得厉害："想说你没有、你不是故意的？"

闻言，她睫毛轻颤了一下，像黑色的蝴蝶翅膀。

宝伶瞬间警觉，他这是在揶揄她当年不小心被公交车转弯甩到他身上说的那句"我不是，我没有……"。

他的手紧贴她的大腿，宝伶抿了一下唇，提着呼吸直视他，有一瞬都快迷离地想要亲上去了，但她绝对不能表现出没见过男人的样子！于是，宝伶环绕他脖颈的手还大胆地轻拍了一下江原野的后脑勺：“这是你的荣幸。”

他的头发偏硬，还有点扎手，痒痒的。

“是我的荣幸。”

江原野舔了一下唇，沉默地看着她红润的嘴唇，移不开眼。这唾手可得的距离，有令他神牵梦绕的酥软身体和满是她清甜的气息，他是不想再做正人君子了。

可宝伶在这时候轻晃了一下小腿，下命令了：“放我下来。”

接收到指令，他难熬地垂下眸，倒也没耽搁弯腰、松手、动作温柔利落地让她落地。

然后江原野一言不发地拽着西服上衣的衣领向后一甩，迅速穿上外套就往前走，但是步伐慢了很多。在等她跟上。

她这把燥热的火，控制不住的时候还是尽快远离比较好，对她安全点。

宝伶换下校服，重新穿回灰蓝色羽绒服的过程稍微花了点时间。早过了中午的饭点，再加上天气严寒，两人沉默地在肃杀的北风里并肩前行着，去往食堂的路上就没遇上什么学生。

终于到了二食堂，女生迫不及待地摘下了口罩：“吃完饭就回游轮上吗？”

“没，我现在在船……”男人声音一顿，低头掏出了不停振动的手机，然后走向一边接通。

宝伶也只好走到附近窗口看看还有哪些热菜，早晨学生会统一给他们发了三张饭票。她先小心翼翼地端着两份餐盘把江原野和梁旭的午饭打好，刚才收到梁旭问她在哪儿的微信，她就把二食堂的地址发过去了。

等她再去端自己的餐盘时，惊讶地发现江原野还在打电话，而且男人刚刚打好了一碗满当当的糖水，端着汤碗身影笔直地伫立在原地通话。

宝伶走近，才听出江原野语气不太好，而且最主要的是说着她根本听不懂的一门语言。虽然她听不懂，但他的声音动人。

宝伶又绕到他正面，仰头看他，嗯，果然脸色不太好，目光也是冷冰冰的锐利。

特别是那碗溢满的糖水水面还在不安分地一直晃啊晃……然后下一秒，宝伶便轻微地踮了一下脚尖，下意识地凑近抿着碗边喝了一口。

见状，江原野话音一滞，他垂眼，眸光暗沉，怔了半晌才找回自己的声音继续商谈，心口却软绵绵地又痒了起来。

他以为她想喝，便一边打电话，一边配合她一点点地倾斜瓷碗。

这下，宝伶睁大了双眸，难以置信地看向江原野，而且原本神色凝重的男人不知为何还变得柔和了起来。

为了能让她加入他的战队，江原野对她是从未有过的呵护备至，这温柔陷阱任谁都会心甘情愿沉溺下去。

宝伶只好又鼓着腮帮大口大口喝下去并不停吞咽，哪知他还在缓慢抬高，宝伶这才连忙惊恐地推开："不是，我当时喝是看它快洒我身上了……"

江原野："……"

哪知宝伶话音刚落，江原野手中的糖水就被第三者忽地夺了去。

宝伶侧头，便见轻微喘着粗气停在两人身边的梁旭拿过糖水，仰头，喉咙滚动，也就不停顿地大喝特喝了个五六秒吧。等他再放下瓷碗的时候，都能见干净光滑的碗底了，红豆、绿豆、金瓜芋泥啥都没了……

第八章

两个人的斗争

1

后台化妆室的灯光暖黄明亮，镜前一小串连续的小灯泡映亮了宝伶白皙精致的面容。

现在是下午两点半，校庆感恩会将在下午三点正式开始，预计持续到下午六点。再过一会儿台前就可以开始暖场了，宝伶的节目排在第十一个，怎么也要在五点左右了。她静静地闭眼等待上妆，耳边充盈着谈笑声，但她的眉目间略显寡淡，一副兴致索然的样子。

吃过午饭，宝伶就催促梁旭回家休息了，毕竟明天还有比赛录制。

江原野则是根本没时间和他们吃饭的，直接匆匆走人了。

江原野挂掉电话时，梁旭还似乎很了解他似的，讳莫高深地问了句："是那个女人吗？"

"你说的谁？"

当时江原野是这么回复的，可为什么宝伶就是心烦地解读出了，他身边好像有很多女性的意思，而且他说的到底是什么语言？有几个瞬间很像法语，但肯定不是法语。

而且说起来，自《完美大脑》第一次录制时，宝伶就察觉到他神色糟糕了，没想到这次更显疲惫。

就像彻夜不休之后随意剃了个胡子就赶过来了，完美的俊颜骤降到九十分。虽然极度理智的冷静、酷依然吊打众人，但是，游轮服务员这么辛苦的吗？

应该是有新的表演嘉宾推门而入，裹挟着清冷的寒意走进了化妆室。

“哇，宋学姐你手指冻得通红啊，快进来休息！”

听见旁边的座椅被拉开的声音，正在上妆的宝伶睁开眼，透过化妆镜轻瞥了一下。没想到宋菲丽还真兴致盎然地坐到她旁边了。

宋菲丽一身长款的酒红色羊毛大衣，她将琴盒轻轻靠在一旁，而后慢条斯理地给自己补妆，柔亮的黑色长发滑在了身前：“台前来的好几位年长的前辈都是享誉国内外的，按理说我该早点来准备，但是来的路上碰见一群学弟学妹竟然在操场用雪堆游轮啊，没忍住和他们玩了一会儿。”

后台原本就有一些打下手的学生，闻言，她们欣喜地围了过来：“堆游轮？江学长上午的演讲主题不就是造游轮？哇，他们也真的太用心了吧，只可惜江学长太忙很早就离开了。”

“是真的很用心，好像是某个高二的男生在听讲座的时候就开始画图纸，按照三比一的比例准备堆一个长度一百米的游轮。班上同学都拿着小铲子来帮忙了，或许得花费两天时间呢。”宋菲丽顿了一下，勾起红唇，笑道，“别担心，我已经发短视频给他了。”

闻言，围拢来的女学生们眼中几乎是止不住的羡慕了：“呜呜呜，和江学长同班一定超幸福了！”

“话说江学长喜欢什么样的女生呢？宋学姐，你这么漂亮，江学长肯定追过你吧？能被江学长这样特殊对待，做梦都会笑醒吧……”

这个说着“做梦都会笑醒”的女同学觉得不甘心，还转头看向了安静坐在一旁的宝伶，女同学急需获得一丝丝共鸣：“郑学姐，听说你高中毕业就出道了，在校的时候听过江原野学长的名字吗？”

宝伶讷讷道：“……听过。”

女同学循循善诱：“那在录制比赛的时候见到江学长，觉得他长得怎么样呢？”

“还行吧。”都说过了，比高中时候怎么也要差个十分。

“啥？你说啥？”

“……我说很不错！”

女同学这才满意地点点头：“我有听人说郑学姐也要追星充电的，所以综上所述，能上《完美大脑》这个节目也是因为有江学长作为动力对吧，对吧？啊，偶像的力量果然强大！”

宝伶：“……”

说实话，上《完美大脑》这个节目的时候，她早把江原野这个名字忘到九霄云外去了。

学妹们也没多闹腾，喜静的宋菲丽这回还难得地埋怨了一下她们这么早就散了。而后又换回好心情，优雅地靠在旁边看了一眼腕表，声音都是如沐春风的：“我真是好奇，怎么你的经纪人还不给你打电话？”

宝伶早已化好妆，原本百无聊赖地趴在化妆台休息，听她这样说身子一下就僵住了。

她缓慢地坐起来，有几缕慵懒黑亮的卷发略微压得毛糙了些。女生心里隐隐涌出一丝不安，难道那天晚上的事已经被爆出来了？

宝伶微眯了一下眼，清甜的声音逐渐沉静了下去：“你想说什么？”

话音刚落，宝伶衣兜里的手机便振动起来，她眉心一跳，看了一眼联系人之后内心顿时惊涛拍岸，还真是白飞姐。

宝伶努力沉住气，走出化妆室，到冷清昏暗的甬道接听。

白飞干脆利落地通知她处理后的结果："我已经让司机来接你了，今天的感恩会你肯定是没办法上了。不知道是谁居然敢在太岁头上动土，泼脏水泼到《完美大脑》的头上了。但是你放心，明天的录制还是正常进行，台里也肯定会想办法帮你澄清，只是网络控评可能还需要好几天的过渡期……"

"……被爆的不是我和梁旭的事？"

宝伶越听越迷茫，最后忍不住心慌地打断了白飞姐。白飞也顿了一下："怎么，网上传《完美大脑》内部泄题给你的热搜，你还没看到？"

白飞不禁轻嗤了一声："还放出了什么工作人员的录音，说得像模像样，什么和摄影师都沟通好了，一百进八十的时候，不要切你的特写镜头，特别是你平板上的内容是早就准备好的答案，还海选之前就已经给你看过题型。哼，当时可是我陪你一层层海选过的呢，我这边已经和台里联系确认过了，别担心。但是校庆你就别上了，被当众质问，你处理不好我们这边反而更麻烦……你说什么？"

说话像机关枪扫射的白飞尾音却忽然震惊地飘了一下，而后像是耳朵离开手机朝那头的工作人员质问着什么，声音明显小了许多，但不可预料的紧张感却陡然上升了："……什么ID？图像清晰吗？还有别的网友发出来了吗？"

"白飞姐？"

宝伶心怦怦直跳，她叫了一下白飞，但白飞并未立马回应，还在和工作人员说着什么。

"……啧啧啧，难以想象啊，郑宝伶居然是靠泄题进的节目！早前就有网友这么猜测了，没想到居然是真的，也是，连大学都没上呢，高中时候听说成绩也一般般吧……"

"上午讲座还说着什么'努力奋进虽然是一条极为艰苦的

道路，但从来都是一条最为可靠的道路’，哈哈哈，她可还真敢说啊，女团成员能有多大点出息？不就唱唱跳跳，好像也不是C位，就站位靠边的那种……”

“还到处报我们盐外的名字呢，真是丢脸，可千万别把真才实学的江学长和梁学长给拖下水……啊——吓死了！”

一直说笑的几个学生忽然在半昏半亮的甬道内看见宝伶冷不丁地站在阴影里，她们就像见鬼似的号叫了一声。

现在也不管学姐学妹的情谊了，直接惊讶了一瞬而后选择无视她，飞快埋头跑掉了。

而且走前还不忘嬉笑地开一发嘲讽技能：“……你刚才叫得很大声啊。”

“都是要糊了的十八线，管她做什么呢！”

宝伶面无表情地立在那儿，还真像一尊冷冰冰的雕塑，当然她也的确觉得所有血液都凉了下来。

她心里就像正经历着一场凶猛残酷的暴风雪，五脏六腑都跟着遭殃受凉。她有一瞬的难以置信，可这也是人之常情，同校的师妹们都不愿选择相信她，更何况陌生人。

不知道台前正在进行第几个节目，场外震耳欲聋的音乐声几乎快炸破宝伶的耳膜。

“宝儿。”终于能清晰地听见白飞姐的声音了，但语气全然没了之前的不畏与轻松，要低沉许多，“事态变麻烦了，那天晚上的照片被爆出来了，牵涉你和梁旭两人。三个攻击点，一是你们两人凌晨打车疑似去酒店，二就是打架还闹去了警局，三是网友甚至开始质疑身为队长的梁旭也能向你泄题。这样的话，台里需要调查很多，澄清公告也会更慢放出来。”

“……司机到学校了，哪栋楼？你直接出去走人，我在跟VV和大媛的代言，姜蕊来了，她帮你去和校方接触。”

姜蕊是另一个经纪人，SA 女团十一名成员，一共有三个经纪人。

“不用，让他们在车上等我。”

白飞诧异地怔了一下，音色都失真了：“怎么，你还要坚持上台？！”

2

宝伶已经预料到再次回到化妆室要遭人审视，灯光暖人，但目光凉薄。

她们轻瞥了宝伶一眼，而后不屑地回头继续讨论之前的高大上话题，还真有听到嘲讽似的“看啊，还好意思回来呢”“回来收拾行李走人呗”的窃窃私语。

都是在文娱圈混的，但像宋菲丽那样清高的演奏家居多，在她们眼里，宝伶无非是快销产品。

与她们的抱团相比，仍然毫不介意地独自坐在原位的宋菲丽便显得亲和许多。

宝伶镇定自若地走到宋菲丽的身边，一人坐着，一人站着，宝伶也只能弯下腰，压低了声音靠近她，语气毫无波澜：“所谓的工作人员是你找的？但是，梁旭的事应该与你无关？”

宋菲丽仰靠在椅背上，不满地皱着眉：“梁旭是谁？”

宝伶平和地点点头：“那就好，顺便一问，台下有你很多专业老师？”

台下是有很多宋菲丽憧憬的前辈，但是……

“与你有关吗？”宋菲丽扯出了一抹轻蔑的笑容，但不爽、愤怒的心性完全被郑宝伶如此不在乎、如此不害怕的态度给激发出来了。她丰润明亮的面庞甚至有些失态，郑宝伶为什么还不落荒而逃？

她要看郑宝伶难堪啊！

可宝伶竟然还对她笑了，说：“与你有很大的关系。”

这什么前后不搭的对话？

行吧。

宋菲丽咬咬牙，决定再加一把火：“游轮之行你被怀疑偷盗，也是我找人向你购物袋放东西的。怎么样？被人一次次质疑、冷笑，这些你都应该早已习惯了吧？我想让你身败名裂，你就必须得狼狈！”

郑宝伶必须得狼狈。

郑宝伶有什么值得江原野念念不忘的？

高中的时候，江原野喜欢靠窗坐，想靠趴窗来和他套近乎的，不止郑宝伶一个女生。

可郑宝伶却是唯一一个江原野默许她这样做的女生，并且她不来，还会令江原野神不守舍。

但是他们两人也闹过矛盾。

高三那个放学的傍晚，她明明亲耳听见郑宝伶趴在窗外眉飞色舞地给江原野说话时，男生一边冷漠地收拾书包一边回了宝伶一句：“有事说事，没事走人，我没你那么无聊。”

说实在的，她第一次见到江原野没给郑宝伶好脸色看，然后宝伶神色仓皇了一瞬，忽然“哗——”地关上了窗就跑走了。

玻璃窗撞上墙边发出的声响，那简直就是令人不悦的噪音。

然后宋菲丽竭力按捺住雀跃，很是温柔大方地走到他的座位旁：“江原野，要去船厂吗？司机正好顺路送你，一起走吗？”

班上人都知道的，他平时逃晚自习的时间全跑船厂埋头苦学了。

哪知江原野理都没理她，脾气暴躁地把收拾好的书本又统统倒出来，还猛踢了一下课桌横杠，桌上的纸笔全掉下去了。

吓得她忙不迭地往后跳。

为什么从高中到现在，就郑宝伶一人可以让他喜怒无常？！

宋菲丽真是咬牙切齿地疯狂嫉妒很久了。

而这厢，听见宋菲丽毫无顾忌地撕破了脸，宝伶这下内心是真的震惊了，甚至有一瞬的毛骨悚然、脊背发凉的感觉。当时赵烈说找到嫌疑人且已经处罚并辞退，但真正的始作俑者还一而再再而三地用尽手段。

宝伶忽然抬起头，周围等待表演的嘉宾仍在窃窃私语地看着她们俩。

有负责对接前台幕后的学生们陆续涌了进来，为首的负责人为难地看着她，看起来像是很希望宝伶能主动离开。

直到看见冲进来的小林同学。

宝伶本就在寻找可靠的人，虽然她不知道宋菲丽为何对她敌意满满，但她仍然语重心长地拍了一下宋菲丽的肩，道："祝你演出成功。"

这让宋菲丽的脸色白了又白，但众人都还在，她只能继续表现得落落大方，说："也希望你还有演出的心情。"但她早在心里冷笑看奚落郑宝伶无数遍了，都这时候了，底子外表全没了，还装什么装。

而愤恨的小林同学看起来都快想爬到椅子上高呼为宝伶辩解了，宝伶却两三步迈过去拽下她，和她耳语。

听完，小林同学都快惊呆了，她猛摇头："不行，这对你没好处……"

宝伶原本没这个风风火火的小林同学高，但早换上了演出需要的高跟鞋，宝伶安抚似的摸了摸小孩儿的头发，轻抬眼睑，看着这一屋子的亮丽华服、珠光宝气，继续耳语道："现在这样就对我有好处了吗？”

最后小林同学飞快地推开众人，跑出去了。

3

大厅内，台下的观众早已在宋菲丽优雅地演奏完作曲家包佩的*Once upon more beautiful days*（《昔日美好时光》）之后，便隐约躁动了起来，因为按照表演单上的流程进行，下一个节目便是宝伶的流行音乐歌曲串烧。

然而直到现在，整个演艺厅却仍处于黑暗之中，也没有主持人报幕。

这样的无端空白与茫然一直持续了快半分钟，墨绿色幕布终于缓缓地自中间拉开。空旷的大舞台，只有一束由上至下逐渐变得浑圆透亮的白色聚光灯打了下来，光线和阴影的交汇处，灰尘在半空中飞舞。

很快有人反应过来，这灯光设置和上一个节目如出一辙啊，难道宋菲丽连续演奏两首？

然而下一秒便惊讶地发现，在台中央身姿熟练地抚弄大提琴的竟然是郑宝伶！

宝伶将慵懒冷艳的波浪卷轻轻挽起来，或许是为了配合原本的流行音乐，上身仍穿着简单的纯白翻领衬衣，在领口处夹了个小小的黑色麦克风，下半身也是再普通不过的黑色紧身小腿裤。

但舒服柔和的拉琴坐姿一看就是学过的。

“啊，网上闹得这么大，她怎么还好意思上台的？”

“……为什么又是大提琴？怎么还忽然换节目了？”

台下落座的有从政从商的：“……不好意思，我其实一直不太清楚，这位女士到底是谁呢？”

台上的女生恬静地微微埋下头，低沉的琴音响了起来，然后坐在第三排的老音乐家们由一开始的浑身傲骨都写满了抵触，再到心间一颤，逐渐聚精会神地挺直了脊背。

而不懂行的人仍在小声嘀咕着网上热传的新闻，年过半百鬓角发白的老音乐家忍不住回头严厉地对后两排的小年轻们道：“请尊重音乐！”

就连一直围拢在幕布后排也是学音乐的一些学生们都全身战栗了一下，鸡皮疙瘩起了一身。

盐外优秀生、特长生太多了，尽管不是人人十八般武艺样样精通，然而随便两三门外语侃侃而来或是懂得演奏四五种乐器的学生大有人在。

小林同学飞快地巡视了一圈，然后揽着一个很清瘦、表情变化多端一看就懂行的女同学的肩，连逼带威胁地问着：“什么曲子？有名吗？难度系数大吗？她拉得怎么样？给我回话，快点儿！”

小林同学刚才跑了大半个学校，几乎快把她的人脉用尽了，终于帮宝伶从音乐老师那里借来了大提琴，她虽然听不懂，但她仍然觉得好听。末了，还又看见了某个略微颤抖令人厌恶的身影也立在了幕布后，小林同学又恶狠狠地增加了一句：“和宋菲丽比哪个更厉害？”

她声音不大不小，总之不远处的宋菲丽是绝对能听到的。

哪知这个看似清瘦的女同学竟然不畏强权地拍开了小林同学的手，清淡的声音很是不耐烦：“安静点，别打断我体会。”

小林：“……”

小林同学只能暗搓搓地、可怜巴巴地摸了一下自己被打的手，委屈得想哭。

一曲作罢，最先鼓掌的是三排的音乐家们。

他们也不管后面窸窣敷衍不甘愿配合的掌声，他们只是热血一股一股往上涌。对于演奏者从琴弦上喷发而出、直击灵魂的纯净表现出了抑制不住的喜悦和欣慰，然后忍不住地想要给这位年轻人最真诚的鼓励和支持。

要知道，上一场宋菲丽表演结束之后，老艺术家们也仅仅只是像现在的后排嘉宾那样拍手示意了一下而已。

掌声仍在继续，清瘦的女同学这才大受打击，面色凝重地向备受冷落的小林同学招了招手："好了，我现在可以回答你的问题了。"

"这是巴赫的无伴奏大提琴第一组曲，雀跃、自由、庄重、忧伤，反复听，无比饱满。曲是名曲，巴赫则是宇宙。难度大概就是我绝对不敢上台拉，因为拉一次错一次。问她拉得怎么样？和郑学姐相比，我觉得我拉琴可能就像在锯木头，又有点像在杀鸡。"

小林同学完全没料到她会如此诚实，最后直接笑喷："同学，你对自己好残忍哦……"

幕布再次缓缓合上，宝伶拿着大提琴居高临下地向面色难堪的宋菲丽走去。

有同学远远地聚在一旁看着她们俩，一个简单的日常打扮，一个深V红色紧身长裙，却总觉得火药味十足。

宋菲丽浑身颤抖，整个明艳高贵的造型就像淋了一场倾盆大雨，不堪一击。

宋菲丽的声音从齿缝里蹦出来："……你是故意的。"

看着宝伶抱着大提琴上台的时候，宋菲丽还在连连冷笑她的不自量力，再然后听见她的琴声响起，宋菲丽渐渐地有了一种挡也挡不住的如坠深渊、疯狂被打脸的耻辱感。

……宋菲丽真是疯了，在搬石头砸自己的脚。

宝伶仰了一下头：“是啊，没错。”宝伶一字一句很缓慢地吐出来：“我就是在摧毁你的骄傲。”

小林同学则机灵地跑过去，宝伶小心翼翼地将大提琴归还给她。半小时前，宝伶在校园里民心尽失的时候，小林也仍然选择相信她。

现在，就算宝伶想要上前和宋菲丽干架，小林也绝对会帮宝伶在一边扔砖头的。

宝伶双手抱胸，嘴角微扬，雪刃一般的眼眸微微亮，像极了电视剧里的反派女二：“*Once upon more beautiful days*，学姐很会选曲子啊，这是包佩想表达父母之间的对话，大提琴的音域广，通过高音与低音的呼应，最大可能地将其淋漓尽致地表达出来。学姐也是蛮厉害的，有几个瞬间我还以为是两夫妻在吵架。”

“话说回来，包佩是我很喜爱的大提琴作曲家，要不是看在梁旭的事情不是学姐爆出来的，我可能就上台和你拉一样的曲子了。我看台下的老艺术家们也还蛮支持我的。”

宝伶从小泡在各种特长艺术班里，整日整日见不到父母的那些日子可不是白过的，她还为长手茧变丑偷偷哭过，但是国外大提琴奖怎么说大大小小也拿了三四个。她背谱很困难，因此少数能背下的，即使长时间不练也能拉出来，只是手会酸。

此刻，光是单纯欣赏宋菲丽话也说不出口的狼狈表情，宝伶觉得一点儿劲儿都没有，宝伶只是想尽快表明自己的态度，然后回去进行危机公关。

“现在看明白了吗？这虽然是我们两个人的斗争，但艳压你是我单方面的。”

“还有，别再搞这些小把戏，太掉价。”

宝伶声音清丽，说这些话时，还像总结陈词似的轻拍了一下宋菲丽的肩，又轻声感谢给自己递外套的小林，而后便利落地穿上羽绒服在一众人复杂的目光中走出了后台。

轿车已在门口等候多时，又开始飘雪了，傍晚的橙色灯光映亮了半空中细细密密坠下的白絮。

司机见腰肢不盈一握的宝伶走出来，连忙上前为她撑伞，颇有种乱世佳人的意味。

小林一直默默地、热血沸腾地跟在她身后，最终满是崇拜地停在了台阶前，悄悄地给离开的黑色轿车挥手，还做出了人生中一重大决定——

太美艳了，她这辈子都是宝伶学姐的人了！

4

“宝儿，你得有一段的苦日子要熬了，闹出这样的事，对家更会虎视眈眈地盯着SA，最近先好好保住《完美大脑》吧。”

“明白了，姜姐。”

宝伶失神地看着车窗上氤氲出的一层朦胧雾气，有些力不从心地应了一声。

虽然自己给了宋菲丽一个下马威，但在网络上，她的路人缘已经差到极点。她匆匆扫了一眼微博，她那句“我不是来谈恋爱的，我是来让公司骄傲的”文字末尾还带了个很疑惑的、连带三个问号的黄脸表情上了热搜。

网友直接开启疯狂的嘲讽技能，说她真本领什么都没有，哪来的自信这么嚣张？还问她频频打脸的滋味如何？和队长搞暧昧，还拉低公司形象是不是觉得这样子特别开心？

宝伶面无表情地关闭微博，点开了微信，一言不发地盯着“燎原”的头像看了许久。

宝儿：在忙？

宝儿：今天未说完的话，是说你现在在船厂工作吗？

不知为何，宝伶这时候会很想江原野，很想很想。他的语音也好，就算是能看到他回复她的一段文字也好。

然而对方迟迟未回复，她又自我安慰他是真的在忙，便跑去看他的朋友圈，一晃下来，一大半都是转发的有关游轮的讯息。最近一条也是半年前的“建造游轮面临的十大挑战！中国船厂准备好了吗？”的新闻，再一直滑啊滑到了很久远的三年前，宝伶葱白细长的手指忽然停顿了一下。

一张灯火通明的城市夜景图片，主体是新宿区一栋商业大厦上方的巨大视频播放屏，画面正好定格在了一个被粉色雪球包裹住的两个英文字母SA。

配文则是再简单不过的“圣诞快乐”。

宝伶看呆了，那时候江原野还在东京大学就读，而那是SA应援物的标志。她记得的，那时候SA刚成立一年，日韩两地奔波跑，有训练学习，也有商演。为了拉响知名度，公司也的确曾花大价钱在东京市区投放过宣传广告，有且仅有一次。

宝伶不停地再往下翻，没了，下面再没有像这样的原创朋友圈了。

女生心里忽然软软地发胀，欣喜又怅然，生怕自作多情。可他那时候为什么要拍下这一张照片呢？

她是SA女团成员之一的这件事，他那时候就知道吧？他也会窥视她们的郑家家族群了解她的消息吗？

临着快下车的时候，手机终于振动了一下。

燎原：对。

宝儿：恭喜啊，离造游轮的梦想又靠近一步了。话说我们女团也曾去日本参加过商演，我看到学长的祝福了。

燎原：什么祝福？

宝儿：朋友圈的“圣诞快乐”啊。

宝伶打过去的时候还有些迟疑，为什么总觉得他的回复显得有些冷漠。最主要是近几次的见面，他对她都太好了，以至于稍有一点不好，她都觉得很糟糕，心里有落差。

燎原：那就当是祝福你们吧。

燎原：记不清了。

见状，宝伶仓皇尴尬地盯着屏幕看了许久，她心下倏然凉了一半，还有点闷闷地痛。她还真是自作多情了啊，但是江原野上午不还为了哄她到他的战队煞费苦心，怎么现在？是在微信上他不会聊天了？还是也认为她是因为漏题才进入百强的？

宝伶忽然眼眶发红，鼻尖酸涩，明明在此之前宋菲丽如此犀利地针对她，都没法伤她丝毫的，可现在，她觉得自己委屈极了。回到基地后，她一晚上都蜷缩在沙发上，抱着《完美大脑》录制组发来的题型难过得说不出话来。

情况在第二日略有好转，《完美大脑》的官博声明在翌日清晨发出，随后SA女团也出面回应：系粉丝跟踪尾随，已交于警方处理。并且SA女团任何一名成员均为单身，同居纯属无稽之谈。

这一次前往录制，白飞几乎和宝伶形影不离，关怀备至到去洗手间都想和宝伶手拉手。舞台声光效都准备就绪，舞台大门缓缓开合，光影和掌声一并朝她扑面而来的时候，宝伶才终于挤出一抹笑容，强打起精神来到台前，然后惊讶地发现前排竟然就坐着爸爸妈妈！

爸爸正襟危坐，向她点头示意，妈妈则激动地挥舞着手中的应援物，笑容满面，好像并未对外界的流言有所影响。

他们突然空降，不用说，宝伶也明白是来给她默默打气的。

“今天是团体赛的第一场，第一场就火药味十足啊，毕竟来自盐外的两位队长即将在今日展开激烈的争斗赛。”

主持人激动满满，但他明白台下的观众们更加迫切，因为第一组的其中一位挑战者极具卖点和争议性：“话不多说，第一组挑战项目疯狂迷宫，正式开始！”

宝伶能进入《完美大脑》百强，从复杂的数据分析来看，是拥有极高的空间想象力的，而层叠消融和疯狂迷宫都重点考察空间。疯狂迷宫难度极大，首先需要选手将上下两个模板在脑海中拼接成一个完整的迷宫，一共四个出口，再从中选出最短路线。

疯狂迷宫将两位空间想象力极强的选手汇聚在一起，整个迷宫大而复杂，谁先在脑海中印出初步的完整形状尤为重要。

宝伶此时已经围着迷宫转了好几圈了，迷宫框架设置得太大了，她不停地仰头埋头，只能一部分一部分地去记忆。

“……宝伶好像还在反复确认，但是王雨晴已经踏入迷宫布局了哎，似乎在尝试寻找最短路线了！”

“宝伶也终于跳进去了！她也在寻找……啊，还撞上了！撞上了就说明她们的路线有重叠点，对吧对吧？还很有可能是对的路线吧？”

“咦？但是王雨晴撞上了之后竟然匆忙退出了迷宫……还跑出来写答案了！莫不是那一条就是最短路线……”

宝伶看见王雨晴离开的时候，也完全慌了，毕竟自己才刚刚尝试第一条出路！

要么求快，要么求稳。

宝伶见王雨晴确实是去答题纸上写答案了，这条路虽然才走到一半，但宝伶已经很清楚出口位置了，如果现在跑回去赌这一条路的胜算……

宝伶最终还是咬咬牙，回头尝试下一条路。

宝妈连忙心急地扯了一下老公的袖子：“……妹妹为什么不赌一把呢？！”

虽然郑爸也不自觉地把手攥紧成拳，紧张得浑身出汗，但语气还是镇定的：“妹妹一向都是靠努力，而不是运气。”

然而三分钟之后，宝伶彻底绝望地走回座位上，一笔一画十分心碎地画出了路线图。

她当时尝试的第一条路线，就是最短距离。

没什么好怨天尤人的，她最初慢下来的那三分钟，就已经输给了别人。

宝伶是打头阵的，再次回到选手室，难免给队员带来了无形压力。积分第一即胜率最高的战队直接进入决赛，免去了半决赛的残酷厮杀，要想直通，包括梁旭在内的其余四位选手必须全胜才有可能。

然而五个小时的比赛录制下来，宝伶犹如当头棒喝，只觉前路一片黑暗，充满了恐慌和无助。结果出乎意料且不忍直视，四名队员上场只赢下一局。最后两位队长亲自下场的点灯挑战，气场强大、节奏迅速，气氛紧张到了一种严重缺氧的地步。

到了后半场，既要顾忌自家的灯光不受牵连被灭，还要尽可能地一次性灭掉对方更多的灯。彼此计算能力之强大、推理能力之惊人，几乎能做到对方刚一说完数字，下一位选手就能接着报出自己的验算，灭下几盏灯、又亮起几盏灯，快得就像根本不需要思考似的。那一场比赛酣畅又刺激，令人惊叹大脑的无尽潜能，又深深拜倒在两位选手处变不惊的强大心理素质之下。

最终，江原野以三盏灯的微弱优势获得胜利，梁旭战队和江原野战队以1:4的结果结束了一整日的比赛录制。

也就是说，梁旭整个战队的成员不仅没办法进入半决赛，更是几乎无缘和国际选手进行切磋。宝伶整个人都蔫了下去，深深的无助感从四面八方向她侵袭而来，这算是她最后一次在《完美大脑》出场了吧，她终究是平凡的，不会成为任何人的骄傲。

而且看见江原野和梁旭共同走进选手室时，她还必须调整心情去应对接下来的事。

“抱歉，没能为你们争取到关键积分，是我这个队长不够优秀，不能带你们走向更远的舞台。但之后我会真诚恳求积分第一的队伍，能选一个就带一个走。”

梁旭说完，还深深地向队员们鞠了一躬。

要知道，他可是年龄最小的队长啊，并且也是他们战队最小的成员，也才十九岁便已经自顾自地背上了一整个队的使命。

在江原野的战队队员都将他团团围住表达崇拜之情的时候，宝伶她们则上前不停轻拍梁旭的背，让梁旭别这么大压力，而梁旭仍保持着鞠躬的姿势，怎么也不愿抬头。

宝伶发觉他在微微颤抖，忽然伸手去触碰他的脸，却被他尴尬地拍开了，女生心下一惊，他竟然在哭。

宝伶很想拉他出选手室，可外界还误认为两人在暧昧。她最不喜欢炒情侣档，只能为难地咬了一下嘴唇，为了不被误会，只能很自私地继续留在原地安慰他：“梁旭，这不是什么大不了的事，而且你也很棒很棒了，不值得你……”

可男生忽然将左手搭在了宝伶的肩上，梁旭弓着背埋着头，手腕紧紧地遮住自己的面庞：“他太厉害了……”

江原野反应太快了，而且思路清晰，步步紧逼，断人后路，绝不留情，以至于后面的梁旭六神无主，完全乱了脚步，几乎被江原野牵着鼻子走。而且有一瞬，梁旭甚至有一股很强烈的预感，自己一步一步地计算，都在江原野的掌控之中，否则江原野如何做到脱口而出的?

无非是相对亲密了一点的支撑动作，可在后面的表情冷峻不已的江原野看来，却是拥抱了。男人忽然脸色一黑地推开了人群，气压低得可怖。

偏偏宝伶也并不介意这个动作，而且还很震惊梁旭竟然会毫不顾忌地表示出他的畏惧："没有的，他也不是出生就这么厉害，别怕他……"

这下，对面战队的成员有点看不下去了："我说，宝伶你安慰人也不用踩我们的队长吧？江队长的优秀……"

"是，"俯身从红色沙发上拿起电脑包的江原野不禁轻嗤了一声，直管荧光灯的白色光线落在他的身上，映衬得他的轮廓越发冷硬，"我的确不厉害。"

不然她也不会只顾着安慰梁旭，却丝毫不注意江原野的存在了。

第九章

她现在不想见到他

1

此时，宝伶正局促不安地坐在车内第二排的位子上，正对上坐在第三排的江原野毫无波澜的目光。

这辆改装过的大众 T6 凯路威印象中只有一家三口出去短途游玩的时候，郑爸才会让司机开。车内宽敞舒适，黑色搭象牙白的内置吧台，二三排相对而坐，很是方便话痨宝妈和话痨小宝进行欢畅的交流。

因此难以想象，如此私人的用车，这一次竟然会多出了两个年轻男人——江原野和梁旭。

特别是江原野，在半小时前，她和江原野的关系近乎破裂，但现在竟然能心平气和地同坐在一辆车上。

哦，也不算平和，毕竟他都不愿意和她对视，眉目异常深冷地别过头看向了车窗外。

不高兴也对，毕竟是在宝妈热情得过头了的邀请之下，他才沉默着上了车。

半小时前，冰块脸的江原野在冷笑着说完“我的确不厉害”后，正要摔门离去，却被一通电话阻止了脚步。

身影颀长的男人立在门口，接起电话，声线已经很努力地过滤掉了戾气，变得无比平淡：“阿姨？”

“她在，”顿了一下，江原野略一抬眸，扫了一眼在他看来仍然抱作一团的宝伶和梁旭，而后很不情愿地说了句，“对，我们都在一起。”

男人又耐着性子倾听了一会儿，眉心微微拢起：“地址？

半夜方便打车来回吗？”

可这两句一出，宝伶算是立刻明白过来了，她太了解颜控的妈妈了，应该是想要约他去哪里吃饭或者游玩。可江原野录制还提电脑包，特别是他刚去船厂工作，经常请假不好，宝伶连忙向他摇头摆手。

见状，江原野眉头皱得更深了，果然疏离地拒绝道：“多谢，下次吧。”

然而真正听到他拒绝的时候，宝伶还是有点失落，她对他满怀幻想，满心倾慕，但又不敢靠近。他希望她加入他的战队，然而她今天铩羽而归、狼狈不堪。

可对面的宝妈仍不愿放弃，不知道说了什么竟然逼迫江原野从坚定果决的“下次”到最后无可奈何地吐出了两个字：“……行吧。”

他同意和他们同行了。

目的地是美达琳温泉酒店。

想到这里，宝伶很是愧疚又卑微地悄悄给江原野发送了一条微信过去。

宝儿：你放心，我已经和妈妈沟通过了，她下次不会再私聊你了。

宝伶就忐忑地看着对面的男人收回目光，淡淡地掏出手机，手指缓慢输入着，却又忽然停下来，暗下屏幕，继续看向车窗外从四面八方缓缓合拢而来的无边黑夜。

宝伶原以为自己会收到新信息，结果对方已经厌烦到不愿回她了。

她倒是收到了一条白飞姐的微信，说让自己好好玩就当休假吧，一直到新年，除了 SA 女团全员会去台里参加跨年晚会，宝伶今年的工作就结束了啊。

一行人没去酒店用餐，而是选择了山下的烤野味。

宝伶恍恍惚惚地，而日理万机的郑爸当了一回现场观众，倒是对《完美大脑》这个节目颇有兴趣。郑爸是退伍军人后来从商，连连感叹他老了，有几个挑战项目的规则都看不懂，但年轻人上台就是干，梁旭就很耐心地为他讲解。

店铺很随便地支出了一个大棚子，零零落落地在上面挂了几串小彩灯当作照明。

味道好顾客多，不大的场子说笑谈话十分喧闹，忙不过来的时候，烤好了还得自己去拿。于是能随便吆喝的就只有宝伶自己了，她乖乖地挤在飘香的烧烤架旁边，从人群里端出了满满两盘食物。

好不容易气氛能持续高涨，谁知烧烤架旁边忽然传来了女生的质问声，“谁拿错烤盘了吗？”等了一会儿无人回应，那女孩儿愤愤的音量更大了，“二十六啊，我们才是二十六号烤盘啊，两大盘东西怎么出去买个红薯就没啦？”

正在吃蜜汁鸡翅的宝伶忽然一顿，她赶紧擦了一下嘴：“我们不是二十六号吗？”

闻言，宝妈也不敢吃了，连忙放下筷子惊讶地看着她：“妹妹，我们是二十九号啊，你今天怎么啦……”

或许是注意到了这边的动静，那一桌的三人都往这边不满地走过来：“是你们吗？啊，还都吃起来了，怎么这么不注意啊，我们等很久了……”

一群火气正旺的小孩儿气冲冲地走过来，便看到正背对她们坐着的女生忽然警惕地扣上了羽绒服帽子，而旁边两位颜值爆表的男人则陆续抬头看向她们。然后下一秒，长相清俊的男生立马笑嘻嘻地起身：“真不好意思啊，和我们二十九号换一下行吗？还有什么想吃的，记我们账上可以吗？”

三个女生仍然撇着嘴互相对视了几眼，心不甘情不愿。

“再点又要等好久啊……唉，行吧……”

某个女生忽然红着脸大胆地问：“话说能来你们这儿拼桌吃饭吗？”

“不能，”一直坐在原位冷眼旁观的江原野却忽然开了口，“但是我能去你们那儿拼个桌吗？”

闻言，三个女生眼睛都亮了，她们本来就奔颜值去的：“能啊能啊！我们就坐那儿！走吧走吧，我们不介意的！”女孩儿们纷纷热情邀请他，虽然只有一个大帅哥，但这一个顶俩啊！

江原野也很配合地站起身，这一站立，女孩儿们简直兴奋不已，真是很惹眼的大长腿哥哥啊！

江原野礼貌地看向郑爸：“你们慢慢吃，我去给小孩们结账。”

他全程都没看一眼宝伶，便转身跟着她们离开了。

这一走，他们这一桌才终于恢复了清净。

郑爸皱了一下眉，还是有点不高兴：“妹妹，我们从没给过你什么压力，你想做任何事都支持你，但是不要再为既定的事伤神。从小到大我们唯一对你的要求是什么？”

宝伶内心像是被碾压过似的，变得皱皱巴巴，她拉下了帽子：“[illegible]不给人添麻烦。”

2

美达琳温泉酒店坐落于半山腰，从山下的停车场通往酒店的是一条蜿蜒的木板道路，在山脊的基础下，还打造了造价高昂的人工景观，一盏盏橘黄色的路灯照亮了一小片区域的精致石雕。

而从酒店内庭一直到山顶都设着三三两两的、冒着暖暖白气的汤池。

宝伶刚换好了酒店浴衣，穿着人字拖经过一楼前台准备去泡温泉，便看见江原野穿过酒店旋转门，大步离去的背影。

之前因为小孩们很是闹腾迟迟没吃完，他便发微信给宝妈，让大家别等他，他待会自己上来，烧烤店离酒店走路也就十分钟的路程。

可怎么他刚上来，就又要走了？

宝伶着急地问前台："那个客人不住宿吗？"

"不清楚，只是出去的时候，看见他手里拿着车钥匙……"

宝伶又一股脑地追出去了，和第一次录制《完美大脑》见到江原野离开时，如出一辙地行动鲁莽。

而这连续糟糕的两晚，宝伶也才算是深切体会到了雪上加霜、祸不单行的意味。因为夜色清冷，木板湿滑，女生跑太快踩滑了，直接惊吓到尖叫了一声，接着摔倒滑行了三块木板的距离才堪堪停住。然后听见声响的江原野飞快从底下跑上来，整个肺腑间都充斥着令人呼吸困难的寒冷空气。

男人喘着粗气撑住旁边的扶手停下时，便见宝伶正可怜巴巴地坐在原地，想要把人字拖上断了的那根线重新塞回去，光着的那只脚就只能窘迫地踩在另一只还有鞋子的脚上，都冻得红红的。

偏偏宝伶见到他了，还仰起饱满灵动的脸蛋很委屈很委屈地质问他，眼泪一下就掉下来了："……你又要去哪儿啊？"

闻言，江原野一言不发地俯身，靠近，伸手握住她的腰侧，然后直接将她抱起来扛在了肩上。她说出那句话时，江原野是有一瞬的心口闷闷的钝痛，都差点让他忘记他还在生气了："你跟来做什么？"

这不上不下的距离，最后他也只能抱着她转身，继续朝下走，怕她待得不舒服所以他步伐慢而轻。他还不能打横抱，因为得将她冰冷的双脚捂在自己怀里，拉高羽绒服的上衣拉链，尽可能地不让她受凉，哪知道她却颤抖着哭得更凶了。

江原野语气冷冰冰地警告她："别哭了。"

但她还在抽抽噎噎，怎么可能会停？好凶啊，和之前他不小心刮伤她鼻子、温柔对待她是两种截然不同的态度。他是真的和梁旭在食堂里说的那个外国女性朋友关系匪浅吧？不回宝伶微信，刻意躲开她给她的妈妈发微信，现在还要离开，根本不想和她多待，她又输了比赛，这下更加别指望江原野会巴心巴肝地对她了，宝伶觉得心态真是崩了。

为什么喜欢上一个人，就会变得如此脆弱不堪呢？

哪知忍无可忍的江原野还忽然轻拍了一下她的屁股："哪里痛就说，哭我听不懂。"

他对她真是毫无底线了，昨天他前后收到了三条来自赵烈的微信。一条是赵烈和宋菲丽两人跟着一大群学生在室外堆游轮，冻得满脸发红，但笑意盎然；另一条则是推送新闻"SA 女团成员疑与《完美大脑》选手夜赴酒店？"，再附加一串赵氏粗口：哎哟这妞可以啊，还玩脚踏两只船的？？这不玩弄原哥的感情吗？《完美大脑》是为她去的吧？我记得当时你还在和意大利那边开视频会议吧，为了和《完美大脑》录制组做线上面试，还中途停了八分钟会议，让意大利那边很不满了。现在又整天电视台和船厂两边彻夜不休地跑，早晚累死你，求求你了我的原哥，换一个妞喜欢行不行？

当时江原野无比平静地回了一句：哦，你觉得我喜欢她？

烈：不喜欢她最好！

然后下一秒，赵烈忽然撤回了那一句话，换成了另一句。

烈：是！原哥哪里看得上她！我看琼很正点哦，对你也是有所企图的哦……

江原野人直接关掉了微信没再看之后的回复，他已经烦得不行。

今天比赛结束，又看宝伶对梁旭关怀备至，与他亲密无间地相拥，特别是她还不停地摇头表示不想自己和他们同游，江原野整个人都要炸了。他莫名地蔓延出了一种名为嫉妒的心情，这种心情将他本就不多的温和烧得一干二净，而后剩下极度的冷漠。

他不想见到她。

但他又见不得她委屈，一而再再而三地、本能地向她伸出手，最后只能对这样的自己恼羞成怒。

哪知肩上的宝伶怔了一瞬，而后更加羞耻地难过了，他还打她的屁股……

“我没有……他们没有泄题给我，我是靠自己进入百强的……”胸腔里挤压着郁气，宝伶很努力很努力才说出了完整的一句话，“……你不要对我有偏见。”

闻言，江原野仍然只是沉默地扛着她，垂眸看着脚下的木板缓慢下楼，他不明白她为什么会忽然解释这个，谁怀疑过她的能力了？

哪知下一秒，原本两只手都搭在他左肩的女生，忽然换了个姿势环抱住了他的脖颈，小脑袋就靠着他，一丝丝黑发陷在他颈窝里，鼻息间都是她的奶香。一向冷静自持的男人喉结忽然不可遏制地滚动了一下，因为她的扭动，她胸前的柔软都贴在了他的胸膛，瞬间扑灭了他的火气，还又添了一把别的不安分的燥火。

之前太不爽了，以至于都忘了他怀里的女生还只穿了一件单薄的浴衣。

浴带因为滑倒也松松垮垮，特别是她在往下滑动，浴衣下摆也被带动着往上卷，羽绒服里包裹的就是她细白的腿了，江原野的眸光越发沉寂了。

“……谢谢江学长。”

扛一会儿还好，可久了宝伶的肋骨疼，她只能往下缩，可那样又会抱不紧，于是她只能像只树袋熊一样挂在他的脖子上。

他的怀抱真是太温暖了，她哭着哭着就觉得心安了，为了能让他大发慈悲地继续管她，不松手，她还得夸他：“江学长你今天好棒啊，我早就想跑过去恭喜你了，但是梁旭是小孩子，我不能不管他……而且围在你身边那么多崇拜你的人，江学长的身边永远不会缺迷妹的……”

3

“是吗？”

这突如其来的夸赞，让他有些措手不及，他甚至都来不及琢磨他是否因为缺少了一个迷妹，才会如此烦躁难耐了。女生又酥软地、轻声地加了一句：“你别不理我啦，好不好……”

这下，江原野是真认命了，没辙了，内心软得一塌糊涂不说，现在还得努力压抑着身体反应。

他沉闷地咬了一下后槽牙，她在他怀里待太久了，就如富饶丰盈的土地，让他内心蠢蠢欲动的渴望如热带森林的植被般正在疯狂向上生长。

她换了个上回在交流厅缠绕着他腰的姿势，倒是可以让他加大步子走向停车场，但身体与身体的贴近碰撞，让他所有的神经都迷乱了。

江原野哑着声飞快回道：“别说话，别乱动。”

可说完，发觉女生的身子僵硬了一瞬江原野立马又后悔了，语气还是有点凶了？会不会打扰到她对他的积极性？想了想，他又一边放软了语气，一边按了一下车钥匙：“乖，车上再聊。”毕竟不是她的问题，而是有些难以启齿地不想让她发觉了他身体的变化，怕把她吓跑了。

“好的。”

树袋熊很温顺地趴在他的肩上，乖得不得了。

最边上的黑色商务车亮了一下灯，传来了自动开锁的声音。江原野拉开了车门把，而后抱着她埋头坐进后排，男人拉开包裹着她衣服的拉链，将她温柔地放到座位上，顺手关上了车门。

车内灯光温暖静谧，这一系列的动作完成，江原野轻呼了一口气靠在椅背上，持续紧绷高亢的神经才略微放松下来，身体却已经开始发麻地痛。

可这在宝伶的眼里却是：我有那么重吗？抱一下我这么辛苦伤神？

江原野虽然将她放在了车上，但怕她着凉还将她的脚放在他的腿上。这下深蓝色的羽绒服拉开了，宝伶才尴尬地看到他里面的蓝色西服被她的脚乱七八糟地蹭上了泥，也不知道衣服贵不贵，干洗也很费钱的……而且到了亮堂的环境，她才发觉她的脚好脏啊……

宝伶红着脸想缩回，却被他抓住了。

江原野刚疑惑地脱口而出一句“怎么了……”，便低头看见了她脏兮兮的脚，还好除了泥和草屑，没有看到伤口。

他将她脚踝上沾上的杂乱草屑轻轻地抹掉：“想让我怎么理你？”

“什么？”

宝伶有点跟不上他的思路，还在红了耳郭大煞风景地想着，还好她的脚是好看白皙的脚，对方也没有拿出一个夹子来，不然怎么看怎么像在拔毛……

直到男人不计前嫌地将她的脚再次捂在他温热的外套里，抬起头，一双漆黑深邃的眼眸直直看向她的时候，宝伶才回过神来。

“啊……对，你来车上做什么？”

“给叔叔拿昆仑雪茶。”

“原来是这样……”女生整个人仍然红彤彤的，他的眼睛太亮了，宝伶有一瞬觉得自己的目光也被他点亮了似的，有些痴迷地移不开眼了，“你什么时候从游轮辞职去船厂的呀？在东大读轮机工程就是为了造游轮吗？什么时候回国的？船厂好请假吗？你总是来回跑录制，看起来精神一点都不好……对了，今晚还回去吗？怎么回去？这里离市区很远……”

江原野完全没料到她会一股脑地问出这么多问题，偏偏宝伶还真的异常担忧地望着他。宝伶此刻披着卷发，刚刚卸过妆吧，还戴着豆沙色的发带，两边随意地散下了一缕黑亮的发丝，显得整个人娇美柔弱。

他算是一点点解读出了她的心思，而后终于露出了今晚的第一抹笑意。江原野挑眉，漫不经心地问：“对我这么感兴趣？”

闻言，宝伶抿了一下唇，心是慌的，还在飞快跳动，也的确有点小失落，她逞强地笑着：“……我们不太熟，我不了解江学长也很正常吧？”

他们真的不算熟悉彼此，还在联系完全是靠一场意外的《完美大脑》。

她不止是对他感兴趣，她还贪恋刚才的怀抱，也已经彻底认栽了，她想将他占为己有，想了解他的所有，甚至已经在脑海中草草打出了一份如何勾引他的可行性分析报告……她喜欢他，而且越来越喜欢。

“我一直在往国内跑，跟一艘游轮建造的进程三年了，之前在‘翡翠号’当服务员是因为……”男人声音忽然一顿，垂眸看了她一眼，是因为觉得只有他才能照顾好她的衣食住行这话他说不出口，毕竟他没做到，“和船有关的工作我都能做。”

江原野越解释越觉得她所谓的“不太熟”有失偏颇。

他换了个舒服的姿势，懒洋洋地靠在车窗边，意味不明地对她笑着：“怎样才算熟悉？我以为我抱了你好几次，你看过我没穿衣服的样子，已经很熟悉彼此的身……”

宝伶忙不迭打断他的话：“……昆仑雪茶在那第二个抽屉里！江学长你怎么回事？做事拖拖拉拉，爸爸都等急了！”

好像被他说得害羞了，宝伶的表情仍然端正得不得了，但她不知道，她的脸颊、耳郭，甚至脖子都红彤彤了。

江原野心情很好地轻笑了一声。

他从抽屉里拿出一小罐茶叶塞进外套口袋里，然后走下车，弯腰向她招手，还是没说话，示意她自己跳到他身前来。

彼此僵持了好一会儿，宝伶最终还是败给了寒冷，红了脸哆嗦着凑过去，然后伸手环抱住他的脖颈。下一秒，男人便抱住她的大腿根部轻松地往上一送，他抱起来更舒服，她也能不用太费力。

往上走依然没人，就他们俩。

江原野想看她，她却一直别过头，根本不愿意和他对视。只有她的头发一直扫着他的侧颈，痒痒的，他还想逗她：“这还不算熟悉？都见家长了，进展不挺快的吗？”

宝伶：“……”

之前不说明还好，现在依然以这样暧昧的姿势抱着，宝伶真是羞耻不已：“江学长，你们的船厂在哪里啊？我让司机现在就送你回去吧！”

有多远走多远，她现在不想见到他！

“不走，难得高兴。”

4

舒舒服服地泡了个暖意盎然的温泉，宝伶别说有多满足了。郑爸还在房间忙，把她送上来的江原野也在处理公事，换上了灰色浴袍就抱着电脑坐在休闲大厅里一刻不停。搞不懂江原野为什么非要在楼下忙，有人搭讪多打扰他啊？而且不难得高兴吗？还不下来和她们玩……

只有梁旭一脸兴奋地换好衣服跑下来和她们两人泡，但一个池子里也离母女俩远远的，一副非礼勿视非礼勿听的样子。

最后实在是遮不住满脸通红了，大男生“哗”地站起来：“我去蒸桑拿！”说完，他便飞快离开了。

等他走了，宝妈换了个姿势趴在池边忍不住笑：“终归还是小男生啊，超级害羞。”

“妈妈，”宝伶真是很佩服宝妈了，“我也是不明白，爸爸也还在，还约他们两个来玩，这不很约束他们吗？”

闻言，宝妈高深莫测地靠近宝伶，汤池的水面轻轻缓缓地漾开一层层涟漪：“妹妹，也只有郑哥和两个小年轻一起泡过澡，才知道他们行不行，谁会让你幸福啊！”

宝伶顿时红了脸，心脏都快跳出来了，她难以置信地看着宝妈：“妈妈，你在‘开车’吗？”

“这也算‘开车’？哎呀，大家都成年了嘛，是该关注一些该关注的哦。”

宝伶：“……”

宝伶泡到十点，洗漱好就准备回房休息了，路过休闲大厅的时候，发现江原野正靠在椅背上通话。男人垂着眸，神情认真地盯着电脑屏幕，微微低头的时候，额前短发自然垂下，鼻梁更显高挺，眼角上提，狭长冷锐。

原本都要走到他身边了，想了想，又不愿打扰他忙，宝伶转了个弯又离开了，便没注意到江原野抬眸看她的神情忍耐的目光。

她刚洗过头，半湿慵懒的卷发斜斜地披散在了一边。浴袍遮住了膝盖，女生步伐很随意，裙摆迎着风一晃一晃，露出了细白的腿和脚踝，清纯又美艳。

他是中她的毒了，一向流畅如母语的意大利语在他耳中听来竟然有一瞬的乱码，江原野艰难拉回怔忡的尴尬才略显狼狈地跟上对方的节奏。他克制地咬了一下后槽牙，眸光越来越深，所以，为了能求到她，就算等到天亮，他也不会离开。

宝伶难得开心地缩在被窝里刷朋友圈。

尽管路人缘已经糟糕到极点，最后一个综艺大饼《完美大脑》也丢掉了，但在这个容易大起大落的圈子里如果苦中作乐都不会的话，那真会抑郁的。

宝伶悬在屏幕上的手指却忽然停了一下，她刷到了林易远的更新。

在晚上七点半的时候，男生特别官方地转发了一条自己即将在晚上八点于巨蛋体育场举行生日演唱会的新闻。配图应该是他彩排时的照片，他随性散漫地手握立式麦克风，目光清冽淡漠，脸瘦削锋利，还真有种长大成人的感觉。

她甚至能想象到今晚将要举行的生日盛会上，粉丝们疯狂尖叫地嘶喊着："我就是那个麦克风啊啊啊！"

可能粉丝还会如被割的麦子一般一排一排哭泣昏倒，应援灯也亮成一条闪动的银河。总之，不论是否是大男生所期待的，现场的绝对热火朝天啊。

当时从游轮回来，姐妹们缠着她要林易远的微信号。作为队长的VV先尝试着加了，但是等了好几天也没见对方回复，其他人也就不敢提了，毕竟“咖位”相差太大，而且宝伶也意识到打扰他了，有点抱歉，所以一直没敢主动找他聊天。

也不知道林易远看到她的那些“黑料”没啊，最后宝伶只敢畏畏缩缩地点了个赞表达心意，希望能淹没在一众的点赞之中啊……

夜半女生睡得正香的时候，门铃忽然响起了，还连续不断。宝伶被吵醒，最后只能烦得不得了地跑下床开门，宝妈一脸激动地冲进来抱住宝儿，嚷嚷着要和她一起睡。

闻言，重新躺回床上的宝伶都快无语了：“妈妈，你要想和我睡，早和我一起过来不就行了？”

宝妈一边哄她继续睡，一边好想吐槽一下这个小没良心的。为了套出他们的身体到底行不行，她等到半夜两点终于等到泡完温泉的郑爸回来，也不知道为了谁！

郑爸是近午夜十二点才忙完准备下楼泡泡温泉，放松一下，哪知空旷寂寥的休闲大厅只剩下了一个江原野。

江原野远远地看到他，立马合上电脑礼貌起身向他打招呼。

郑爸淡淡地“嗯”了一声，能明显察觉到江原野不同早时的认真，而且江原野还收拾存放好了电脑包，又去自动贩卖机买了三瓶牛奶咖啡。他们便一起去了露天温泉。

结果没料到梁旭那小子竟也还孤零零地泡在最显眼的温泉里，看起来都快滑到底睡着了。小男生强忍着睡意睁开眼，看到郑爸来了，瞬间恢复了精神，猛地从水里面站起来向他问好，那一刻，郑爸一下就秒懂这两个小年轻都是在等他。

唉，年轻人就是沉不住气，干吗这么着急？妹妹不还小吗？心急吃不了热豆腐不懂吗？

郑爸无奈又伤神地带着两小年轻泡温泉。

入夜的深冬气温又悄无声息地骤降了几分，身体被滚烫的温泉泡得发红，脑袋却吹着猎猎冷风异常清醒，他也干脆单刀直入："想追妹妹？"

闻言，两人都诧异地抬头，愣了一瞬。

江原野沉默地埋下头，梁旭则不好意思地揉了一下头发，大大咧咧地承认了。

"喜欢妹妹哪里啊？"

这下，梁旭拘谨地笑了一下："叔叔，您这是要让宝儿改吗？"

郑爸迷惑地皱了一下眉："……什么？"

梁旭仍在咧嘴笑："是我喜欢宝儿哪里，你就让她改掉吗？喜欢哪里还真不好回答啊，如果问不喜欢什么的话，倒还会无话可说。"

梁旭刚说完，便见江原野眸光毫无波澜地抛了一瓶牛奶咖啡给他，他忙伸手接住，瓶身很是暖和。

郑爸这也才想起手边也有一瓶江原野刚给的，郑爸拧开瓶盖喝了几口，算是大约明白过来，江原野呢是自己会错意了，今晚面试梁旭就行了。但是，这就更闹心了，郑爸的眉头皱得越来越深："梁旭，你小小年纪急什么？先把书好好读完……"

听郑爸说到这里，宝妈也终于忍不了了："江原野怎么回事？他什么意思？看不上我们妹妹是不是？妹妹哪里不好啦？"

"他就是个浑小子！"

"……啊？"宝妈完全呆住了，怎么浑了？难道生米煮成熟饭了？！干得好呀！

郑爸想起江原野之后的态度仍然觉得震惊，在温泉池，郑爸最后心血来潮地、颇为仁慈地问了一句：“还有什么想问的？”

他以为这就是他和梁旭的面谈，其实算不上谈话，应该就是单方面告知梁旭别瞎想，而江原野顶多算个听众吧。

谁知这个听众竟然还破天荒开口提问了，一开口就语惊四座，惊得郑爸怀疑自己听错了，而后火冒三丈地直吼他：“你哪位啊？赶着趟想挨皮鞭是吗？！”

“叔叔你好，我姓江，名原野，二十四岁，毕业于东大轮机工程系，热爱健身和工作，协助管理富洋财团四年有余。富洋财团目前由二十家企业组成，其中富丽地产、欢洋游轮公司、富洋银行是财团的三大支柱企业。富洋在房地产、化工、医疗、新材料开发、造船等行业拥有优势。三年前，富洋和意大利Gabriele签署游轮建造备忘录协议，首艘国产大型游轮预计最晚于明年中旬交付完成，虽然因为返工已经造成了交付延期并会出现一定损失，但富洋就金融行业市值已达七百亿美元。”

“我很喜欢郑宝伶，在用她的名字命名新游轮的时候，就已经坚信了这一点，我会倾尽所有让她快乐。”

详细的自我介绍做完之后，江原野竟然还跪坐在汤池里恭敬地面朝郑爸，低眉敛目，声音郑重地道：“而且，已经做好挨皮鞭的准备了。”

这下，这一系列家族企业介绍和深刻的自我剖析让对面的梁旭完全呆滞了的同时，也把郑爸气得够呛，瞧瞧，这最后的补充说明是在挑衅他手上没有鞭子是吧？

凝重惊诧的氛围下，江原野又微微张了张嘴，郑爸神色一冷，这是还准备顶嘴气他吗？

这空净寂寥的夜色下只有汤池冒着浩渺的白气，颇有一种末日前的宁静，江原野声音微哑地开口：“没有她，脉搏心跳，根本不懂加速的滋味。”

江原野的声音顿了一下，忽然低笑了一声，眸光中尽是沉溺已久的痴迷与坚定：“试一试狠狠一顿打，看能让我改变想法吗？”

收回思绪，怀里的宝儿倒是睡得美滋滋，宝妈却愁死了，因为郑爸根本没告诉她，当时江原野到底问了什么。

5

早晨六点刚过，因窗帘是拉上的，屋内光线很是微弱，然而宝伶一下子就醒了过来。

身边宝妈睡得很是香甜，宝伶只能小心翼翼地拿起了放在床头柜上调为静音的手机，她想问江原野离开了吗，却意外地发现白飞姐在凌晨陆续给她打了六个电话。宝伶忽然心头一紧，不是给她放假了吗？怎么会忽然又找她？

宝伶忧心忡忡地披了一层薄薄的毯子，忐忑地站在窗边给白飞姐回电话。

哪知对方立马接通，声音竟然还是如沐春风，笑得合不拢嘴：“宝儿，我可是激动得一晚上都没睡着啊，你到底什么时候认识林易远的？他怎么会愿意在自己的生日演唱会上说出那样的话啊，让我猜猜，他是你远方表弟堂弟？你藏得可真够深啊，早有这样一层关系，早点拿出来用呀！在这个圈子里，有一个看起来神秘又强大的背景很吃香啊，现在有了林易远在前面给你遮风挡雨，宝儿你前途无量啊！”

宝伶一脸蒙：“……我们什么关系都没有啊，他说什么啦？”

“什么关系都没有……”原本在电话那头眉飞色舞的白飞

姐声音一滞，“真没有关系？！”

宝伶虽然也很好奇，但她还是努力压低了声音：“白飞姐，我骗你做什么呀，真没有。”

这下，电话那头沉默了，像是在飞快思考着什么。“你知道他说什么吗？在粉丝准备的二十问里，有一条是‘最想合作的女艺人是谁？没有可以不回答哦’，林易远毫不犹豫地就回答了，”白飞姐顿了一下，有一丝犹豫和怀疑，“是你的名字。”

闻言，宝伶也震惊了。

白飞姐有些欲言又止：“不论怎么样，这也是好事，开心休息吧。林易远这么一帮你，你很快就会忙起来了。”

挂掉电话，宝伶在床边茫茫然地呆坐了一会儿。她打开微信，给江原野发了一条消息，然后点开朋友圈——因为“发现”二字的上方一直顶着个异常醒目的“1”，结果竟然是林易远。

回复时间是 00:07。

宝伶只注意到了在众多的点赞之中，难道就只有她没有留言祝福而被他逮个正着吗？可是她也不知道，这条更新，大男生其实只回复了这一条。

还有很多条 the one 成员满是哀怨的评论，如“易易！！你回复的谁？你好过分哦，回复一个点赞的也不回复留言了长达一百字深情祝福的我！”，都被他冷漠无视掉了……

宝伶赶紧诚惶诚恐地补充了一个：生日快乐，成年人！

宝伶想了想，又返回联系人，找到林易远，认认真真地表达了一番感谢，他简直就是她的再造恩人啊……

哪知这个“再造恩人”竟然还秒回，还是三秒的语音，紧接着又跳出一条两秒的语音。

“这时候才回我？”点开一听，好像还在床上，男生的声音沙哑又不满，透着浓浓的鼻音。

“宝伶，你当我……”

宝伶都还没听完，哪知对面就打来了“语音通话”，猛然响起的声音吓了她一跳。宝伶的心怦怦跳，她连忙调低音量，生怕把妈妈吵醒了。

她的神经都被这突如其来的铃声吓得衰弱了，她有气无力地小声接起：“怎么啦？”

一直响个不停，然而现在终于接起来了，对方反而沉默了。

许久，才传来男生低哑清冷的声线：“……你刚醒？你旁边有人？”

闻言，宝伶抿了一下嘴唇，总觉得林易远有点奇怪：“我妈妈啊，请问小远前辈你是刚醒，还是 high（玩）了一整夜没睡啊？成年啦，还是要懂得节制哦……”

“我睡不着。”

林易远像是在压抑着什么，原本清冽干净的声音此刻闷而沉，像山林的钟声。

“啊，”宝伶有点无措，虽然并不知道他们什么时候成了可以交心的朋友，但是，必须先抚平恩人的情绪，“开心的日子，激动一下睡不着也很正常的……”

“我不高兴你听不出来吗？”

宝伶：“……”

宝伶沉痛地闭上了眼，一时之间不知该如何接话。是昨晚的生日会不够尽兴吗？还是没收到想要的礼物？？要怎么做，才能让喜怒无常的大佬高兴起来？？

而对面一直默默隐忍烦躁了一晚上的大佬或许也注意到了自己的语气不太好，大男生轻咳了一声，很是克制地补充了一句：“等我来，我不会让你无资源可接的。”

第十章

如果不是来谈恋爱的，谁来这儿？

1

一阵网络群嘲的风暴平静了之后，宝伶感觉自己翻红了。

“林易远、宝伶”这两个名字连在一起的热搜连续两天高居榜首，如此，前者坐拥六千多万粉丝的男团超级巨星直接带飞了粉丝数还不足他尾数的十八线小透明。

宝伶仅仅是经过了一个再平凡不过的夜晚，便从无资源可接，转变成了朝五晚十一的工作时间。接代言、跑线下活动，公司甚至开始让她带成员一起出席，被采访“因为什么契机被林易远前辈欣赏”时，她确实不知该如何回答，只好将问题重新抛回记者：“这个我也很好奇，如果有机会采访到小远前辈，希望能帮我问一下。”

然后当天的采访一结束，宝伶便收到了林易远的微信语音，生日以后，他很爱给她发语音。

“开心吗？”

干净的声线传来，宝伶忍不住笑了，总觉得听起来他比她还高兴，林易远也太善良了吧。

宝儿：小远前辈，我现在已经开心到爆炸了！

不到一分钟，她再次听到了大男生低低笑着的语音声：“是吗？那我现在抬头看到的城市烟花就是你了？”不仅善良，而且还变得很会说话了！怪不得会集万千喜爱于一身！

难以想象这还仅仅只是转运的开始，因为三天之后，又有一句疑似与宝伶有关的话上了热搜。

是过五关斩六将在《完美大脑》决赛中获得胜利的江原野

战队，他即将带领自己的战队和来自国外的选手进行终极对决。成为种子战队，每位选手都在录制后参与了小型采访，江原野更是直吐心声（新闻如此形容）：“如果不是来谈恋爱的，谁来这儿？”

这直接又将一月前宝伶说的那句“我不是来谈恋爱的，我是来让公司骄傲的”带上了热搜，惹得众网友纷纷猜测两人的关系，就连宝伶都震惊地抱着这一句话仔细品味了半晌，总觉得自己这棵千年铁树即将开花！

江原野不会是终于对她有了一点点意思了吧？？毕竟都开始和她对上对联了！

白飞姐则喜忧参半地来提醒她别回应，等事情变淡，因为公司不提倡谈恋爱。

闻言，宝伶十分娇羞地拍开了白飞姐的手：“哎呀，八字还没一撇呢。”

“你敢有那一撇试试？”

宝伶：“……”

宝伶一下就不敢造作了。

可是明面上不敢嘚瑟，暗地里宝伶还是很惆怅烦恼的，那看来他们只能走地下恋情啦？她甚至开始思考有没有一种炒作方式，可以让他们当选“最受观众喜欢的情侣”之一。为了拉快进程顺利地走到这一步，她是不是还需要适时地做小伏低，侧面暗示江原野可以向她告白了呢？

等等，江原野到底看上她哪一点了？在此之前，为什么一点点江原野暗恋她的苗头都没看到？

而且泡温泉之后的那天清晨，她微信问江原野：“还在酒店吗？”对方回复她的也是再平淡不过的一句“早走了”。

连个稍微引人遐想的称呼都没有！不是，这也太不会搞暧昧了，他到底是不行，还是他的暗恋对象根本就不是她啊？

于是，宝伶在陡然增加的工作强度和深深的自我怀疑的双重压力下，开始觉得头昏脑涨了。

偏偏临近元旦彩排，白飞姐生怕她在关键时刻掉链子，在她刚狠狠地擤了今日的第二把鼻涕的时候，便架着她去医院了。

宝伶裹着厚实的长款白色羽绒服，口罩、眼镜和黑色的水洗鸭舌帽佩戴整齐地走下了保姆车。她呆呆地站在人头攒动的医院大厅一角，白飞姐正拿着她的身份证帮她挂号。

她觉得她真是头昏到了一个地步，以至于竟然看到了江原野和赵烈两人步伐匆忙地从她面前走过。

而且两人和她擦肩而过的姿势竟然还是——赵烈想要像搀扶孕妇一样地去扶住江原野，江原野则直接冷漠地把他的手甩开，别提赵烈那表情有多心疼和委屈了！

但是那掺杂着雪松和别的香味的气息，的确很像江原野啊。

喧闹嘈杂的挂号大厅中，宝伶忽然小跑地追上前，抓住了江原野的右手手腕。哪知对方直接吃痛地倒吸了一口气，回头看她的目光狠戾得像是要吃人，然而在注意到了宝伶清瘦的面容之后，他怔了一下，都忘记痛了：“怎么来医院了？”

“姑奶奶快松手——”

宝伶还紧紧握着江原野手腕的这个动作着实吓坏了一旁的赵烈，他明明是一身腱子肉的壮汉，可看样子都快紧张到吃手手了……

宝伶忙不迭松开手，吓坏了，大气都不敢喘一下：“你的手怎么了？”

然而男人恍若未闻，听出了她沙哑的声音后还皱着眉伸手去触摸她的额头，语气低沉渐冷：“林易远给你带来工作的结果就是让你感冒……还发烧了？”尾音上扬、缓慢，像从齿缝中露出来的，明显不高兴了。

而赵烈则急得都要崩溃了：“原哥？原哥我求求你了，我们先去拍片好吗？时间不等人，生命诚可贵啊……”

“我陪你们去！”

“你给我过来——”

然后晕头转向的宝伶被从后面追过来的白飞姐痛心疾首地一把拽回来，白飞姐很努力地压低了声音：“你忘了我给你说过什么了吗？”

“他受伤了……”

宝伶慌张地转身想看他们坐扶手电梯去几楼，然而他们两人仍然站在原地，出众的外形很是惹眼。最主要是赵烈想拽他走，江原野根本不走，就清冷地回头，略显寂寥地垂眸看着她。

那种“我很痛但我要坚强”的目光就像在一寸一寸地剜着宝伶的心，她一下就心疼了。不行，这种想要保护他的心情不能只让她一人体会，于是她轻推了推白飞姐，让她看那边，还不忘生动地夸大其词：“听说是粉碎性骨折！我们就陪他们最后五分钟好不好？”

不过是一转身、一眨眼的时间，白飞姐的人脑弹幕就从“什么叫最后五分钟这听起来多不吉利……”转变成了“呜呜呜，看起来真的好萧瑟好可怜，好吧好吧，勉强送一程吧……”。

2

一行四人终于坐上了扶手电梯，白飞为自己的心软很是懊恼，她再次小声提醒宝伶：“……就送他进拍片室，你也还烧着呢。”

“嗯。”她其实也就低烧，晕晕乎乎而已。

而赵烈也准备趁此讲清来龙去脉：“是救人伤的胳膊，游轮上的电影院里有工作人员不小心踩滑绊倒了搭架，原野伸手帮人挡住了倾倒下来的搭架。那搭架砸骨头，硬碰硬，不碰伤了才怪！”

“说来也是很衰了，原野为了这艘游轮吃住都在船厂里，不眠不休地跟进，是真兢兢业业啊，临到要交付了又出些乱七八糟的事。若不是他动作快，伤的就是核心设计……”

宝伶静静地听着，忽然眨了一下雪亮的眼眸，装作若无其事地侧头笑眯眯地问了句：“设计师是女人吧？”

她还声线清甜地补充了句：“哦，应该还是一位外国女性？”

闻言，赵烈一张一合的嘴在一瞬之间都快找不见自己的声音了，完全慌了，怎么女人的第六感就这么精准恐怖呢？他都特地抹去了琼的名字……

就连一直沉默不语的江原野也不禁绷直了后背，大脑空白了一下而后警铃突突直响。

江原野咳了一下，难得干巴巴地回了一句：“嗯，合作方而已。”

边说边到了拍片门口，赵烈很是主动地靠近江原野，麻利地帮他拉拉链脱外套。看江原野微微拢起的眉心，以及尴尬烦躁的神情似乎很是难以接受，赵烈也帮得战战兢兢，他小声劝着：“忍忍吧，经纪人还在呢，怎么会允许伶子来帮你？再说了，你为另一个女人受伤，伶子还眼巴巴地跟过来，知足吧你！”

白飞觉得差不多可以拉宝伶走了，正要伸出手，哪知宝伶忽然靠近了江原野，还拽着男人的毛衣衣领猛地往下拉。

江原野顺势错愕地埋下头，漆黑极亮的目光微颤了一下，宝伶应该是想和他目光对视，或者悄声说什么话，但他只能看到宝伶墨镜上映出来的自己。

而且她还向他的裤兜里塞了什么。

“这是我们老房子的钥匙，就在你奶奶家隔壁，晚上不方便来回可以暂住，我心情好就来给你带个饭，但是现在看来我心情好这个概率不大……如果没需要当作我没说！”

他太高了，宝伶只能这么和他低语。

说完了，她一松手，都不用白飞姐拉她，她自己就疾步带头离开了，最后还是目瞪口呆的白飞姐艰难回过神来追她。

宝伶愤愤地，又心疼又难过，她浑身发烫，烧红了脸，脑子也更加昏涨了。

其实最先有所怀疑，是因为江原野身上淡淡的茉莉花香味，然后再简单地结合了一下江原野曾经在讲座上提到过的中外合资组建游轮，以及梁旭口中提到的外国女性。没想到啊，被她一击而中！

简直苦不堪言。

她就是心太软，见不得他胡子拉碴，奔波劳累，为了保住工作还得保护别的女人……如果他能安安分分地一直喜欢她，只喜欢她，她在外赚钱养他都行啊。

“……宝儿，你和他说什么了？看他都要追过来了，又被忍无可忍的壮汉一把推进拍片室了，话说怎么江原野现在出门也是要配保镖的吗？”

虽然白飞禁止手下的艺人恋爱，但她还是好奇死了，好歹她心甘情愿地打了一把掩护，她总得套点八卦出来不是？

宝伶咬牙切齿地说：“我在说他身上的香水味有毒，难闻死了！”

“挺好闻的啊，雪松夹杂茉莉，还有点柠檬吧，沉静宜人，海洋气息很浓，直男能选出这搭配很可以了。”

宝伶：“……”

宝伶真是要被气死了。

三个小时后，宝伶回到别墅吃了药便被白飞姐扔进了被窝里，为了能让她全身心地投入休息，临走前白飞姐还无情地收走了她的手机，宝伶是真觉得生无可恋了。

她裹在羽绒被里翻来覆去睡不着，也不知道江原野的伤势怎么样。

但她还是不得不酸溜溜地面对现实，心想：他肯定是造船厂里的“厂草”吧，“厂草”是不会缺人照顾的，如果以后还能有机会在一起的话，得尽早去船厂表明身份，让人知道他有女朋友啦……话说应该能算工伤？也不知道厂里给他买五险一金了吗……

宝伶胡思乱想了一阵也就逐渐没了意识，睡梦中好像有人轻拍了她，问她喝不喝水及起来吃夜宵吗，她鼻音很重地回了句“不用了”，又翻个身睡下了。

翌日下午吃了药，整个团便驱车去体育馆彩排，三十一号，也就是明晚七点半跨年晚会正式开始。

基地就在 A 市，她们算是早一批到达体育馆候场的，部分表演嘉宾是明早的航班到达 A 市。整个彩排忙碌而慌乱，SA 女团一共两只团舞，九人初步踩完点后，正要下台，工作人员忽然拿着节目表上台，环顾了一圈：“请问哪位是宝伶？”

裹得像只粽子的女生茫然地回了一下头：“这里？”

“啊，请等等。”女工作人员的目光快速地打量了她一番——看起来面容苍白，毫无光泽，衣品也就一般般的可爱吧，实在是搞不懂大佬为什么会点名要她，“是这样的，林易远那边原定的个人曲目，但他刚刚打来电话，希望能改成和你合作街舞

Feng，看你方便吗？”

工作人员的声音不大不小，但至少身边的同队成员听见了，都惊讶而歆羡地转过来看向宝伶。

宝伶也有些意外，是他们在“翡翠号”上合作过的*Feng*？

工作人员见她竟然还有些犹豫，不禁觉得她也太会摆架子了吧，干脆把之前因为私心而隐藏的一段话直接抛出来，希望能惹众怒：“不愿意吗？不愿意的话，只好我们这边再和林易远沟通，因为听他的意思，小姐姐好像一直没回他消息……”

四周顿时哗然一片——

“居然还有联系方式？？到底什么关系啊……”

宝伶赶紧心虚地打断她：“好的好的，我听他安排。”

而后宝伶飞快跑下台，找白飞姐拿纸巾擤鼻涕，顺便取回自己的手机。

小范围的议论中，唯有VV颇为平静地拿着保温杯向她走来：“感冒还没好吗？”

白飞也焦虑地摸她额头，连连叹气：“怎么回事，这药不得劲啊，能坚持吗？”

宝伶吸了吸鼻子，很感激地看着她们：“放心！五分钟不流鼻涕水还是可以忍住的！”

白飞想笑又觉得心疼：“怎么总觉得你会形象不保，惨遭嫌弃……唉，这样也好，大佬不想和你合作了，你也可以偷偷闲嘛！”

宝伶：“……”

闻言，宝伶决定回以白飞姐一个尴尬而不失礼貌的微笑。

这多一次的上台机会，她躺着也得跳完啊。

踩完点的SA可以先到休息室等候，宝伶这也才有时间看会儿手机。

昨晚林易远给她发了三条语音，两个未接通的语音通话，以及最后放弃找她之后的简略文字留言：行吧。

现在不用听，也大约知道语音内容了。

宝伶看着微信自带的翻白眼微笑，已经能立刻联想到当时被她惹奓毛的林易远。她笑得肩头都在发颤，林易远真是太可爱了，看来待会见到他，一定得顺毛摸了。

她又点开江原野的聊天框，心情一下就不怎么舒爽了，有且仅有一个未接通的语音通话在昨天的傍晚七点，之后便是晚九点时分，极敷衍笼统地给她留个言：好好休息。

宝伶登时就眼泪汪汪了，早知道不找白飞姐把手机要回来了，徒增伤心。

大媛接了杯热水从外面回来，眼神亮晶晶的，说："我们女团表演完了之后不就是抽奖活动吗？听说台里原本想要邀请赞助商那边的太子爷亲自上台抽奖，但被对方回绝了，结果又临时同意了！也就是说，太子爷会和我们差不多时间候场，然后可以近距离看到富洋集团的太子爷哎！"

"干吗干吗，想嫁入豪门？先婚后爱……"

VV原本正在揶揄大媛，哪知调笑的话音猛地一顿，眼眸一抬，呆住了。

The one男团三人风尘仆仆地从大媛的身后走来，并且很快用身高优势淹没了呆若木鸡的大媛。

走在最前面的是队长林易远，他身穿长款拼接色大衣，显得身高越发拔尖。大男生表情淡漠、目不斜视地直接走向了人群里埋头玩手机的宝伶。

他取下自己的水洗鸭舌帽，而后扣到了宝伶的脑袋上，努力压低了声音说："过来，彩排。"

林易远极度冷郁不爽的语气听起来就像在说"过来，领骂"

一样，谁让她整一夜都不回复他。

然后直到宝伶红着眼、红着鼻尖茫茫然抬起头时，林易远的心像是猛地被人揪住了，他呼吸一窒："怎么了？资源不够？还是因为那个人？"

宝伶带着浓浓的鼻音回复他："感冒了。"

林易远："……"

3

*Feng*的舞台灯光主打蓝红两色，一圈圈晃动扫下的冷硬光束落在了正定格在开场姿势的俊男靓女身上，两人都已换好了表演服装，在舞台的一左一右并列站定。宝伶背对观众，林易远则正对台前。

林易远皱着眉，因为看不见宝伶的表情而焦躁。他不确定她到底能不能坚持到最后，忍了一会儿干脆都想叫停了，炸裂的背景音乐却倏然响起，而后身旁很快便传来了宝伶干脆有力的动作声。

超高的职业修养还是让林易远立马跟上舞动，动作帅气利落，鼓点一致和谐，怎么也看不出曾落下女生一拍。再怎么说*Feng*的编舞也是他自己，如何把握节奏，对他而言得心应手。

也正是因为如此，才让跑到台下观看的一众人震惊了——彼此配合之默契，表情之自然，特别是临到最后宝伶的一系列引诱动作，林易远则撑在地上心甘情愿地缓慢后退……随后林易远忽然跳起身，站定，低头，深情抚摸女生的面庞！

音乐刚好停止。

一个表演而已，怎么就看出了心碎的感觉呢？并且这怎么看怎么都不像第一次配合……

啊，就连白飞都被音乐停下之后的一系列动作惊呆了。

男生原本抚摸着女生脸的手忽然松开，而后失笑地一边说着什么，一边揽住了宝伶的后脑勺往自己怀里一带。宝伶好像还真在他的胸膛蹭了几下，而后万分尴尬地拽下了林易远的明黄色长袖外套，便跑向了后台……

当众扒人男孩子的衣服……

而且林易远还跟着一起跑向了后台……

白飞完全丈二和尚摸不着头脑了，甚至有一种自家孩子是不是劈腿了的羞愤感！明明昨天还万分矜持地没扒江原野的衣服呢！

台下一片呆滞，而窘迫不已的宝伶则将脏了的外套很是不好意思地递给了工作人员："这个……送干洗店洗了吧，麻烦你们明天再给小远前辈准备一件外套。"

"不用，洗好了明天就穿这件。"

跟上前的林易远丝毫不嫌弃，甚至心情很好地补充了一句："很有纪念意义。"

宝伶："……"

宝伶直想钻地洞。

她真是毫无形象了，*Feng*运动量太大，虽然她的头脑清醒，但跳到最后，她已经在痛苦不堪地一直吸鼻子了。特别是和林易远近距离面对面的时候，她都感觉自己已经成了邋遢的鼻涕虫。宝伶死心，认命地想伸手擦掉，哪知林易远闷笑着将她拉过去，让她用他的衣服擦。

特殊情况，她也就没和他客气了。

晚上八点，夜幕垂下，陆续有踩完点的表演嘉宾驱车离开体育馆。

住宿休息由电视台统一安排在富丽大酒店，编导通过楼下监控留意到目标人群在停车场竟然分成了三拨离开，他连忙凑近了监控台想要仔细辨别，顺便拘谨万分地给太子爷打电话报备："先生您好，SA 女团大部分成员乘坐小巴车离开了，The one 两个成员往地下停车场走了，剩下一男一女坐进了丰田商务……能确定其中一位是林易远……真的非常感谢富洋财团对晚会的赞助……"

"丰田走的是前门后门？"然而对方已经冷淡地打断了他的感激。编导愣了愣，能隐约听到电话那头的关车门、启动引擎的声响，"前门，丰田就跟在小巴车后面，SA 应该是直接回基地……"

"好的。"

然后电话就被无情挂掉了。

富洋财团近几年来赞助了台里好些个新兴栏目，很支持台里办原创综艺节目，旗下的富丽酒店也和电视台有合作。坊间传闻富洋太子爷是个为人低调、干实事、能力超群的领袖，如此正能量的形象台里是真想好好打造一翻，这样不仅能将太子爷捧红，还能再一次打亮富洋的招牌，偏偏台里领导多次盛情邀请，太子爷从不出面。

今年的跨年邀请，毫不意外被回绝了。

哪知都拒绝了半个多月，太子爷竟然在昨晚打来了电话，同意前来，就一个要求，"三十号彩排完给我报备 SA 行程。"对面顿了一下，又补充了一句，"就你我知道，没问题？"

尽管电话那头的太子爷看不见，但负责节目沟通的编导仍然在这边点头哈腰欣喜若狂地答应了。

而此刻，收回了思绪的编导看着自己早已被对方挂掉的电话，忍不住怅然地感叹了一下。果然，太子爷们都一个脾性啊，高冷疏离不爱听人把话讲完的。哦，这位太子爷还是有所不同的，至少泡妞很有深度，绝对走心又走肾。

为了套到对方行程，甘愿露面，也不怕被一众媒体扒出感情史……

江原野倒不是摆架子，空不出手来而已。

他习惯左手掌方向盘，不方便大幅度转动和用力的右手还得挂挡。独自开车问题不大，但是现在他还得在快要交通瘫痪的环境下跟车，通话劳心费神。

偏偏中控台又传来了来电显示，是赵烈。

他挂掉，赵烈又乐此不疲地打来，响声吵得人心浮气躁，本来在体育馆后门等了近一小时就快把江原野的耐性磨光了。他放了十五个新年福袋在后备厢——圣诞回东京和教授一家吃饭时从日本带回来的，原本是想等彩排结束给 SA 成员，希望增加点好印象，能给不接他电话的宝伶说点好话。

“原哥，你把辉腾开走了？！哎呀你咋这么不让人省心呢？快把地址告诉我，我来给你当司机。”

江原野扫了一眼后视镜，打灯，卡在仅剩的三秒绿灯内匆忙转了个弯：“不用，你好好约会。”

“我们一起过来，下一个红灯赶紧把地址发给我！”

江原野的神色忽然一冷，前面的丰田应该察觉到被跟车了，速度明显提高了。他也迅速踩下油门，轮胎摩擦地面发出沉闷似嘶鸣的白噪音，他快速打了一下方向盘，换道紧跟其后。

“……不是，你还在飙车呢？！”

江原野直接挂掉了赵烈的电话。

而前面的丰田司机也急了，后排密密麻麻的轿车闪着车灯有些刺目，让他误将大众辉腾看成了桑塔纳，司机愤愤地咒骂这桑塔纳跟块牛皮糖似的黏人。

而后排的宝伶也被这突如其来的加速吓到了："后面有娱记吗？"

林易远将她凑近车窗的脸再次扳回来："不论是谁，李叔都有办法甩掉。你继续报菜名，这么久了，还没听到我一个感兴趣的。"

宝伶："……"

看她一脸无语的表情，大男生还很是欣赏地、情不自禁地笑了，或许听够了她轻软温糯的声音，他就能勉强分个神听一听菜名了。

林易远不知道这是什么感觉，只是趋于本能地会开始将合作过的女艺人与她作比较：性格没她好玩，跳舞没她有感觉，面容也没她漂亮，声线也没……到了声线，大男生忽然惊恐地意识到，他有点不记得了。

他开始特别留意网上有关她的报道，震惊地发现她不仅没有了轻快的声线，还被人泼脏水，《完美大脑》的观众拍照图中，她连笑都不会了。

原来没有他带她，她真的红不起来，而且还备受委屈。

他欣喜又难耐，她是需要他的，对吧？

4

原计划是司机将他们放在小吃街就开车走人，然而一通乱绕还是没能甩开桑塔纳，最后丰田司机只能大受挫折地把车驶向了富丽大酒店停车场。两人从这儿走去小吃街也就十分钟的事情，前提是停在对面的桑塔纳放弃尾随他们。

丰田这边先停好车，车上三人就敛声屏气、兴师问罪地看着对面的车主停好车，车前灯熄灭，推开门，走出了一个身影格外修长的男人，然后锁门。

而且还不是冲丰田来的，那人直接步伐坚定地向出口走去，看也没看一眼丰田这边。只是他右手似乎很不方便，微微甩了一下手肘。昏黄的路灯一晃一晃地落在他身上，映出男人轻皱眉头的表情。

宝伶却像是被人狠狠地捏住了心脏，就当他是《狼来了》那个故事里的那只狼吧。她还是心疼地推开门，朝他跑过去，拽住了他迎风吹开的风衣衣摆。

宝伶声音一抽一抽的，喉咙也滚烫不已，难过得不得了："……就没人陪你吗？赵烈呢？那个被你救下来的女设计师呢？随便时谁也好啊……怎么能让你开车啊，还开这么快，你有毛病吗？"

路上堵得走走停停，但他开车猛如猎豹，让人心惊胆战，随便谁也好，不是她也好，陪在他身边，让他别再像个孤胆英雄，踽踽独行。

然后双肩还在颤抖、情绪崩塌的宝伶，忽然被人拽住了手腕，身体失去重心前倾，撞进了一个异常炽热的怀抱。

男人胸膛发烫，心脏跳动的声音剧烈而清晰。

"是我错了，你别哭。"声音低哑得厉害。

江原野轻拍着她的背，努力帮她顺气，一点脾气都没有，语气放软无数倍："别哭别哭，我求你了，我错了。"

然而怀里的女生身子僵硬了一瞬，颤抖得更厉害了。

她一哭，他真是半点法子都没有了，就是让他此刻把命给她，他都双手奉上。

他没料到她会忽然崩溃得哭出来。宝伶双眼通红，声音闷沉，穿着可爱柔软的白色摇粒绒外套，可整个人像是一团毫无生气的失水海藻。他想说开车是他完全能应付的事，只有每一次她向他奔过来，都是他工于心计赌出来的。

他不知道如何追求她，只会笨拙地去接近她，如果他输了，他大概会一蹶不振。

林易远也跟着下车，缓慢地走向相拥的两人。江原野淡漠地抬眸，身形相差无几的两人目光冷锐地对上了。

暗流涌动的对视中，林易远忽然收回目光，转而不甘地盯着宝伶的背影，只觉四肢骸骨都被凛冽的寒风紧紧包裹住。

林易远扯出了一抹寡淡的笑意："看样子你是没时间请我吃饭了。"

"有的有的，你等我……"

"你……你没事就好，我们还有事先走了！"

听见走远的脚步声，哪知怀里的女生竟然真的仓皇推开他，又去追林易远了。

江原野呆愣在原地，不知所措，血液都在一瞬间凉了下来，明明怀里还有她的温度，现在又要眼睁睁地看她去追别人了。

林易远长手长脚步伐很快，宝伶只能一路小跑才能和他并行。还好是在一片黑夜之中，她慌张地抹掉脸上的泪水，很是尴尬，现在既不好意思面对江原野，面对林易远也觉得窘迫："我刚才真的吓坏了……他……他手腕受伤了还开着车，近看还好没事……"

"已经在一起了？"

"……没啊。"

"哦，"林易远落寞地垂下眸，"没在一起也可以搂搂抱抱？"

宝伶："……"

宝伶的心颤抖了一下，她刚才的一通乱哭确实是把底牌亮给江原野看了，她无时无刻不在担心他，也卑微害怕被他拒绝，毕竟他曾经很是冷漠地撵她走。

两人已经走入了温暖喧闹的夜市，夜市十分拥挤，几乎只能侧身才能行走了。黄色小彩灯长长地穿成一串，两边是五光十色的招牌灯，是很有生活气息的烟火气。

宝伶已经逐渐没了之前的悸动和心虚，可以强装镇定地回答了：“所以你不能这样学他啊，对了我带你去吃串串？那家串串很火爆的，下午四点就得排号，但是我和老板熟，我们架个桌子到厨房后院吃可以吗？”

林易远淡淡地回了她一个眼神让她自行体会，而后将她拉进了一家文艺气息十足的粥店，他的语气听起来很不友好：“你现在除了喝粥还能吃什么？还想明天跳完了形象都不要了？”

闻言，宝伶立马温顺埋头，闭嘴，决定都听他的。

大男生快速地扫了一下菜单：“山药排骨砂锅粥，蟹膏粥，蟹膏粥配有香菜和黄豆酱吗？”

“有的，还有香脆花生米。”

“好，再来一份虾皇饺、黄金鸡脚、咸鸭蛋。”

见他点完，宝伶立马机灵地掏出四张红票子放在柜台上，结果却被林易远摸走揣进了兜里，然后他自己又拿手机支付了。

虽然不太懂他的一系列操作，但收了她的钱，也算她请客了吧……

林易远带她上楼，身后又有客人走进，冷风直往店里钻，女店员的声音却如沐春风，格外殷勤羞涩：“您好，欢迎光临，需要一些什么呢？本店特推蟹膏粥哦……”

“田鸡粥，打包。”声线低沉润朗。

是江原野。

宝伶上楼梯的脚步虽然慢了一些，但是没停，原来他驱车来这里是为了喝这家的粥啊。

女店员的声音听起来很是不舍："建议店内品尝，味道更佳哦。"

男人淡淡回绝了："不方便，吃得慢。"

可女店员心里想的是吃得慢才好啊！

这家粥店主木质和铁艺，很是温馨明亮，两人找了个靠边的位子坐下，直到菜品都上齐了他们才取了口罩，但是仍压低了帽檐。

宝伶的山药粥刚上的时候是滚烫的，冒着白气，模糊开了两人的视线。山药滑而爽脆，猪筒骨也是极鲜，林易远看她喝得一脸满足的样子，神色也不自觉地柔和下来了："我选的美味吗？"

宝伶的眼眸清清亮亮，笑起来明艳动人："这是我喝过的最好喝的粥，给小远前辈点赞！"

闻言，林易远忍不住微扬了嘴角，但笑意并未蔓延到眼底。

他现在是空心的，渗不进光亮，漏不出苦痛，也起不了多大的波澜，如果没有那个人的突然出现，这一天无比美妙。

吃饱喝足了的宝伶还特殷勤地跑在前面带路，因为感冒，女生声音还是闷闷的，但跑下楼梯的脚步却很是轻快："我送小远前辈回酒店！"

"嗯。"林易远双手插兜，步伐缓慢，淡淡地从喉咙里滚出一个字。

"我给小远前辈开门，您小心，注意脚下台阶，外面风也很大，"宝伶麻溜地推开笨重的玻璃门，然后回头对林易远很狗腿地笑着，"之后有时间，我还要请小远前辈去按摩！"

林易远："……"

林易远忽然挺直了脊背，想起了在游轮上的最后一个晚餐，女生祝福完了一遍之后的一系列骚操作。

他立马警觉，做好准备："……你是不是有求于我？"

宝伶笑得双眼眯成了一条缝，可爱得不得了："昨晚我的手机被白飞姐没收了，现在早没电了……您能借我一百块，让我打车回基地吗……"

倒退着走的女生忽然撞到了身后的人，她连忙回头道歉，却惊讶地发现自己撞到的人是江原野。这家店上菜速度一向很快，而他竟然还提着外卖盒子立在冷风之中。

看他吃痛的表情，宝伶倒吸了一口冷气，她应该撞上他受伤的手了……今天真是不宜出门啊，她万分愧疚地说："不好意思啊……但是你怎么还在这儿？"

冬夜寒冷刺骨，江原野立起的风衣衣领被冷风吹得晃动。

男人低头，额发自然垂下，扫下一片阴影，让人看不清他的神色。江原野沉闷地笑了一下，声音干涩："我等你送我回家，你说过，别让我开车。"

第十一章

你别当真

1

宝伶从未如此深切地体会过“为人民服务”的忙碌感，连哄带夸地将黑着一张脸的林易远送回了酒店，而后又马不停蹄地打火开车。宝伶看着车前窗外接连闪过的刺目车灯，再三确认了一遍：“是回我的老房子对吧？”

坐在副驾驶座上的江原野点了一下头，不自在地摸了一下鼻子：“嗯，晚上回船厂的路你不好开。”

“好，”她只是觉得当时江原野说的那句“回家”指的是回她的家，有点奇怪而已，“下午来复查吗？啊，对了，我当时情绪比较激动，好像……还骂了你吧，江学长别往心里去，医生怎么说的？”

“骨骼没问题，上臂外伤，吃点药，明天再热敷一下就行了。”

闻言，宝伶这才稍微放心下来。市区拥堵，走走停停，很考验她那点儿倒车入库都颇为费劲的车技。还好这车驾驶感很不错，车内装置看起来也出人意料的舒服，皮质和木纹是令人赏心悦目的质感。

宝伶像是想起了什么，又问：“船厂给你算工伤吗？有病假吗？应该是包吃住？也不知道有没有搭配营养啊，虽然没伤到骨骼，但还是需要食补吧……”

一旁的男人静静地听着，没答话，因为他不知道怎么接。

之前在“翡翠号”独处时间很多，但她对他在日本的生活和现在的工作情况不闻不问，一点都不感兴趣，最近好像愿意搭理他了，问得也断断续续，他也只能一一作答。现在他算是理清楚了，虽然不知道她怎么会对他有这样的误解，但在她的眼里，他就是个不起眼的厂工。

他看起来很穷吗？

看郑爸可能喜欢大众，他也挑了一辆大众辉腾来开，辉腾也还行吧？

江原野皱着眉，好好反思了一番，好吧，他的确对服装没要求，到店报了尺码拿衣服就走人。

“家里还有松茸虫草花什么的，明天你不上班的话，我让人送只鸡来给你炖汤喝吧……”

她还在忧心忡忡地说着，然而说着说着宝伶的表情也不自觉变得有些茫茫然，总觉得自己这话怎么听怎么有问题。

再偷瞥一眼旁边的江原野，他好像还忍不住低头失笑了吧，他笑什么啊？

这语句逻辑没问题吧？

江原野心情很好地看向车窗外，他现在真的有一种死而无憾的幸福感了。虽然琐碎但这多像情人之间的对话，他甚至忍了很久才把那句滚在喉咙口的“那晚上回来一起喝”硬生生咽了下去。

当时，他在粥店努力克制住冲动不打扰他们，就安静地在外面等，下定了决心不再用任何往日的情分去赌她回头，而是主动走向她。也不知道等了多久，冻得连戾气骄傲全都缴械投降了，他多想再听她撒娇，听她贴在他耳边和他说话，就差冲进去毫无脾气地请她给他一个机会了。

这时候女生终于走出店铺，带着她香甜的气息，后退着撞向了他。

痛却快乐。

然而此时，坐在副驾驶座上的男人看向后视镜的目光却由温柔逐渐变得严肃，又抬眼看向前方还有七秒的左转灯，他忽然开口："减速，压到三秒才过。"

"啊？"宝伶连忙松了点油门，但马上就该他们过斑马线，她压不了那么久，"后面那车不骂我们吗？"

"出租车在跟我们。"

这下，宝伶完全慌神了，她咬了一下牙，压到三秒她是没可能了，干脆在还剩五秒的时候忽然踩油门加速转弯，压不了就只能跑快了。坐在副驾驶座上的江原野忽然靠近她，伸手快速地帮她打了把方向盘，黑色轿车才险险地避开了马路边的植被花台，绕回了主路上。

宝伶不知轻重地踩了一把油门，不会预知方向、操作又跟不上车子的速度，等她意识到刚才短暂的两秒有多危险时，后怕得都不敢吱声了。偏偏江原野的手机铃声又突兀地响了起来，女生只觉心脏都快被震碎了，差点再次打歪方向盘。

然后宝伶便感到江原野的手温柔地落在了她的脑袋上，在顺毛摸，似安抚她，并且在用受伤的右手接电话："怎么了？"

"哥哥，跟你后面的是我啊！我真是服你了，别开那么快吓我行不行？下个路口停下来吧，你烈哥哥来拯救你。"

"不用。"

电话那头愣了一下："为啥啊？不是，我是在送她回去的路上偶然看见你车牌号的，真没打扰到我们……"

现在打扰到他们了。

意识到宝伶在偏头躲他的手，江原野草草地回了句"微信说"，而后挂掉电话，看向她："没事了，慢慢开。"

经过刚才一连串的刺激，现在的宝伶半点小差都不敢开，神经高度紧绷："我还是开快点吧，送完你我还要回基地，已经很晚了。"现在都九点多了。

江原野听着，没回话，只低头看微信。

烈：干啥？为什么不让我来当司机？就当咱们一块回船厂给我节约一笔打车费也行啊？

燎原：不回船厂。

烈：可这已经过富丽很远了啊？

烈：……什么情况？难道你车里面有妹子？！

烈：谁？绝对不可能是琼，我刚还打电话问过她你回船厂没，不对啊，有新妹子你不带她住富丽，还有哪儿能比富丽住起来更舒服？！

燎原：她家。

烈：是个狠人。

烈：哦不，是个狼人，在下告辞，顺便帮你们拉上窗帘。

2

其实宝伶从富丽开车回小区也才花了一刻钟，结果停车就磨蹭了快五分钟，再看一眼时间，十点了。得知他昨天根本没住她家，她又拉着他快速钻进破旧的筒子楼。老小区没电梯，过道也很狭窄，就水泥阶梯，他们一口气跑上五楼，她催促他快掏钥匙，然后开门，脱鞋，开灯。

女生穿着袜子在自家一阵乱跑："冰箱里有矿泉水、苏打水、王老吉，想喝什么……哎，居然还有一袋泡芙。"宝伶拆开包装袋吃了起来，一转身，江原野正好拎着一双女士拖鞋俯下身："穿鞋。"

闻言，宝伶听话地穿进去，正要迈开步子继续介绍，却被蹲下来的江原野抓住了脚踝——她们家的拖鞋都是有鞋后跟的。

"没关系，穿不了多久，说完我就走啦。"

男人仍然轻轻抬起她的脚后跟，把她踩在脚下的鞋后跟钩了起来，从低处传来的磁性声线听起来毫无波澜：“我又没拦你，别老提走不走的。”

宝伶只觉这话莫名其妙：“你干吗拦我？这也是我家啊。”

“所以，”江原野替她穿好鞋后直起身来，垂眸，沉沉地看着她，“为什么不留下来住？”

这一问，宝伶瞳孔骤缩，心悸了一瞬，终于有了一种如梦初醒的真实感，这就是她为什么急着想走的原因，有他在，她怎么可能留下来住？

宝伶抿着嘴，推开他，呼吸走到自己的卧室门边。

现在只有她和江原野两人，她有点紧张：“……睡我的床吗？我上周刚换的被子，就是床有点小，一米二……你要是介意的话，就把被子抱出来睡沙发好了。”

然后宝伶再浑身僵硬地跑到卫生间门口，一阵乱摸，“啪”地按开了暖灯：“浴巾你用灰色那条吧，你方便脱衣服……”刚说到一半，她便硬生生刹住了，脱不脱得了，好像也跟她没关系吧……

刚才进门只开了壁灯，现在江原野修长的身影从昏暗中走来，卫生间的暖灯映亮了他英俊完美的轮廓，也映亮了他的瞳孔。

他靠近，宝伶下意识心跳加快地退进了卫生间，为了不让她之后逃开，她的这步后退倒深得他心。

江原野倚靠在门边，眸光渐渐沾染了别的情绪：“我试着脱一下，不方便能帮个手？”说完，他还真的开始尝试脱风衣，但动作缓慢。肯定很难吧，毕竟上回在喝茶间，三下五除二就脱了个精光。

宝伶忍不住咽了一下口水，靠近他，帮他拽下风衣。大家都是成年人了，男明星健壮身躯的写真也早已经看得麻木了，她不需要这么扭捏啊。

再看看她，帮他撩黑色毛衣的心思多么正经……喀喀，也不能算太正经，毕竟帮他脱衣服不好意思直视他的脸，就只能目光平视，可目光平视也有早晚看到他胸肌的那一刻啊！

就比如现在！肌肉线条清晰，触感灼热饱满，而且还这么近这么近！

连他身体的热度都仿佛扑在了她的面上，使她烫红了脸……

偏偏峻拔的男人还要在这时候说话，身体线条因此更加明显："有没有想过你把钥匙给我，我就没打算还了？"

宝伶的大脑已经严重瘫痪不会运转了，所以她完全没听懂他话里的意思："没有啊……你先埋头，我把毛衣拉下来……"

"那你现在知道了。"

江原野是真的听话。

他埋头，宝伶踮起脚扯着他的衣领一拉，刚拉出了毛衣，都还没完全从他的手臂上脱下来，就被男人忽然抬高了手，用未脱完的毛衣将她圈进了怀里，禁锢在自己的身边。

宝伶直接撞向了他的胸膛，意识到嘴唇触碰到了他滚烫的肌肤后，她忙仰起头，恼羞成怒地看向他，像一个蒸汽小火车车头："你在做什么啊？你什么意思啊？？"

"想吻你的意思。"

哪知江原野直接趁她仰起头的时候，俯下身吻住了她的唇。

他是耍流氓了，但他真克制不住了，清醒时分还是午夜梦里，他都想了很多年了。而且她的唇比他想象中的柔软，他情不自禁地、轻柔而缓慢地舔着她的唇边……还很想、特别想咬一下她红润的唇瓣……

宝伶被他吻得浑身酥麻，呆住了，完全不敢动。

江原野竟然在吻她，而且极尽呵护，极尽忍耐，反复描绘着她的唇形，引诱她，等待她，想让她也能心甘情愿地沉溺于唇齿间的快乐。

宝伶也确实心痒难耐，喉咙发紧，她忽然伸手环住他的脖颈，主动迎合他："还想……怎么吻我？"

闻言，江原野怔了一下，发觉她还愿意直视他的目光了，身体被她冰凉的手指轰然点燃，呼吸也烧了起来。神经刺激和身体接触的快感让江原野忽然揽住了她的后脑勺，痴迷地咬了一会儿她的唇瓣，而后伸舌撬开了她的贝齿，去找她的舌缠绕在了一起。

她的舌尖软软的，触碰在一起所有的感官神经都愉悦放松了，这渴望已久的吻，好像怎么轻吮也不够。

然而宝伶被他咬得有点受不了，呼吸急促，觉得空气稀薄，整个人都软软地向后仰，还含含糊糊地埋怨他："你怎么——还不满足……"

江原野干脆单手搂起她，带她转了个圈，再将她抵在墙上，让她有实物可倚靠这才放过她，其实也不算放过她，只是换了个部位亲而已。

他的嘴唇轻蹭她的耳郭，看她因为喘息而微微起伏的身体，低笑了一声，温热的鼻息就打在她耳边，弄得她痒痒的，她只能不停偏头躲开，可雪白莹润的颈侧更加诱人。

他声音极喑哑地说了句："只是一个吻，怎么能让我满足？"

只是一个吻？！这吻到最后都严重超纲了好吗！侵袭就算了，还非要将她的舌钩到他的嘴里……

宝伶忽然伸手想要推开他："你到底什么意思，你当我是谁啊？想亲就……"

"女朋友。"

低沉清晰的三个字却让宝伶心刺得发疼，又软又无力，原来他也喜欢她啊。

江原野从她的颈窝里抬起头来，眼神炽热地看着她：“是喜欢的人，移不开眼的人，得不到就会让我一蹶不振的人。”

不仅很会亲她，还这么会说话。

宝伶觉得心脏有点受不了，而且现在他们两人的关系，很明显是她占上风。

宝伶伸手轻轻地抚上他的脸、唇，再到他的鼻梁，他却连这点缝隙也不放过，顺势偏头，目光沉溺地去亲吻她的手腕。他就像是等了很久，忍了很久，终于能开拓这片心仪已久的土地，每一寸肌肤都想在这时候尝遍。

宝伶被他弄得痒痒的，笑得格外娇俏动人：“那你一蹶不振去吧，好想看看那会是什么样子啊。”

“不行，”江原野不满地轻咬了一下她的手腕，“得不到你说说而已，别当真，但是可以看一下别的样子。”

“什么？”宝伶微挣脱了一下，纤细的手指轻插入他的黑发里，一双灵动的眼写满了期待。

“从此君王不早朝的样子。”

宝伶：“……”

宝伶发觉江原野还真能亲，一发不可收拾，他都光着上半身亲她多久啦？

要知道在今天之前，他们两人的关系还都止乎于礼吧？怎么忽然被他挑明之后，他来势就这么凶猛了？

之前衣冠楚楚禁欲正直的斯文样，没想到亲起人来都不给人休息时间的，不行，这也太惯着他了吧？

她还得好好消化一下他们之前的互动呢，宝伶真是好奇得不得了，江原野到底是从什么时候开始喜欢上她的，喜欢她的哪几点。

她收回手，用力推开他：“冷不冷？还洗不洗澡啦？”

宝伶抵在瓷砖墙的后背原本就压着他的毛衣，这一推，终于将江原野之前故意卡在手腕上的毛衣脱了下来。他将毛衣挂起来，取下腕表，眼角带笑，意味深长地看着她：“不冷，你能烧了我。”

宝伶：……又耍流氓！骚话连篇！！以前的江原野可不是这样的！

“不烧，不想烧，想得美！”

看她都要无比羞愤地关上了卫生间的门，江原野忽然伸脚挡住了，语气带着一丝祈求：“别走了，今晚我不会对你怎么样。”

闻言，宝伶震惊的尾音都要飘了：“……什么意思？你只保证今晚的吗？！”

可江原野还温柔而满足地笑了笑，也学着她的语气问道：“什么意思？之后你也打算回来住？那我以后忙完工作就按时回家。”

宝伶：“……”

好的不学，学她乱画重点。

3

宝伶换了睡衣跑去爸妈的主卧卫生间洗漱完毕，又抱出一床羽绒被贴心地给他铺在沙发上，完了发现浴室里还有水流声，他还没洗完出来。女生吃了感冒药便优哉游哉地陷在沙发里发微信。

宝儿：白飞姐我回老房子住啦，明早八点到体育馆？

白飞：对了，你怎么和大佬吃了这么久？没被拍到吧？早点休息。

其实早吃完了，花了太长时间在浴室待着了……

像是忽然明白了什么，宝伶红着脸跑回屋翻出了一张白纸和一支马克笔，然后趴在茶几上刷刷地给江原野留了几行字，她可是很有学问的。

“不要敲门，不准找我说话，请问江学长是在浴室里自己解决了吗？辛苦你啦，晚安哦。话说你的时间都这么……”

女生龙飞凤舞的草书还没写完呢，哪知浴室里便传来了门把手转动的声音，吓得宝伶仓皇地在最后一句画了几杠，便赶紧跑回屋关上了门。

深夜寂静，屋内的宝伶一动不动，因此客厅外男人的脚步声便显得异常清晰。

他好像停下了，应该是坐在沙发上了吧，然后宝伶听见了纸张被拿起的声音。大概安静了半分钟，竟然又听见他“啪”的一声把客厅灯全点亮的声音，和纸张捏在手里滑动的声音，他还在看啊……宝伶咽了咽口水，不敢再往下听了，便跑回床上睡觉去了。

江原野五点半就起来晨跑了，出门时天都还是黑漆漆的，这时候打太极拳的大爷大妈都才刚刚起来呢。其实他半夜四点就很想出来吹风了，但是怕被保安当成可疑人员只好作罢。他睡不着，大脑兴奋，其实那张纸条顶多算个导火线，主卧里忘了关灯和一直有滴水声的卫生间才最磨人。

他就想去关个灯，然后一套果粉色的、湿漉漉的内衣就那样出现在他眼前。

有料。

颜色也好喜欢。

蕾丝也不错。

最后“啪”地按下灯，江原野焦躁地发现那情景还在脑子里待了几秒。

终于在外跑到六点，他才在昏沉的小路上看见有小贩推着小车卖煎饼，也开始有轿车缓慢驶出小区大门，一点一点勾勒出清晨的样子。

江原野要了一些煎饼、小米糕和茶叶蛋便拎着大步往回走。今天她应该还要很早去体育馆彩排，他上楼关门，发觉她的房门仍然紧闭，便试着动了一下门把，没锁。

他想确认她还在不在，便推开了门，发现她还小小一团地缩在床边。

卷发凌乱地散在了枕头上，面容白净清纯，肤质细腻莹润，还有几缕发丝滑在了面庞上，落在了她的嘴边，女生微微张开嘴，呼吸也轻轻的。

江原野坐在床边，俯身帮她撩开嘴边的发丝，手指触碰到了她湿润的嘴唇，心又难耐地躁动了起来。

男人漆黑的目光越发深沉，想把她弄醒，至少他听话一晚上了。

宝伶一开始还只是觉得耳朵痒痒的，她迷糊地缩了一下脖子想要躲开，然后脖颈也开始痒，有时候还会忽然痛一下。宝伶终于忍不了，烦躁地推开他：“……你属狗的吗？到底有完没完啦？”

尝到了点她的滋味，江原野这才恢复了精神直起身，轻声哄她：“起来陪我吃早饭。”

宝伶却不开心地直接躲进被窝里，起床气大得不得了：“不吃！闹钟还没响呢！”

“可我想你了。”他的语气极尽温柔，一边说，还一边在蚕丝被外轻轻拍她的脑袋。

“……你哪是想我了！你就是想亲我！”扰人清梦，最是可恶！

“我是想亲你，我已经听话一晚上了。”闷沉磁性的声线在清晨听来很是磨人，倒让宝伶产生了一种“是不是还需要表扬一下他傲人的自制力”的错觉……

然后男人话音刚落，闹钟铃声便响了。

宝伶彻底无奈了，很是委屈地从被窝里挣扎着坐起来，头发毛毛躁躁的，她瞪着坐在床边的江原野。

哪知英俊无比的男人还垂下狭长的眼眸，神情温顺又安分地看着她，还坐得异常笔直，就连双手都拘谨地放在大腿上，好像刚才肆无忌惮地行孟浪之事的不是他一样！

就像知道错了，乖乖领骂的狮子。

真是难以想象会在目空一切的江原野身上看到这样的影子。

宝伶语气也软了一下来，忧心忡忡地摸了一下自己的脖子：“但是你也别咬我啊，我有一套表演服装是V领西装要露脖子的嘛。”

温顺的狮子打起包票来也是不眨眼的：“交给我。”

“不想理你。”宝伶轻哼一声，推开他，跑下床洗漱了。介于闹钟定在十分危险的早上七点十分，宝伶没化妆，直接穿好外套便急急忙忙要出门，路过茶几的时候发现昨晚的A4纸上竟然还多了几排隽秀的字体。

“不要敲门。

“好的。”

“不准找我说话。”

“忍了。”

“请问江学长是在浴室里自己解决了吗？”

“是的。”

“辛苦你啦，晚安哦。”

“晚安。”

宝伶不禁咽了咽口水，呼吸又开始发紧了，她心虚地抬起眼，还好现在根本不知道江原野在哪个屋。她现在只想逃离现场，太羞耻了……他干吗回复她？？她昨晚的原意是写来调戏他的，结果……

宝伶窘迫地跑到玄关处仓皇穿鞋，心怦怦跳，好似下一秒就要跳出胸膛，偏偏江原野的声音还忽然出现在身后，低沉微哑：“转过来，张嘴。”

闻言，女生头皮都发麻了……来要离别吻的吗？还张嘴？不张嘴行吗？他怎么这么黏人啊……

宝伶羞赧地回头，一双水灵的鹿眼像清澈的琉璃珠：“还没亲够……”

然而未说完的话被堵住了，因为嘴里被塞了一块香糯热乎的小米糕。

江原野在喂她吃早餐，左手拿着的玻璃杯里还倒有他刚热好的牛奶。男人挑眉，嘴角忍不住上扬：“还没亲够？我也是。”

宝伶：……真尴尬啊。

宝伶满脸通红地匆忙吞咽下去，他又开始耐心喂牛奶，怕呛到她，手抬高得很慢。

仰头喝牛奶的时候，宝伶一直在肆无忌惮地盯着他看。

太好看了，轮廓线条都是恰到好处的锋利，而且也有很温柔的一面……就是什么欲有点旺盛，她都没点过火，他就可以自燃。

宝伶推开玻璃杯，睫毛扑闪了一下，轻轻软软地报备行程：“我从今天开始应该会忙半个多月吧，好好照顾自己，有事给我打电话……对啦，我这里不方便主动公开恋情，所以只能悄悄地谈恋爱，江学长别介意哦，除了名分，其他的我都可以给你的！”

男人揉了一下她的头发，眸光清冽地低笑了一声：“嗯，你快去吧。”

宝伶：“……”

这就完了？还催她赶紧走呢？她都觉得她交代的方式和流程已经很像“暖男”了呢，没想到他的回答这么硬核。要忙半个多月呢，一句“宝贝儿，我会想你”或“我很舍不得你”都没有的吗？！

宝伶目光呆滞了一瞬，微微张了张嘴，好半天说不出话来，而后冷着一张瓷白玲珑的小脸甩门就离开了。

这个男朋友真没意思，玩够了趁早分手好了。

4

跨年晚会晚七点半正式开始，白天满打满算也只能匆忙走完两遍流程，舞台光效绚丽夺目，震耳的音乐不是动感便是温婉，反正几乎没停过。为了确保最流畅的直播镜头，舞台跟拍摄像师、航拍机，以及台下数十个导播摄像机也是全程录像。年度盛会还未到来，但是体育馆的热闹已经感染了周边的街区。

午后一点，白飞才领着她们到特定的休息室吃工作餐，能有近二十平方米的独立空间于 SA 女团来说已经是厚待。

开门一看，亮堂通透的光线下，白色长桌上摆满了各种大小不一的、方的圆的精致木质便当盒。

陆续走进来的队员们愣了一下，眼神一下就亮了，直兴奋地扑向餐桌去一一打开，那开心的样子就像在开宝藏箱：“糖醋排骨！年糕汤哎！还有煲汤，嗷嗷嗷，好香！”

就连站在门边的白飞也有些错愕，而告诉她休息室位置的工作人员也还没走，仍笑容满面地、异常恭敬地立在边上。

白飞有点心里没底，实话实说，以 SA 女团现在的地位，台里绝对不会如此重视，这都快赶上 The one 男团的待遇了。

“主食还是三菜一汤啊……可乐鸡翅！这是什么……甜皮鸭吗？？哇，还有点心、水果！台里准备的伙食也太好了吧，要感动哭了……”

“不是电视台，是富洋财团那边为 SA 准备的。”

白飞正要询问，工作人员便已经回答了大媛的自说自话。

这下，大媛更震惊了，总觉得答案呼之欲出，但她不能表现得太过雀跃，最后沉静了一下，换上了一个满是娇羞的表情：“……不会是富洋财团太子爷安排的吧？”

“是的。”

这下，休息室在一瞬间炸开了，惊讶的，欣喜的，还有紧张万分的期待感。

大媛都快把旁边宝伶的手腕摇断了：“宝儿宝儿，我是不是即将开启娱乐圈里先婚后爱的副本模式啊！！”

“……太子爷就可以公开谈恋爱了吗？公司不会反对吗？”宝伶吃了一块甜皮鸭，满腹疑惑，明明白飞姐都不允许她和江原野谈恋爱的，小声说一句，白飞姐这是在看不起谁……

“太子爷会为了我收购公司啊！公司都是他的了，谁敢反对呀！”

宝伶：“……”

这一波剧情走向好像也能合理。

衣兜里的手机振动了一下，宝伶欣喜地摸出来，眼眸一下就垂下来了，结果是林易远。

YUAN：过来，有你喜欢吃的。

宝儿：我们这里也很丰盛！但是不太方便约你过来……

在对面自动理解为被拒绝了的林易远愣了一下，是真想暴躁地回一句“你们那边能有什么”，最后还是忍了，得给她留面子，得让她开心，他才能有一点机会。

YUAN：在哪里，我过来。

宝儿：你过来，她们还能好好吃饭吗？

看到蹦出来的新对话框，林易远咬咬牙，越来越烦闷，看不见她，他就能好好吃饭了吗？

YUAN：那我一间间问过来。

宝儿：左边第二小间！！

反观宝伶特意置顶的、安静的“燎原”对话框，一点动静都没有。宝伶噘着嘴，在心里连连“叫好”，这男朋友可以啊，早上还想把她吃干抹净，现在穿了裤子就忘了她是吧？

想打人，想洗把脸冷静冷静。

哦，对了，还得想办法再偷偷去看一下脖子上的小红印，早晨在洗脸镜前发现了两处。上午的彩排还可以裹着厚衣服上台，可下午就很正式了，宝伶感觉此时的自己就像一只气鼓鼓的河豚。

江原野可真能耐啊，不在一起的时候还能保持高岭之花的形象，其实是只腹黑大狼狗，随时想吃人。要是只有一个红印她还能搪塞，现在只能偷跑出去抹粉遮掩了。

那人向门外点头示意了一下，而后侧身走进了两位手提礼袋的黑衣男人，他们手中横向提溜的一个个礼袋挤在一起形成了巨大而喜庆的弧形，看起来手指都快勒坏了：“这是富洋财团准备的一点薄礼，因为少爷在SA女团之后上台抽奖，非常感谢你们能让现场热闹起来，让他上台的时候不至于冷场。”

然后他们一一送过去，就连三位经纪人都有份。

红色的日本福袋，还有著名的珠宝腕表品牌 TIFF 家的粉色礼盒。

女孩儿们客客气气地说了声“谢谢”，当即拆开礼盒兴奋地试戴了起来。

白飞虽然满脸笑容地收下了，但仍然记得不亲不疏地打探对方的真实目的，总觉得这个太子爷醉翁之意不在酒：“太子爷这也太客气了吧？让晚会热闹，是 SA 应该做的。”

送礼的男人也同样滴水不漏：“这是少爷的待人之道，希望你们能欣然接受。”

所以戴着鸭舌帽出现在休息室门口的林易远错愕地发现门口竟然挤满了人，他居然都挤不进去了。

还好有身高优势，他再抬眼看了一下里边的情况——长桌上稀疏堆放着各种礼盒，SA 成员们眉飞色舞，大男生拍了一下黑衣男子的肩：“里面在过年？”

黑衣男子很是淡然：“准备了一点薄礼而已。”

电视台的工作人员则既羡慕又感激地接话：“你们就别谦虚啦，富洋的太子爷很大方了，如果排在太子爷前面的是单人嘉宾再送礼的话还是能省下一辆车钱了。”

林易远低头给宝伶发了条“出来”的微信，而后冷漠地掀了一下眼皮：“什么富洋？”

“富洋财团，每年的跨年晚会赞助商都有他们。今晚晚会进行到中间我们还邀请了富洋财团的太子爷上台抽奖，礼品是‘翡翠号’游轮的七天六夜日韩游，小远前辈不是在学校就是在跑公告，不太了解也是很正常的。”

富洋财团，“翡翠号”游轮，江原野。

林易远忽然不屑地轻笑了一声，没想到江原野也会用这么俗套的方式笼络人心。

正好这时候宝伶从两个壮汉中钻出来，露出小巧精致的巴掌脸，林易远将她拽过来，很不爽地问她："喜欢吗？那些玩意儿？"

"啊？"女生忽然很反感地蹙了一下眉，"一点都不喜欢，一想到可能会是某个长相猥琐、图谋不轨的富二代送的，连拆开的兴趣都没有了。"

林易远瞠目结舌地看着她："……你不知道是谁？"

闻言，宝伶只觉他莫名其妙："我怎么会认识？我们可是正经女团，不陪人的。"

大男生忽然尴尬地舔了一下唇："我不是那个意思……新年想要什么礼物？"

宝伶笑容清丽地轻扯了一下他的鸭舌帽帽檐："想要你红红火火，我去补个妆。"

林易远难耐地看着她跑走的背影，其实他很想告诉她，不用补妆她已经很动人了。

5

宝伶鬼鬼祟祟地跑去给脖颈扑了个粉，看似完美无瑕之后便跑回后场配合第二遍的彩排。除了工作人员来告知她，给她准备的表演服装临时换了个同色系高领，问她介不介意之外，一直到跨年晚会正式开始都无任何意外。

但是早知道要给她换，她也不用忐忑一上午了……

如黑丝绒般的夜色被绚烂的舞台光束打亮，体育馆内激动的尖叫声似能穿破云霄，晚会氛围一直高涨，台下五光十色的应援牌亮成了一条闪亮流动的银河。

SA 女团服装主打亮丽利落的银白色，两只团舞也由活泼转向冷艳。台下的粉丝们狂热地呼喊她们的名字，略微喘着粗气的宝伶在动作定格后笑容清纯地对镜头眨了下眼，而后灯光暗下，队员们陆续从左边下台。

台上再次传来了主持人串场的声音，仍然有转动的灯光打下来，滑过女孩儿们的面庞。经纪姐姐们迅速将外套递上来，很是兴奋地抱住她们："大家都很稳很棒啊！美呆了……"

"……那么我们欢迎富洋财团董事江原野先生上台抽奖！"

台上的女主持声线甜美清丽，台下观众的惊讶尖叫更是快刺破耳膜，其配合阵势不亚于超级巨星的演唱会，就连后台这边也哗然一片了。

"是那个……参加《完美大脑》并且带领成员一路披荆斩棘拿下种子队称号的江原野吗？！当时显示的也只是毕业于东大轮机工程系这么一点身份吧？？"

"富洋财团旗下的欢洋游轮公司也是《完美大脑》的赞助商吧？！这……这赞助商去参加比赛？！"

"不是的！我敢保证主持人也是才拿到太子爷的名片不久，你没发现太子爷来抽奖已经传了两天，但从来没听到过有人直呼他的姓名吗？四十分钟左右前吧，我听导播那边在对话，保安问体育馆门口停了辆大众辉腾放进来吗？导播那边直接回'完了完了，来早了还没安排人接他，快请他进来'，所以他刚到不久……"

"话说……这个侧脸！呜呜呜，受不了了，真的很好看啊，所以他不但英俊多金，还智商超群……"

后台的议论惊呼声此起彼伏，台上空灵清脆的主持声也相继响起："所以，江先生抽到的号数是？"

“四百七十九号。”

低沉清冽的声线，太过熟悉了，毕竟早晨他才贴在她耳畔，半吻半咬地用着这样微哑磨人的声线哄她陪他吃饭。

没听见他声音之前，宝伶一直有种懵然悬浮在半空的不真实感，好像四周或欣喜或疑惑的喧闹声和她是两个世界似的，与她毫无关系。直到他的声音如风雪般飘入耳里，瞬间将她拉拽回了地面上。

宝伶转过身，从舞台的边缘看他笔直拔尖的侧影。

男人宽肩长腿，舞台上红蓝色的光束在他的身后旋转辉映，却不及他半分亮眼。

幸运观众羞涩万分地跑上台，也跟着他成为了万众瞩目的焦点。

女观众红着脸，拿过话筒，紧张得直颤抖：“我……我一直在看《完美大脑》，没想到你还是……还是一名年轻总裁……所以，之前流行的那句‘如果不是来谈恋爱的，谁来这儿？’是……是不是……说给宝伶听的呀？”

此话一出，场下沸腾了。

漂亮的女主持临场反应极快，她微笑着快速接过幸运观众的话筒正要替江原野解围，江原野却主动从主持人手中拿过话筒：“是，这话同样也适用于现在、此刻。”

第十二章

真情假意

1

自此，娱乐圈算是过年了，现在都不需要娱记冲锋上阵的，正主会上线自曝恋爱进展。而且能买票到现场的观众还有一种极强烈的参与感，他们三百六十度无死角时刻关注抽完奖下台落座在视线最优位子的江原野，东拼西凑、七嘴八舌地说出了接下来更戏剧的画面。

宝伶和林易远终于上场了。

两人从眼神到动作都默契十足，亲密抚面更是引来台下尖叫连连。

导播更是不嫌事大地竟然将半空中的大摇臂摇到了江原野的前面，现场直播的巨大屏幕上立马就投映出男人毫无缺点的面庞。

一向做派冷硬的江原野甚至还毫不遮掩地、面带微笑地对着镜头晃了一下手中的写有宝伶名字的应援牌。

高度配合，甚至装备齐全。

从《完美大脑》成为他的粉丝的人暴风哭泣，内心酸涩不已，记得上一次看到他如此温柔的笑容还是……啊，不对，这就是第一次啊！！此刻的心脏只能用“碎碎平安”来形容……

然而两人私底下的关系，倒没有外界看起来的如此令人眼红，至少女方目前是不愿搭理他的。

跨年晚会结束之后，庆功宴设立在富丽大酒店的“明珠堂”，富丽敞亮，珠光宝气。墙边镶嵌了一排巨大的拱形透明窗，厚重的白色窗幔缓缓垂下，窗外一片宁静，窗内灯红酒绿，群星齐聚，气氛正盛。

宝伶软骨似的倚靠在墙边，看似风平浪静地接通了江原野的电话。

江原野语气平和："晚上我接你回去？"

女生眼波斜斜，很是客气地回了一句："不用了，江少爷，我要回基地呢，明天还有公告，您不应该是日理万机吗？还有这闲心……"

"宝伶，"电话那头的男人闷着声打断她的话，"我从来没隐瞒你……"

"啊，对，那怪我不会识人，"宝伶声线清丽悦耳，说出来的话十分呛人，"我不知道您是富洋财团的太子爷，还整日忧心船厂有没有给您买五险一金，唉，我这就叫瞎操心。"

不止瞎操心，还瞎热心，人含着金钥匙出生的，刚刚走进富丽大酒店的时候，大媛还说原来这酒店也属于富洋旗下，宝伶竟然还傻里傻气地在人家门口领他去她家的老房子住。

他在郑家家族群沉默五年之久，她带他留宿她家，彼此也算是见过了父母。然而她对他的家庭背景一无所知，露出来的一点马脚，和仅有的一点线索被她连接成线，完了发现还和事实相差甚远，这不是隐瞒，这简直就是不信任她！！

熟悉的队友都蜂拥而至，质问她明明早知道太子爷的身份，为什么还不提早告诉一声，让她们白白幻想那么久，就连白飞姐的语气也略含不满，觉得她真是太能忍了。

她哪是能忍啊，她这是无知好吗？

"宝儿，你好好和我说话行吗？我就在'明珠堂'外面，或者我们面对面聊一下？"

宝伶真是越想越气，她居然被蒙在了鼓里这么久："我和江少爷没什么可聊的，再见。"

男人声音渐冷下去："那我进来。"

女生看着窗外被绿树遮盖的朦胧路灯，不禁轻笑了一声："欺负我是吗？"

闻言，江原野的语气瞬间放软："在求你。"

"在等你撒完气，理我。"

理智告诉宝伶，他可能又在装可怜了，也有可能是真的无措，但不论她怎样冷言相对，她能确定，他都舍不得生她的气。

一时之间两边都沉默了，行吧，宝伶虽然胸腔都被郁气挤满了，但她不能自己气自己是不是？她得知道她的脑回路到底错在了哪里对不对？

于是恼羞成怒了大半天，宝伶决定继续问："我问你，高三的时候为什么要在富丽做前台？体验民间生活吗？少爷？"

"当时赵烈在校外闯了点事，被学校记过停课了很久，我介绍他来富丽做安保。赵烈脾气暴躁，我做前台陪他适应，顺便看着他点。"

宝伶："……"

居然是为了五大三粗的赵烈，怪不得这么多年过去了校霸能巴心巴肝地对他好，任劳任怨。

宝伶真是服气了："那请问您在'翡翠号'做私人管家，也是为了陪赵烈适应保安组组长这个职位吗？"

江原野顿了一下："是因为，我以为只有我才能把你照顾好，但我还是让你受委屈了。"

宝伶这才轻垂下了一眼眸，浓密的睫毛微颤了一下，有些动摇了。原来是为了她，想想那段时间竟然能随意使唤和折腾游轮太子爷，事后还是觉得有点兴奋哎……有点想要原谅他了。

宝伶清了一下嗓子："最后一个问题，为什么要装可怜啊？明明可以有那么多人陪着你，为什么总给我一副孤胆英雄的样子？很让人担心的你不知道吗？”

这下，电话那头的男人才低低地笑了，他的确是习惯了独来独往：“你对梁旭一直很好，好得让人嫉妒，是因为他成绩优秀？”

宝伶怔然了，也是真的惊诧，好半天说不出话，而后逐渐反应过来又有点无奈的喜悦。江原野怎么这么有心机啊，高中时候的梁旭是真的需要她的帮助，一点点关怀而已，都能让他变得更加善良，而现在，梁旭在北大也混得如鱼得水啊。

2

宝伶还是偷偷溜出“明珠堂”找江原野了。

午夜的欢宴时刻，宝伶虚掩上冰凉的双开门，辉煌的酒店大堂空旷寂静。这时候，办理入住的客人少之又少，因此在电梯旁按着向上按钮，身影挺拔的男人便显得格外惹眼。

女生拉高了围巾，小心翼翼地跑过去，脚步落在光亮的大理石地砖上仿佛无声似的，宝伶警惕万分地瞪向他：“上楼做什么？”

江原野眼角含笑，好像和她告白之后，他就变得爱笑了起来：“上楼聊聊？”

她还不知道他怎么想的吗？宝伶白了他一眼，拉着他飞快转身走向后面的酒店花园。

“原来是这样，”月光幽暗，两人穿过静谧昏沉的树林，身后的男人反握住她的手，顿了一下，而后意味深长地说道，“喜欢小树林？”

宝伶：“……”

反正这附近已经十分冷清，宝伶终于停下了脚步，回头。

她的身高堪堪到他的胸膛，女生轻轻扯开他的西服扣子，葱白的手指一点一点地在他熨帖的白色衬衣上缓慢移动，声线酥软得不得了：“原野哥哥就不喜欢小树林吗？”

然后一阵乱摸的手便被江原野抓住了。

寂静得只能听见彼此呼吸的声音，看不见她的面容，江原野捏住她的下巴，往上抬了一下，呼吸在一瞬间便乱了。

女生眼波潋滟，娇美动人，一副任君采撷的水灵模样。

江原野的喉结微微滚动了一下，他低头吻了一下她的手腕，“喜欢，那——”他顿了一下，而后目光灼热地看着她，“可以？”

宝伶发觉他是真喜欢亲她的手腕啊，抓住了就从不放过。她面颊绯红地摇了一下头，昏黄的路灯为她的轮廓打下一片柔光，她的肌肤饱满莹润，红红的嘴唇微张：“不约，哥哥，我们不约。”

清纯又美艳，他是真的着迷。

男人咽了咽口水，一双墨黑的眼就未从她的身上移开过。

江原野抬手，略微扯低了女生的围巾，结果一圈圈的围巾下面还是高领毛衣。他又压低了些她的衣领，白皙的颈项上两个小红印格外显眼，他的手指指腹来回轻触着：“听见喷洒的水声了吗？前面有喷泉，圈的水柱涌起来什么也看不见，我可以让水帘持续时间久一点，一个小时？最少四十分钟也可以？”

这下，宝伶顿收温顺娇软，镇定不下去了，也是真红了耳根。

她呼吸一紧地推开他的手，有些羞愤地和他保持好远的距离：“你怎么……怎么接话越来越诨了？”

见她后退，江原野又毫无攻击性地上前了一步，哪知她还想拉开距离，江原野这才失笑地将她一把拉入怀里：“虽然明知得不到，但是看你故意引诱，我不能不配合对不对？”

可宝伶感受不到他的一片好心，反而更加羞愤，她的确是在故意引诱，富洋的地皮，客人的休养处，看他到底能拿她怎么样。

她想从他怀里挣脱开，却是徒劳，最后只能仰起头，踮着脚咬了一下他的下巴："你什么意思？是不是觉得我撩拨得很生涩？？"

这痛感来得出乎意料，江原野倒吸了一口气，硬生生承受了不说，还得安抚怀里快奓毛的女生。

他轻轻拍着她的背，哄着她："女朋友主动撩，撩一次就少一次，真情假意我都甘之如饴。"

呼啸而过的冷风吹动树叶发出沙沙的声响，江原野将她都裹进了羽绒服外套里，怀里的女生这才逐渐安分了下来。

宝伶静静在他怀里待着，不得不说，这江原野的情话技能简直满点啊，总是把她撩得心动不已……

没一会儿，她的声音闷闷传来："……怎么不早几年给我告白？"

闻言，江原野意外地怔了一下："几年合适？"

"五年前就挺好啊，让那时候的宝伶也高兴一下嘛……啊，五年前年纪不太合适还是算了吧，那三年前也行呀，已经成年了哦，可是三年前就开始谈恋爱，能不能走到现在也说不定呢，异地恋多苦呀……"

"那我根本就不会去日本。"

"……什么？"

高三下学期关系完全决裂，那剩下的三个月他再也没能和她说上过一句话，他以为因为那场冷战，她再也不愿理会他。

宝伶感觉江原野又把她抱紧了一分，以至于她都觉得呼吸有点困难了，偏偏这时候，他还给她安排任务："拿一下外套内兜里的东西。"

宝伶一阵乱摸摸到了微微鼓起的内兜，她摸出来，顺便从他怀里挣脱开来，仔细看了一眼手里四四方方的粉色首饰盒，这和白天大媛她们拆开的礼盒相差无几。

她有些疑惑："这是什么？"

江原野低头观察她的表情："新年礼物。"

女生拆开礼盒："不是给过一条了吗？"

"你开了吗？"

宝伶不仅没有开，还顺便送给了那个临时帮她换了表演服装的女工作人员。现在想想，估计换衣服也是江原野私下安排的。

宝伶没吱声。

江原野好笑地捏了一下她的脸蛋："知道你对陌生人送的不感兴趣，别愧疚。"

看见是一条珠式手链，宝伶眼睛一下就亮了，高兴得不得了："是我在游轮上掉的那只手链的样式！"

江原野拿出手链给她戴上："查到那个人的时候，他已经把手链变卖了，让他去店里认了一下样式就送去警局了，今后'翡翠号'在人员招聘上也会更严格。"

宝伶静静地看他埋着头，橘黄的路灯下，他的黑发闪耀着异样的柔软。

江原野不知道是宋菲丽找人做的，那赵烈知道吗？但是不论他们知不知道，宋菲丽早已经对她造不成任何威胁了。

忽然宝伶衣兜里的手机振动了起来，立马让她警觉起来，她掏出一看，还真是白飞姐。

宝伶语气哀怨："我得回去了。"

今晚江原野这么戏剧性地一说，让她再次登上了微博热搜，跨年晚会结束了热搜还在，排名还不降反增，而且还又多了一个"林易远、宝伶"的热搜引人遐想连连。白飞姐应接不暇，公司也一直在看数据控评，今晚还比较好度过，会依然保持不回应的态度先磨一阵，毕竟谁也不知道网友们的最后风向是往哪里吹。

总之，宝伶现在一旦有点什么风吹草动就很容易被人关注，她能在白飞姐的眼皮底下偷偷溜出二十多分钟已经是幸运。

然而，宝伶急急忙忙往回溜，却发现双开门竟然打不开。白飞姐的来电仍是不间断，她不敢挂，顶多装作没听见，但久了白飞姐肯定会怀疑，如果找前台开门，正好撞见找出来的白飞姐怎么办……

最后宝伶只能想办法又跑回酒店花园，从半人高的弧形阳台翻进“明珠堂”，还好室外北风汹涌，大家都在室内待着，没人出来欣赏阳台外的花园美景。

漆黑的夜色下，江原野将她轻而易举地抱上阳台坐着，她却连一句“谢谢”都来不及说，便仓皇地跳进阳台内，神情紧张地摸进了“明珠堂”。

3

这都近凌晨两点了呀，现在网上竟然还在为林易远和江原野到底谁才是宝伶的真爱乐此不疲地争吵着，The one 男团那边也还未出面回应，估计也是准备等热度自己降下去。

有人扔出一段彩排期间林易远将宝伶搂在怀里，宝伶还在林易远怀里蹭啊蹭的视频。

然后不一会儿，就有熟知情况的内部人员评论，简单粗暴：“擦鼻涕呢，表演服装还是我送去干洗的，别争了。”

这下站“元宝夫妇”的网友立马崛起了，虽然没有亲密视频作证，但他们有着盲目的自信，纷纷表示，在不久的将来，宝伶小姐姐一定会被江原野的外在和内在所深深吸引!

白飞完全不知道如何公关，或者说是对江原野毫无办法。

人动动手指，说不定真把公司收购了呢，所以宝伶和白飞最后都决定先不回应恋情，反正这一届网友最健忘，过一阵新的“大瓜”出现便会把他们抛之脑后，就算是地下恋他们也能谈得很愉快。

倒是林易远那里，她必须得给个态度。

庆功宴上，他自然也在，只是比起之前对宝伶的热情，两人自从合作完*Feng*之后，就没再说过话了，最主要是林易远表现出一副不太爱搭理她的样子。

宝伶自我调整了一下心情，而后溜到林易远的身边，他正仰靠在椅背上晃着椅子，还喝了酒，有点上脸。他发觉有人在他身前停下，并且知道这是谁，也不抬眼的，仍然低头玩手机。

宝伶总担心他再这样晃下去，会忽然摔下椅子，于是她的手刚刚摸到椅边，大男生忽然冷漠地开了口：“做什么？”

宝伶被吓了一跳，只能客客气气地回了句：“……小远前辈，你好好坐。”

他抬眼看她：“然后呢？”但他并没按她说的去做。

宝伶忽然愣住了。

林易远向来清澈干净的目光竟然有一瞬的浑浊和陌生，宝伶讷讷地说：“热搜……不知道你看到了没有？我这边出面澄清怎么样？小远前辈根正苗红，资源也这么好，如果因此而耽误了……”

“你和江原野在一起了。”他说的是陈述句，语气听起来也毫无波澜，就是有点僵硬。

相似的话，记得三十号晚上林易远也问过，宝伶怔了一下，有一瞬的惊讶，忽然有一种不确定又很不可思议的想法冒了出来，但她短时间无法理清，只能先点头承认。

林易远也跟着默默点头，他将手中的啤酒罐放在桌边，之前握得很紧，现在放回去的罐子已经严重变形了：“恭喜。”

“你澄清就好，我撒不了谎。”

宝伶说不出话了。

猜测猝不及防地得到了证实，林易远可能喜欢她……看他颓废的样子，宝伶有些无措，手忙脚乱，心乱如麻。偏偏大男生还忽然站起身，对她笑了一下：“还以为你被他蒙在鼓里，会生他的气，但是看样子已经和好了。”

林易远顿了一下，低头，将女生垂下的手腕温柔地抬起来：“很好看。”

或许是忽然知道了男生的心思，被他这样握着手腕，宝伶还有点不好意思：“……谢谢。”

“但是你为什么会知道他的身份？在游轮的时候就已经知道了吗？”

林易远有点不甘心，但也只能是不甘心而已，他伤心，也不能让宝伶伤心。

林易远摇了一下头：“是离开游轮之后，他差人送礼到家，还打电话来感谢我，谢谢我帮你挡下了玻璃杯。”

宝伶震惊得一时之间说不出话来，心脏变得柔软而敏感，更多的是忽然察觉到了原来还有一个坚硬的外壳一直在做她的堡垒。

女生鼻尖微微发酸，能被江原野喜欢，真的太幸运了。

林易远拍了拍她的脑袋，目光遥遥：“走了，宝伶。”

说罢，林易远苦笑地揉了一下自己的头发，转身离开。陆续有其他光鲜亮丽的明星离开“明珠堂”，再盛大的欢宴也有离散的时候，至少这场离散意义重大，它代表着新年开始了。

什么叫世事难料，第二日新的“大瓜”竟然还是关于江原野和郑宝伶，这就叫世事难料。

一个看似平淡无奇的热搜，热搜名为“现在小学生也不这么翻墙溜进学校”，点开一看，才是更完整的短视频题目：“求求公司快让两人公开吧，现在小学生也不这么翻墙溜进学校！”

白飞姐恨铁不成钢地抱着手机冲进宝伶的房间。也不知道是富丽的哪位客人，竟然无意之间拍到了江原野抱她上阳台，视频中短腿的宝伶跳下阳台还差点摔倒，最后慌慌张张溜回庆功宴现场。

最近，白飞姐总有种对宝伶无可奈何的惆怅感：“瞧瞧，还有什么丢脸的事你不会做的？？”

宝伶不停地滑动底下的评论：“……我这个差点摔倒真的是意外！”

“……我指的是这个吗？还会翻阳台，你怎么这么厉害呢？”白飞越说越对她服气，同时又感到奇妙，“不是，你们这个操作真的前无古人啊，指不定今后还会有别的公司模仿抄袭呢！江原野收买人心就如割麦子一样，一割倒一片！现在全网都在夸他是最能伸能屈、还会宠人的太子爷，网友爱屋及乌，还连带着夸了你几句好可爱呢！”

然而宝伶越想越觉得不对，皱了一下眉：“这标题谁取的？？瞧不起谁呢？小学生有那个身高可以翻墙吗？”

白飞：“……”

4

但是谁能预想到最后他们还真成了“最受欢迎的情侣之一”了呢，可以开心谈恋爱，还有一大批死忠粉天天盼星星盼月亮地等着正主能再次上线更新“狗粮”。

电视台也想趁这波热度让两人再次同台，但撮合不了。

《完美大脑》最后一期的国际赛事对决于一月十二号晚以直播的形式播出。而同一天正是群星齐聚的“尖叫之夜”直播盛典，SA 女团也收到了邀请，首次受邀，自然是盛装出席，全员上阵。

调查清楚了两人的活动安排之后，网友哭晕一片，“精神狗粮”没了不说，而且很有可能再不能舔屏江原野的盛世俊颜。

人说了，为了谈恋爱才出来抛头露面博关注，现在美人儿也得手了，良辰苦短，哪还有时间理会网友呢……

其实别说网友了，现在宝伶想要见一面江原野也难。通过几次话，她能隐约察觉到建游轮的进程上出现了什么岔子，他们两人的通话总是会被打断。江原野觉得很抱歉，问她忙完了吗，带她去富丽吃饭怎么样，宝伶因还有公告，就回绝了。

事实上今天是腊八节，挂掉电话已是晚上七点，郑家一群人正在酒店包间里总结今年畅想明年，吞云吐雾，酒杯碰撞。

而她则默默地埋头坐在角落里给江原野发隐藏消息——微信出现的漏洞，在文本消息后面加上几个符号，对方便看不见她发的这些消息。

宝儿：呜呜呜，爸爸刚才凶我，让我别打扰你，所以我才忍痛拒绝，可是原野哥哥我好想你呀……

宝儿：我跟你讲，别看我爸平时凶得不得了的样子，再等一个小时，一斤白酒下肚，你叫他郑可爱他都会答应，哈哈哈！妈妈最喜欢在他喝醉了时逗他，他特别听话，问啥答啥，问他外出一般多久想她一次，爸爸还站军姿行军礼，说报告老婆，无时无刻不在想你！我不能没有你！

宝儿：呜呜呜，这什么绝美的爱情！

宝伶一直说个不停。

宝儿：看吧看吧！现在父辈喝倒了一片，我刚才也趁机悄悄去逗爸爸，问爸爸他觉得你怎么样？你猜他说什么？说你是乖女婿的最佳人选，哈哈哈，你什么时候把他也收买啦？不会吧……难不成是上次泡澡发现你什么比较好……嘿嘿嘿，还好你看不到我在说什么，话说这红酒真好喝……

宝儿：快凌晨了，都听表妹花痴你两个多小时了，也不知道他们什么时候才叫司机来接我们呀，好困，想睡觉……

然后伴随着凌晨的钟声响起，在推杯换盏、觥筹交错的热闹里，江原野推门而入。

众人闻声都看向包间房门，圆桌旁玩消消乐的表妹抬起头，震惊了，都差点兴奋得发出土拨鼠式的尖叫了，却看到男神紧张地指了一下她旁边埋头趴在桌上睡着了的表姐。

表妹只觉心间炸出了绚烂烟火，男神对表姐简直无微不至……然后表妹很懂地双手捂住了自己的嘴巴。

面对一群不省人事的长辈，江原野仍然彬彬有礼："打扰了，你们继续。"

然后他看向宝妈郑爸："叔叔阿姨，宝儿睡着了，我可以先接她回去吗？"

郑爸喝红了脸，往椅背一靠，大度地一挥手："去吧！去做你想做的事吧！"

宝妈："……"

宝妈在一旁听着，觉得窘迫，总觉得这话出现在深夜容易令人想入非非……但他的出现，还是让宝妈更加满意江原野了。记得上次郑爸好像刁难过他吧，江原野应该是抱着往枪口上撞的勇气出现的呢，一想到这里，宝妈都恨不得按头让他们俩亲："去吧去吧，辛苦你了哦！"

“应该的。”

然后男人靠近，弯腰，小心翼翼地仰起宝伶的头，让她仰靠在他的手腕上，而后将她打横抱出了包间。

凌晨幽静，整个车程里江原野都将她抱着。

回到家，江原野开门将她温柔地放回她的卧室，又拧了把热毛巾给她擦脸，然后找出一套法兰绒的睡衣放在床边好好冷静了一下，这才伸手去脱她的大衣。大衣里穿着紧身的灰色羊毛毛衣，将她丰盈的身材直接突显了出来。

江原野握着她的腰侧，只要手指一拉就能很快帮她换好衣服，但他没动，只觉太阳穴突突直跳，喉咙干涩发紧。

晚上十一点时，江原野还在检查游轮上的顶层设计，微信忽然跳出好几条宝伶的消息，他才发现原来她是因为不愿打扰他，然后他当即给郑爸打电话，还真顺利套到地址迅速赶了过来。

江原野坐在床边，低头，忍不住轻捏了一下女生的腰，她是他的女朋友，按理说他做什么都可以。

然而他才刚刚撩起她的毛衣，露出一小截白皙莹润的肌肤，宝伶忽然按住了他的手，湿润的眼睛很是迷离地看着他：“你到底会不会脱衣服呀？这样是不好脱的……”说着，忽然醒来的女生还迷迷糊糊地坐起身，揉了一下眼睛，而后都不给人反应的机会，便拉着衣角，抬手肘一下脱掉了……

白得发亮的身体只剩黑色内衣。

然后下一秒，头发毛躁的女生便被江原野用被子盖住脑袋，按回了床上躺着，宝伶被闷得难受直想钻出来：“……江原野你做什么呀？我闷，我好不容易见到你，你为什么不让我看你呀？呜呜呜，你是不是不喜欢我了……原野哥哥……”

江原野深呼了一口气，是真没辙了，持续高亢紧绷的脑仁发麻，他伤神地伸手覆上了自己的双眼。

曾经午夜梦回的柔软身段猝不及防地就出现在眼前，直接地刺激他的视觉神经，还有她最后那声轻软的称呼，撩拨得他神情涣散，无法自拔。

他很喜欢她那样叫他，但这对喝醉了的她来说，绝对有害无利。

他咬了一下后槽牙，极为忍耐地轻拍她的脑袋。

江原野目光平视着正前方的衣柜，觉得照顾喝醉的宝伶，比连开五个小时的国际会议还难熬：“我没有不喜欢你，你可以自己穿睡衣吗？我去洗澡。”

哪知轻柔的蚕丝被里还传来女生娇甜的笑声：“我也没有不喜欢你哦，可以自己洗澡吗？我穿睡衣！”

江原野：“……”

江原野从没如此暴躁地冲进浴室过，还是洗的冷水澡。

他喜欢两人清醒着时再听她发出某种断断续续的声音，而不是现在。她可爱无辜，因醉酒感官麻木迟缓，他焦躁难耐，而如果控制不好轻重，她酒醒伤心了怎么办。

江原野“哗哗哗”冲了快半小时冷水澡才冷静下来，而后清心寡欲地坐回沙发上，却发觉放在茶几上的电脑包不见了，不过转念一想便知道去哪儿了。

江原野轻叹了一口气，他可以不拿，但屋里的宝伶听见了他的脚步声，却忍不住叫他：“原野哥哥你洗完了吗？你过来嘛，快点啦。”声线清甜柔软，在撒娇。

“来了。”

江原野站起身，倦怠地揉了一下太阳穴，而后意志万分坚定地走进温柔陷阱。

昏暗的床头灯旁，宝伶正抱着他的笔记本电脑坐在床上，那样扑闪又水灵的眸光不知是酒醒了还是醉意正盎然："你给我简单讲讲游轮是怎样建成的嘛，好像你最近遇上了点问题，我看能不能给你提提宝贵的建议！"

听了前半句，江原野还真欣喜若狂地轰然点亮了眼眸，以为她清醒了，但后半句一出，深邃眸光里的星火一下就灭了，今晚他除了忍，别的什么也做不了。

而且宝伶说罢，还拍了拍她的床边，也不知是让他坐过去，还是睡上去。

江原野走近，掀开了点被子，上床，然后抱过了笔记本电脑。他滑了几下触摸键，将建模视频调出来："好，你想知道什么，我都告诉你。"

身边的女生则顺势埋下头钻过他的手臂，然后像只树袋熊似的把脑袋贴在他滚烫的胸膛上，两只小手还紧紧环抱着他的腰："这样就不冷了吧？今晚我就是原野哥哥的战衣！哦，不是，是睡衣！！"

江原野：……他能睡了这件睡衣。

江原野迫使自己沉下语气，解说视频："简单地说，游轮体积庞大，所以需要分段建造，由小分段合并焊接成大型分段。先建造的小分段其实就是两三层游轮的一小部分，分段用吊装定位，然后焊接组装，这样主要的船体就会成型。再进行外表面的涂装，最后进行内部舾装装修，建造完成之后再出海试航。"

宝伶很认真地点了一下头："嗯！明白了！可是讲座上听你说过，最让我们头疼的是内部舾装，所以你们遇上的难题也是内舾装吗？"

闻言，江原野微愣了一下，低头看着紧贴自己身体的女生，她是怎么做到在醉酒时逻辑清楚地分析的？他能一动不动解释清楚已经消耗了他大量理智，特别是她刚才点头时蹭啊蹭，蹭得他火烧火燎，还有她身上香甜的味道很久没尝过了……

江原野喉结滚动了一下："是，原定在十二月底的出坞仪式延期了，船厂制作方面和设计师的认知出现了偏差，设计师不满意公共场所的结构设施。"

"那要翻修？我有一个问题啊，船厂和设计师应该是合作关系？相对平等的吗？那到底最后做决策的是……"

宝伶还在津津有味地顺着他的思路走呢，然后就见江原野忽然合上了电脑，把它放在一边的床头柜上，而后直接俯身抱着她，埋下头，轻轻舔舐她的唇。

他的思绪根本不能集中，现在只知道怀里的她格外温暖，他轻声哄她："今夜好梦，晚安。"

第十三章

你喜欢上我

1

清晨，轻柔的白色窗帘透着微光。宝伶醒来，意识迟缓地跳下床，迷迷糊糊地往卫生间跑，就见没开灯的玄关处，江原野正弯腰换鞋，鞋柜上放着他的电脑包。

宝伶愣了一下，而后欢腾地跑上前，从后面抱住了他的腰，脸蛋在他的外套上蹭啊蹭："江学长！我们什么时候才能再见面呀？"

光线灰蒙，两人站在暗处就像黑白片一样。男人转过身，垂眸，平静地看着她，语气无波无澜："不知道。"

然后他就只淡淡地看了她一眼，而后抬高视线，越过她，落在她身后不远处的茶几上："我买了早餐，你记得吃，我走了。"

说完，江原野转身就要离开，宝伶赶紧拉住了他的手腕，仰头看他的神情羞愧又紧张："我那时候……没懂江学长的意思，你不要生气好不好啦？"

闻言，江原野不禁漫不经心地轻笑了一声，他轻捏了一下她的脸蛋，声线像是从齿缝里一点点露出来："哦，原来你还能记得。那我需不需要随堂抽查一下，看你还记得多少，毕竟我耐心为你讲解专业知识到凌晨三点。"

宝伶："……"

记忆倒灌，谁能料到开始得那么火热旖旎，而后剧情仿佛突破次元，变成了神奇又富有教育意义的一个夜晚。

江原野很少那样急促地吻她，缠着她的舌尖，而后变成了吮吸轻咬，女生脸通红，情不自禁发出了些微细软轻柔的声音。

他到底没动她的睡衣，只是忍不住轻蹭了她几下，然后察觉她发出的声音和之前的酥软不同，似是细小呜咽了一声，男人立马停了下来，还撑着床，稍微抬起身子离远了她。

房间黑暗，江原野额前的黑发垂下，目光炙热，呼吸时轻时重，而身下的女生也似是微微睁开了眼，甜美地笑了一下，轻声问他："不困吗，哥哥？"

"不困。"没想到她还很喜欢中途说话，对他的称呼也是想变就变，但他喜欢听她说话，也喜欢她撒娇。

宝伶眨了一下眼："那，继续吗？"

江原野错愕地怔了一下，目光再次被点燃，而后沙哑了声线："继续。"

江原野轻拉着她的手，贴向自己的胸膛，而后耐心引导她缓慢地沿着他的身体逐渐向下，然后停留。身下的女生却不太情愿地挣脱开他的手，反而伸手胡乱地去摸旁边的床头柜："那你不困，我们继续起来 high 呀！"

然后"啪"的一声点亮了床头灯。

橘黄的灯光猛地亮起，十分刺目，照得江原野愣了一瞬。他皱了一下眉，不太适应忽然明亮起来的环境，别过头略微闭了一下眼："……不是正在 high 吗？"原来她喜欢开着灯，他以为她会害羞。

可是身下的女生推开他，撑坐起来乖巧地靠在床头："我想明白了，你代表富洋财团，一听财团这名字就知道是出钱的，所以他们都应该听你的！"

"……什么？"

因为宝伶把他推开了，江原野也顺势疑惑地撑坐了起来。夹杂着彼此雪松和果木香气息的温暖的被子从他身上滑下，露出他荷尔蒙爆棚的上半身，如果再往下看的话，还能在阴影中隐约看到沟壑——极好看的人鱼线，以及支起的小帐篷。

暖光将男人的肌肉线条勾勒得越发清晰饱满，然而和八块腹肌面对面的宝伶竟然当它奶油似的，毫无反应，还拉着他的手，无比欣喜地摇了几下："哥哥，是不是这样的呀？我分析得对不对？？"

四目对视中，江原野的眸光暗流涌动，然而对面就像是被屏蔽了信号，根本给不了任何他想要的反应。

最后，江原野深冷地皱了一下眉，有几分烦躁，还掺杂着一丝不悦，最后涌出的不甘更是让他懊恼不堪："你在想这些。"

他无法自拔地沉溺于与她的欢愉的时候，她竟然在无比冷静地思考问题，对他的身体半点兴趣也没有。

江原野舔了一下唇，这多少有些打击到他，他一身燥火地将她拉扯进怀里，握着她的手腕再次往下一拉，可临到头了又硬生生刹住了，最后良心发现地只是让她的手环绕着他的腰腹。

江原野轻拍她的背，头靠在她的肩上，无比深沉地叹了一口气："不绝对，富洋作为船东之一负责游轮的运营及管理，意大利 Gabriele 船厂负责游轮的设计论证，中国船级社和英国劳氏船级社负责游轮的质量管理，中国沪新船厂负责建造。但其实这次沪新也投了钱进来，也就是说由富洋和沪新共同下单这批游轮，所以遇上返工导致的延迟，富洋和沪新都会遭受一定的损失。"

于是勤奋好学的女生在他的怀里以"中国船级社又是什么？"为圆心开始，以游轮建造为半径，将造船业问了个遍，最后终于在扩展知识之三菱公司超前的"空气润滑系统"的讲解中逐渐进入了深眠。

…………

宝伶无比懊恼，她总会在醉意朦胧时来一波败光别人对她好感的骚操作，偏偏她还能清晰记得自己是如何搬起凳子砸自己的脚的每一个步骤。

回过神来，宝伶还拽着他的手腕不放，而且她的这只左手几小时前还握过他的……一想到这点，女生陡然烧红了脸，松开手仓皇跳开了。

见状，江原野敛下神色疑惑地看了她一眼，特别是宝伶还下意识将左手地藏在了身后，他微眯了一下眼，好像忽然明白了些什么，而后目光转暗，一言不发地转身离开了。

宝伶心慌地跟出去。狭窄而简陋的楼梯，一个一个的阶梯陡而高，然而他的一双长腿却迈得格外轻松且快，很快就消失在了转角处。

看他临走时晦暗不明的表情，宝伶也不知道他在想些什么，只忧心忡忡地合上门跑回屋，翻出手机拨打江原野的电话，响了快半分钟才接通。

2

"有事？"相当的冷言冷语。

宝伶抿了一下嘴唇："原野哥哥……"

对面顿了一下，似是平复了好几秒才勉强缓和了一丝丝的语气，声线闷而沉："你不喜欢，我明白，我可以自己……"

"……重来，我喜欢。"

宝伶在这边心跳如鼓，脸上温度噌噌往上升，耳根都感觉发烧严重："……等下次见面就重来可以吗？"

这一次对面沉默得更久了，宝伶咽了咽口水，连呼吸都变得小心翼翼了，她记得昨晚最初的感觉……也没有为了江原野的自尊心骗他，她真的渴望过，可那时脑子就像是忽然车子拐了个弯似的，瞬间理顺了三方关系，然后完全沉浸在“自己好了不起、好聪明啊”的兴奋中……

“……我挂了。”她忽然觉得羞耻。

“马叔，掉头回去。”哪知对面忽然开口。

闻言，宝伶愣了一下，然后迅速懂了，瞬间慌乱：“不行不行……”

而电话那头诧异的司机也是恭敬劝阻了一下：“……忘带什么东西了吗？倒也不用江少爷时时跟进，但是有您在，大家更好就出坞仪式沟通一些……”

“吃点早饭，会累。”这是说给宝伶听的。

宝伶：……

“下午沟通也行。”这句话是说给司机听的。

马叔：“好的。”

之后，宝伶真是好说歹说才将他赶回了船厂，也不知是否是因为她太好说话，反正经此一役，江原野几乎每晚都想约她去富丽吃饭。

宝伶全推了，一个是忙工作忙挣钱没时间谈恋爱，另一个是觉得费解：这才离腊八节过了几天呀，他这是忙完一阵了吗？可明明听他在半夜的讲座中提到过，出海试航已经延期了，不该焦头烂额忙得团团转吗？

就像郑爸说的，最近还是少打扰江原野忙事，她可不能老惯着江原野……但是看到江原野在微信上一本正经又满含幽怨地留言说“真的只是单纯吃饭”，还是觉得他可爱极了。

宝儿：提前祝你明天录制顺利哦！

燎原回复得很快，还是两条语音。

“为你而战，我很荣幸。”

“出坞仪式那一天的时间能交给我吗？我的女王。”

好像他就在她的耳边深情低语，宝伶心颤了一下，终于能感受到那些选手们兴奋羞涩地对他大声呼喊“我愿意我愿意！”的心情了。

江原野向来冷面寡言，行事果决，好像一个人就能轻松管理好一个强大的团体。

所以他不需要向任何人解释，但他愿意一遍遍耐心地向一个喝醉了的人答疑，不论她酒醒是否记得。现在他还主动打开他的大门，邀请她说，欢迎来到他的世界，她就是这个世界的女王。

宝伶幸福到爆表。

终于等到“尖叫之夜”盛典当晚，人声鼎沸。宝伶面带微笑地挽着林易远出现在红毯上，女生一身靓丽的深蓝长裙，却是难得的不留恋红毯之人，还是绅士的林易远皮笑肉不笑地迈小了步子，稳住了即将脱缰的宝伶，才留有多余的时间给记者拍照以及主持人的直播采访。

SA 女团十一人，两人一组走红毯，会落单一个，于是活动方有意安排宝伶和林易远同行。

签完名，主持人也是意味深长地笑着：“宝儿步伐矫健啊，是想走完尽快观看江原野的比赛直播吗？”

红毯之前，她刚刷过《完美大脑》的录制直播，整场比赛中外各出战五名选手，中外比分 1:2，江原野还未出场。

宝伶精致的小脸微红，她积极配合，也是真的想知道，雪亮的眼眸似缀满万千星光：“是的，超期待啊，所以他上场了吗？也不知道他行不……”

“没有，我们也在等——”

“我不允许你说太子爷不行——”

哪知红毯外的路人早已经高声齐刷刷地回答了宝伶的所有问题。

主持人也跟着笑："小远前辈，怎么办，你好像被女伴忽视了。"

林易远一副冷淡不已、清心寡欲的样子："正好，我的眼里也只有学业和跳舞。"

"好的！那我们期待两位之后合作的新综艺！"

天气严寒，短暂的直播采访结束，背对一众媒体之后，林易远利落地脱下西服外套，搭在了她的肩上，而后留下了一句"别客气"，便冷酷地大步入场了。十八岁时该有的小骄傲和叛逆在他身上显现得淋漓尽致。

"尖叫之夜"这边的活动安排得满满当当——走红毯，准备表演节目，随后入座观看颁奖盛典。

现在的宝伶手上的资源多到要爆，元旦之后网上还又流传出了一段她在盐外百年校庆上演奏大提琴曲的视频，网友还夸赞她为"宝藏女孩"，她高兴了好几天。因此还有一些音乐网综有意邀请她，最近公司刚帮她接下了一个男团练习生的综艺节目，录制期长达三个月，由她和林易远担任舞蹈导师。

她之前还怕见面尴尬，但现在看来，她总爱瞎操心。

灯光绚丽，音乐动感，场下沸腾，SA女团两支表演舞曲结束，主持人将一群漂亮的女孩留住，让她们简短地向大家打了声招呼之后，主持人也是欣喜万分地说道："我也是刚刚接到的通知，希望能临时加一个万众期待的小互动。"

主持人努力平复情绪，稳着气息问台上的女孩们："《完美大脑》比赛直播刚结束不久，想知道中国战队最终的得分如何吗？"

这话一出，台下也立即一片轰动，宝伶只觉身后猛然亮起了大片大片汹涌明亮的白光，身后原本应该投映舞美的巨大LED屏忽然响起了激动人心的声音——

“……如今比分进行到2：2，出战的每一位选手都发挥了他们最佳的状态，但也因此将最后胜利的希望压在了江原野的身上。只要他能放平心态，不论结果如何，对中国队而言，已是最好的结果。”

这是战术指导教授在最后一场比赛前的评论。

LED屏投映出了《完美大脑》最后一部分的比赛片段。

而后镜头立马切到了江原野的比赛画面，两位选手都正在自己的平板上迅速答题，平板画面被实时投映到比赛大屏幕上。能看到江原野的整个图形相对干净，再看一眼两人这场的比分——3:0！

江原野是“3”！

他们正在进行第四场的图形较量，图形复杂缭乱不已，对外人而言可能题目都读不懂的一道题，江原野却能落手果断，再次拿下一分！

4:0！

比赛现场高昂的音乐猛然响起，更有亮闪闪的礼花猛地从高处炸开并缓慢落下，所有的选手重聚在了舞台上相互拥抱鼓励，指导教授更是欣慰不已地走到江原野的身边：“别看他做得那么快，就以为这道题简单。其实是因为他思路清晰，走的每一步都是对的，步步对这很难，然而他做到了，也让我们收获到了难能可贵的胜利！”

中国队获胜了。

宝伶只觉整个血脉都沸腾了，兴奋得好想去抱屏幕上的江原野……虽然稍晚一些看到比赛结果，“尖叫之夜”这边的现场仍然振奋不已，欢呼不断，主持人笑意盎然地走向宝伶：“想和江原野说话吗？”

“想！”因为激动，宝伶的声音都还在颤抖。

“那我们现场拨通可以吗？”

“可以！！可以嘛——”台下的观众再次齐声连带撒娇地帮忙回答了。

后台现场连线，盛典台下一片寂静，宝伶也跟着小心翼翼呼吸，她很担心江原野会挂掉这个陌生号码，还好几声忙音之后，接通了。

“喂？”光是听见他的声音，台下就明显躁动了起来，但总体还算安静。

宝伶抿了一下嘴唇，忍不住笑了：“是我，我看到比赛结果啦，太酷了……骄傲吗，骄傲吗？”

闻言，电话那头低笑了一声，温柔而宠溺：“你喜欢上我，才是我的骄傲。”

台下瞬间炸开了，观众一边发自内心地为他这一路的努力鼓掌，一边泪流满面痛哭流涕地表示这是什么牌“狗粮”这么好吃！！

听见这话的宝伶原本立马红了脸，害羞不已，心跳都快漏拍，然而看台下反应，她觉得她是虚惊一场，可能也就她断句断得不太好……

向台下鞠躬感谢之后，SA 全员转身下场。

灯光转暗，屏幕缓慢合上，下一位表演嘉宾和舞蹈团队即将登场，后台人员行色匆匆，慌忙不已，一位黑衣黑帽的工作人员则适时走到宝伶身边：“您好，请您跟我来，场馆非常感谢富洋的赞助，也为两位准备了点薄礼。”

“啊，好的。”宝伶也礼貌地向对方点了一下头，而后跟着他往另一边走去。

3

台前群星璀璨，耀人眼目，林易远一点兴致也没有，反而回头向后一排看了好几眼，见有一个位子一直空着，而后终于忍不住侧身问最近的 SA 成员：“你好，宝伶去哪儿了？”

闻言，VV 也愣了一下，有些茫然，之前一同下台，四处都是工作人员，嘈杂不已，她最初还以为宝伶去卫生间了。还是坐在靠边的小米听到了大佬的声音，立马抬眸，有些羞涩地接话：“好像场馆感谢富洋赞助什么的，邀她去哪儿了……”

林易远瞳孔骤然微缩：“签名墙上没有富洋。”

也就是说，富洋并没有赞助“尖叫之夜”。

等 VV 她们猛然反应过来的时候，大男生已经站起身绕道跑向了后台，还慌张地一把推开了无意挡道的工作人员。SA 也人心惶惶，VV 身为队长浑身都冒起了冷汗，她让其他人继续观看，而后拉着大媛、小米，也赶紧起身弓着背离开了明星座位席。

大媛都吓坏了：“怎么回事啊……那人为什么要撒谎带宝儿离开？！”

小米也急得团团转：“就是在这里分开的吧……会不会是狂热粉丝冒充工作人员，想要签名？”

“签名的话怎么这么久还没回来？”VV 一语点醒两人，她极少地显露出了一种心慌，“电话打不通，算下来分开也快一小时了，现在也不知道她还在不在场馆里面。后台人多，北侧还有个聚会吧，你们都先找一下，我联系白飞姐和安保。”

小米却拉住了正要疾步离开的 VV，表情复杂地说：“……联系安保如果闹成不可控的大新闻怎么办？如果这只是一场闹剧呢？”

VV 焦灼地抿了一下唇，惶恐不安地四处张望了一下：“那你去跟上前面的林易远，有一些他不方便进去的地方帮他一下，大媛我们跑会馆外看看。”

后台有太多的功能房间，房间里嬉笑准备的人员看到向来冷锐的林易远忽然暴躁地推开房门，然后冷冽地扫一眼又神色慌张地掩门离去，都傻眼了。

他每个房间每个房间跑着找，小米跟在他后面直喘气。

后台光是包厢就有四十多个，到了后面的功能房间一打开全是空的，还未被这次活动使用，除了一排排简易存放柜什么都没有。遇上开合式衣柜门，他就一个一个打开，在打开某个红色木质衣柜时，一个瘫软的人影直接倒进了大男生的怀里，一股无尽的恐惧和害怕让他的心跳都快停止了。

林易远吓得浑身发软，他手忙脚乱地接住她时，和她一同跌坐在了光滑的地面上。

林易远颤抖地看了一眼怀里的女生，发觉的确是昏迷不醒的宝伶之后，他情绪失控地爬起来抱着宝伶就往场馆医务室跑。

他在往回跑，还零星地撞到了几个工作人员，他发现宝伶的后台房间比医务室还要偏僻。

大男生将宝伶抱进医务室的时候，值班的医护人员都惊到了，因为平时这个地方就相当于摆设。

林易远将宝伶小心翼翼地放在床上，自己守在一旁，就像只淋了雨在瑟瑟发抖且毫无依靠的小狗。

他双眼发红地看向正在为她做检查的医生，声音低哑颤抖：“她有没有……受到什么伤害？她脖……脖颈上有一条勒印，但是有呼吸……她是怎么昏倒的？打昏的？脑子后面有没有伤？？迷昏的？有没有可能喂她吃了什么药？？”

之后小米和白飞跟着冲进医务室的时候，便看到林易远越说越激动，最后干脆站起身，一把拽住了医生的衣领，语气狠厉：“什么破场馆，如果宝伶有什么事，你们都给我玩完……”

“多谢小远前辈！我们先让医生检查——”

白飞吓得心脏都快跳出来了，她正准备胆战心惊地拉开暴走的林易远，哪知林易远的裤子忽然被人无力地拽住了。

“……先是想用乙醚弄晕我，但我挣扎了一下，想跑开，然……后就被电昏了……”

宝伶在一阵反胃的眩晕之中醒来，她根本撑坐不起来，只能轻扯了一下林易远的裤子：“但是……现在已经没事了。”

“……没事个屁！你别说话。”

察觉她醒来了，林易远好像终于找回了点心跳的感觉，他极缓慢地替她掖上了被子，眸光却变得更加阴冷了。

他一边轻抚宝伶的头，一边回头看向白飞：“你是 SA 的经纪人吧？不要对媒体透露宝伶昏迷的消息。这事我们秘密查，现在就查，SA 权利不够，就借 The one 的名义，尽量不影响 SA 的名誉，也绝对不会放过这个人。”

林易远顿了一下，冷漠地掀了一下眼皮：“听明白了吗？”

“……明白了，小远前辈。”

白飞是蒙的，一开始进来就有点被林易远吓到了。

林易远年少成名，根正苗红，平时寡言少语，以至于很容易就让外界忘了他还处于一腔热血、无端叛逆的年纪。现在他如此冷静清晰地发言，白飞只觉被这个十八岁小孩儿震慑到了，他很为 SA 着想，确切地说，是为了宝伶的声誉。

目前还不知对方击昏她的原因是什么，可媒体一通报道，流言蜚语便会接踵而来，对于受害者宝伶来说反而会惹来很多不痛快。

然而歹徒的目的似乎很快便水落石出了，因为躺在床上休息的宝伶发觉江原野送她的珠式手链不见了，再一摸颈项，他送的宝石吊坠也没了！

“总共怎么也有十万了吧……所以，那人是为财作案？那宝儿你脖子上的勒印很大可能是那个人扯吊坠的时候留下的，还好这伤好得快……”

小米心疼不已，白飞领命办事去了，现在医务室除了委屈巴巴被忽视的医护人员，便只剩小米和林易远了。

林易远倒来一杯温水递给宝伶：“少说话。”他似乎也有几分不悦，在暗示宝伶的队员少找她说话。

宝伶抿了一下唇，真是感激得都不知该说什么了：“林易远，今天很谢谢你。”

闻言，冷峻的男生低头，无声地笑了一下：“客气。”

他对她还是有私心的，如果不是突发这样的意外，他根本不会露出马脚——他还喜欢她。宝伶还能陪他录节目，他就已经满足不已。

4

翌日早上七点，宝伶便溜出基地让司机往沪新船厂走，车窗外的景色一片灰白，她能熬到清晨再去找江原野已经是她的极限。

看见是陌生车牌，船厂门卫不放行。

宝伶又按下车窗，把脑袋探出去，摘掉眼镜和毛线帽。船厂临靠大江边，肃杀的冷风胡乱地吹过来，几乎快将女生白嫩的脸蛋吹皱了，她有点心里没底地喊了声：“我是郑宝伶——我真的是江原野的女朋友，或者你们往里询问一声，看我可以进来吗？”

话音刚落，电动道闸便缓慢抬高，与此同时，从休息室内走出一个白衣白帽的年轻工人，工人喜笑颜开地给宝伶开车门，还递给了女生一个白色安全帽。

“郑小姐……终于见到您了！您怎么这么早过来，我们也没收到江先生的留言，刚才不好意思啊！里面忙成一片，车间有点乱，安全帽必须得戴啊，我领您去见江先生！”

“谢谢。”

宝伶戴上安全帽，又裹紧了外套，呼呼的江风将她的卷发吹得乱七八糟，还好很快就进入了船厂里面。四四方方巨大的厂房内格局清晰，各个功能车间里，工人穿着不同颜色的成套工作服正有条不紊地忙碌着，不时也会抬头好奇地看宝伶一眼。

白衣工人领她走低矮的简易铁质楼梯，爬上一截就是一层楼：“江先生他们经常在这儿开会……郑小姐您小心一点，如果不在这儿，我再打电话问问。”

宝伶点了一下头，仰头震撼地看着旁边白色的巨大豪华游轮，游轮两边是巨大吊顶正在缓慢作业。

她们所停留的这一层就可以直接进入游轮内部，和“翡翠号”奢华精致的外表相对比，这一艘游轮船头喷绘了糖果色图形，游轮楼层边缘的围栏也是粉丝和蓝色相间，应该是一艘主打梦幻浪漫的游轮。

“就是这里……没声啊里面，难道又进游轮里面去啦？”

带路的年轻工人轻敲了一下门，然后缓缓推开，宝伶也跟着倾身往里面探了一眼，然后就见江原野交叠着一双长腿搭在桌上，仰靠在椅背上睡着了。桌上的笔记本也还亮着，他旁边还睡着一个金发碧眼的女人。

她趴在桌上睡，背上搭了件白色工作服外套，不知道是谁的，反正从背影看过去，江原野只穿了件黑色毛衣。

一个趴着，一个仰着，椅子挨得蛮近。

然而看见这一幕的年轻工人瞬间惶恐地转头看向沉默着的

宝伶。从她进船厂的时候，他就注意到了，郑小姐的脸色看起来极差，像是彻夜未眠，或许做艺人的早出晚归，素颜都很憔悴吧，但她虽然憔悴，仍然是很美的。

然而此刻，看着小巧一只的女孩像是完全没了生气，他立马紧张万分地帮忙解释道："不是的，郑小姐……那位是设计师琼，他们经常讨论到很晚……全都是工作上的事！您要相信江先生心里只有您，因为这艘游轮……"

"你把工作服脱下来。"

"啊？"年轻工人完全蒙了。

宝伶这才瞳孔失焦地看向他："你还有多的一套可以替换吧？可以把身上这件脱下来给我吗？"

年轻工人手忙脚乱地脱外套："……好好好。"

然后宝伶接过工作服，走进去小心翼翼地给江原野盖上。

他睡得很沉，头仰着，双手抱胸，冷硬的五官在此刻看起来还有几分柔和。于是年轻工人便看到蹲在江先生身边的女生，仰起一张苍白的小脸蛋，在这会儿终于露出了一抹笑意，很纯粹很恬淡。

就像一直在肃杀的风雪中行进的异客终于找到了一间僻静温暖的小木屋。

不知为何，年轻工人错愕地看着，竟然莫名生出了一股心痛感。

郑小姐没待一会儿就离开了。

醒来后的江先生也毫无察觉，继续带着团队跑进游轮里又忙活了大半天。年轻工人本就没什么职位，他一直想和江先生说一些话，硬生生等到当天傍晚才终于遇上了看似心情不错的江原野先生。

今日之后，整个船厂都可以进入到忐忑而兴奋的等待模式。

出坞仪式的时间终于定下了。虽然在漫长的游轮建造过程当中检测出过一些差错，又遇上了公共区域的返工，导致了交付延期和成本超支，但之后的出坞只要能安全返港，交付和培训上千名新船员的计划就可以提上日程了。

所以年轻工人实在不想在这个节骨眼上给江先生浇一盆冷水，但是上午郑小姐的眼神实在是太令人心疼了。他大步追上被一群人簇拥着走在最前面的男人："江先生……早上的工作服是我的，然后……"

"是吗？多谢，"江原野眼角含笑，身形挺拔，步伐又快，"就放在会议室。"

"今早郑小姐来过了！"

果然，长手长脚的男人立马惊诧地停下了脚步："……宝伶吗？"

"对，郑宝伶小姐，早晨七点过来的，我领她到会议室，发现您在休息，外套也是郑小姐给您盖上的。她脸色看起来极差，最重要的是，她仰头看您的时候，我发现……她的脖子上有……有伤痕，长长……"

"——怎么不把我叫醒？？"

年轻工人深吸了一口气，他正被旁边身形修长的男人失控地抓住了右肩，骨头都快被捏碎了："我看郑小姐也没叫醒您，我不敢……"

江原野急急忙忙摸出手机，一个没拿稳差点就把手机飞出去了，他有一瞬连声音都发不出来了，只能声音沙哑地问："你想说长什么？"

年轻工人瞳孔微缩，咽了咽口水："……我看到了一条长长的血印，手腕上……也有划痕。"

然后就见太子爷整个眸光都冷下来了，周身升起一股凝重的戾气，就像暴风雨来临前的低垂天色。

江原野抹了把脸，转身给宝伶打电话，肩头微微颤抖着，他在害怕，他得到过她一段时间，所以回不到没她的日子了，还好对面很快便接起了，声线也是平静悦耳的："喂，忙完了吗？"

江原野神色慌乱，胸腔沉闷得快要炸开，他很努力地稳住发颤的声线："在哪里？"

"在基地呀，但是明天要去 C 市录一个新综艺。"

闻言，男人沉默了一下，听见她毫无波澜的语气，清冷的眸光反而一点一点地沉了下去："去几天？回来我去机场接你。"

"好啊，得待两天，录完还有个线下活动要跑，我给你发航班信息。"

"好的。"

江原野看似平静地挂掉电话，一直惴惴不安候在旁边的年轻工人正想上前询问，便见他又眉目深冷地拨通了司机马叔的电话："以富洋的名义把 SA 女团的经纪人白飞请来船厂。"

第十四章

追江原野，重在参与

1

白飞事无巨细地交代完了昨晚她知道的所有，甚至还又总结陈词似的说了句："今天早上就已经将犯事的小子抓入局子里了，送进去前林易远还找人狠狠揍了他一顿，所以算是有惊无险。"

桌对面坐了两位神情凝重的大高个儿，白飞坐立不安地觉得她才是那个被审问的犯人。交代完毕之后，她看脸色行事，也是想真诚地提醒一声："……这事媒体不知道，还好宝儿的伤势很快就能好，精神状态也恢复得不错。"

然而话音刚落，她能明显感到江原野的神情越发可怕，还好在冷面大魔王发话之前，他身旁的壮汉先出声了："没查过他后面有谁？"

闻言，白飞有一瞬的茫然："……什么？"

赵烈轻嗤一声，这种案子他处理得多了去了："不可能是单纯的为财作案，盛会那么多名流巨星偏偏选定她？背后没人，他敢动伶了吗？你们怎么这么天真？人在哪里，我去问，我就不信我问不出来……"

赵烈说到这里，话音猛地一顿。

他倏然侧头，发觉江原野凛冽地瞥了他一眼，光是这一瞥，赵烈便头皮发麻，血液发凉了。他当时报给江原野的时候也是以简单的"游轮偷盗"的名义，他和宋菲丽从小学就认识，现在好不容易宋菲丽愿意搭理他了，他开始害怕江原野秋后算账再弄一波宋菲丽。

"你说他后面有人？可是会是谁啊？专门针对宝伶，什么原因？？”

白飞震惊得都破音了，当时他们费了很大力气才抓回犯事的人。他交代得也十分清楚，认为宝伶跟着富洋太子爷一定富得流油，而且还说他是宝伶的死忠粉，他嫉妒不已才策划了这一出骗局。“但是，等等，如果他后面有人，他不是为财作案，那他原本击昏宝伶是想做什么？”白飞最后的这话一出，细思极恐。

赵烈看江原野冷酷的模样都快要吃人了，他忙不迭心慌地打包票：“原哥你交给我，一周内，我全都给问出来——”

江原野阴冷地扫他一眼：“你要让她害怕一周？”

见状，赵烈都有点在哆嗦了：“三天三天！哦，不，两天！在伶子回来之前，我就把他后面那人带你到身边来。”

气氛凝重，白飞也后怕地下咽了一下口水：“江……江先生，现在宝伶……精神状态良好，早上来见过你之后，回基地更愿意和我们说话了，笑起来……也很好看。”

江原野原本憋着一股怒气要发的，现在心脏又不可遏制地下陷，无力酸软地发疼，他这股怒气最应该对他自己发泄的，没用迟钝愚蠢，一直保护不好她。

他痛苦地抿了一下唇，闭眼：“她很容易习惯一个环境。习惯一种状态。”但并不是不害怕，就像小小年纪习惯了一个人过，但她其实很喜欢说话。

江原野掀了一下眼皮，看向白飞的目光锐利冷漠，说话也相当直白：“想伤她的人是她的队员。”

“那人也不是为财，她原本有下一步行动，但是莫名被打断了，最终不得已变成了贪财，想要以此来掩盖最初的计划，不然也就不会用扯断手链、项链的方式来谋财。有人临时通知她，她被发现了，那人让她逃，那么谁能察觉到宝伶不见了？林易远，还是SA女团的谁？”

就在白飞和赵烈都绷紧身子，汗毛直立且敛声屏气地看着江原野的时候，男人冷冷地看向赵烈：“直接说这个结果去诈他们，八九不离十。”

赵烈愣愣地，拼命让自己回过神来：“……明白了，原哥，我不会让他们好过的。”

两日后的机场接机，江原野没料到被一身黑衣的临时保镖团团围住的女生，竟然会推开前面的保镖并扑向了他的怀里。

于是保镖团将江原野也圈了进来，这本来也是他为宝伶临时增加的安保。此刻也没有粉丝接机，因为他不允许，所以只有机场的路人错愕地看着冷峻的男人几乎是抱着怀里的女生大步前行。

宝伶仰着头，轻扯了一下他的衣摆，江原野顺势埋下头，听她说话。女生眼下有淡淡的乌黑，她却甜美地笑着：“江原野，我好想你啊。”

“白飞姐说线下活动临时取消的时候，我好高兴啊。”

她这是临时改签提早回来了，第一期《青春向上》的舞蹈导师录制结束之后应该还有一个珠宝展的线下活动，结果对方似乎因为场地和安保没能协调好打电话过来致歉，最终活动取消，她也可以尽早回来。

闻言，江原野眼睫轻跳了一下，他眼中藏事，眸光更深了，他轻吻了一下她的额头：“嗯，那我可以邀请你去‘翡翠号’度假吗？”

宝伶有些疑惑：“现在吗？今天？”

她回头看向一直沉默不语地跟在他们身后的白飞姐：“我好像近一个月只有《青春向上》一个通告？还在下周？我可以

去游轮休假吗？”

白飞哄着她：“去吧去吧，玩开心点，希望江先生能给你带来新年惊喜哦。”

这下，宝伶更加欣喜地钻进江原野的怀里：“好棒啊，原野哥哥你还做我的私人管家吗？”

江原野温柔地揽着她，目光满是宠溺：“想要我为你做什么都可以。”

白飞麻利地跟在两人后面，不禁深叹江原野若无其事的演技。

事实上，就是江原野出面直接推掉了宝伶的珠宝展，又给活动方安排了另一位女艺人，还让白飞把宝伶近一个月的公告都推了，只留下一个和林易远的固定综艺。因为有林易远在，他放心，还有就是江原野不想让她察觉他在背后控制她的工作，毕竟今后，她的邀约必须先他过目，他同意的才能接。

交接了宝伶的行李，司机直接将两人送去港口。安静的车内，宝伶仍然趴在男人身上，女生还轻蹭了蹭他的胸膛，这时候才能听清她的些微疲倦：“我好想睡觉呀。”

江原野搂着她，吻她的头发：“睡吧。”

然后宝伶就真的没再理会他了，江原野像哄小孩儿睡觉似的一路轻拍她的背，可眸光仍然暗沉，胸腔好似挤压着一场剧烈爆破。

再见面的宝伶看起来毫无异样，听白飞的报备，宝伶昨天的综艺录制也很卖力。然而今天见面的状态则是很黏很黏他，是极度需要他的意思，她没有安全感。

2

一直到港口，宝伶都还没醒来，江原野让马叔帮忙拿行李，而后压低了怀里女生的鸭舌帽，便抱着她下车了。宝伶个子娇小，又穿着软萌的白色摇粒绒外套，脑袋耷拉在江原野的肩上，双手轻轻地环抱着他的脖颈，如此亲密的动作，在敞亮嘈杂的港厅频频引来侧目，偏偏英俊的男人毫不在意。

他步伐慢，动作轻，然而宝伶还是猛地惊醒了。

她睡得满头大汗，心慌不已，又迷迷糊糊听见江原野接电话的声线虽然已经尽力压低了，但仍然冷硬不已，像是蛰伏在暗夜里的猛兽，令她直冒冷汗。

等她再从他的肩头茫然地抬眼看时，他们已经登上了游轮。不断有嬉笑说闹的客人拖着行李向他们迎面走来，然后笑容凝固，抬头诧异地看向她，吓得宝伶一下就从江原野的身上跳了下来。

她还有点没缓过神来，就跳下来呆呆地站在江原野的身边。他们正在船头大厅，此时正是VIP乘客登船办理入住的时间段，一位身着笔挺深蓝色工作服的男人恭敬地向宝伶走去："您好，请跟我来，我领您到房……"

然而男人话还未说完，就见漂亮的女客人异常惊恐地向后倒退了一步，他连忙诧异地又上前一步："您好？需要什么……"

可侍应生完全没料到他这举动吓得女客人直接崩溃到跌坐在了光滑的大理石地板上。

宝伶哭着哆嗦地想从地上爬坐起来并跑开，却被旁边的江原野一把拉住胳膊捞进了滚烫的怀抱里。

这突如其来的一幕让后面跑来的小男孩没注意到，直接猛地撞上了蹲在地上的江原野，手里的变形金刚也直接飞出去砸上了他的脑袋，然后掉落在地上。然而外界的一切干扰丝毫都刺激不了江原野的神经，他就将宝伶安全地护在怀里，发麻的脑仁疼得突突直跳，心都要碎了："宝儿，没事了没事了，别怕，我在。”

他当时还在通话，也不希望她听到电话内容，宝伶从他身上跳下来，侍应生再向他们俩走过来前后不到半分钟的时间，一直保持镇定的女生终于撑不下去了。

甚至有一瞬江原野就像猛然看到了宝伶当时被带走的情景。

“……我当时发现有问题，我想跑……然……然后就被蒙住，那人把我拖进房间里，”宝伶在他怀里哭得上气不接下气，她全身哆嗦，喉咙酸涩，害怕得声音都快发不出来，她真的恐惧极了，“其实那时候我还有意识，他想把我关进衣柜里，我没有力气……只能装睡，然后……”

意识到怀里的女生忽然变得瘫软，江原野埋头一看，只觉心脏似被撕裂，他立马双眼发红地抱起昏迷不醒的宝伶就往医务室跑。

小男孩的家长原本正想让小孩儿道歉的，见状，一家三口也吓蒙了。

侍应生也忙回过神拿上遗落在旁的两个行李箱便仓皇地跟上太子爷，他也吓惨了，深觉自己饭碗不保。

江原野抱着宝伶坐在病床上，姿势看起来就像女生跨坐在他的腿上。

中国医生从未见过江原野如此无助恐慌的样子，峻拔的男人眼神空洞地一遍遍颤抖地追问他：“她到底怎么了？”好像没了她，江原野就会彻底报废无法运转。

一阵检查之后，医生立马安抚他的情绪：“郑小姐没大问题，只是昏睡过去了，她应该几天没合眼，需要多休息。”

闻言，江原野愣怔了好一会儿，一直紧绷的身子才有些僵硬地松懈下来。

他神色憔悴地垂眸，将她越搂越紧，极缓慢地亲吻着女生的头发，江原野的声音沙沙的："你认识她？"

医生退回椅子边坐着，他笑了："江少爷就两次带过女孩儿上船，两次都是她。"

"第一回她还坐在这儿很骄傲地赞叹少爷是她的私人管家，还会修船，很厉害的，少爷当然厉害。"

江原野深情地看着怀里惨白着一张小脸的女生，他抚开她脸上的发丝，胸口沉闷地笑了一声："我不那样骗她，我根本得不到她。"

晚上七点，宽敞的阳台房只有办公桌前亮着一盏温暖的台灯，照亮了一小片区域。窗帘掩上，有风呼呼地打在落地窗上，江原野仍在轻拍着怀里熟睡的女生，顺便神情冷厉地看着电脑上的人物资料——SA 女团小米。

下午在船头大厅的时候，赵烈打电话来说查到了小米："幕后黑手的确是伶子的队员，她还特地找宝伶的死忠粉干这样的事。顺便我还逼问出了一条，她曾经偷偷换掉过伶子的一种感冒药。其原意是想让伶子的感冒变得严重，上不了跨年晚会，给伶子一点教训，她就收手再不针对。但是听她的口气，好像是没想到她这么一弄还阴差阳错地让伶子和林易远的关系变得更好了。"

赵烈还记得那女的被暗地里接过来时，她知道她的事败露了，就开始破罐子破摔说她反正一无所有靠交换自己上位，不像宝伶万千宠爱于一身。他们想拿她怎么办都好，反正她也受够了给人当背景的日子。

难以想象光鲜亮丽的背后如此疯癫污秽。

小米的落网，也终于让犯事的人招认了最初的计划：原本是想击晕宝伶，将其藏入衣柜中，因后台功能区有一块是装卸区，有专门的装卸机，所以等人毫无察觉的时候再用装卸机将宝伶带出晚会场地，带到某个指定酒店内。

说到这里的时候，赵烈忍不住停顿了一下，才终于压抑地说出口："然后就可以对她为所欲为，顺便拍下视频，这样伶子不敢报警，他还能得偿所愿。我现在已经弄得他话也说不出来了，我才是对他为所欲为！垃圾货。"

一想到白天赵烈的一番话，就在这个风雨欲来的夜晚，屋内的江原野也即将酝酿出一场雷暴的时候，一直趴在他身上的女生无声地搂紧了他的脖颈。

江原野怔了一下，眸色渐变温和，还迅速地关闭资料窗口："醒了？"

"嗯。醒了。"

宝伶失神地偏着头搭在他肩上，江原野这才敢动一下脊背，稍微放松一些，他已经这样僵坐好几个小时了。

宝伶贴他很紧，抱得也很紧。她这几天从没这么放松地合过眼，她神经紧张了好几天，一闭上眼就是那人将她塞进衣柜，接着合上的衣柜，然后他又再次打开，最后用电击棒将她击晕的情景。

她虚软地抱住他，喉咙滚烫得难以下咽："江原野，我害怕。"

"那个侍应生应该是个好人……但我……我最近有点害怕陌生人的接触，我当时不知道为什么情绪有点激动……"白飞姐很早就告诉她已经把人抓住了，但宝伶仍然恐惧，她都不知道自己在害怕什么，但她就是下意识地想要躲。

江原野一直在轻拍她的背，安抚她的情绪，安静地听她说话，眸光却越发暗淡了："是我不好，没有保护好你，但是你也不该到现在还不打算告诉我发生了什么。"

闻言，宝伶错愕地怔了一下，听他的意思他好像知道了些什么。

宝伶极缓慢地从他肩上抬起头，就这样挺直了背坐在他身上，她也还得仰头看他，她不可思议地看着他，眸光雪亮：“……为什么要告诉你？告诉你有什么用吗？”

3

江原野神情一滞，完全呆了，而后是一阵阵钝痛，砸得四肢百骸毫无生气，内心苦涩不已。他轻抚她的头发，迷恋地看着她，艰难开口：“好吧，是我自私，想让你离不开我，想让你对我无话不说。”

他重新将她拉入怀里：“其实是我离不开你，我调查了一些事情，发现他的身后有人操纵，是富洋的对家，因为生意上的一些竞争，但是我都处理好了，你不用再害怕。”

虽然她在他的怀里，但江原野神情受伤地埋在她温暖的颈窝里，他同样备受煎熬：“都是我造成的，宝儿，你想骂我、打我都行，但是别闷在心里什么都不告诉我。”

宝伶愣愣地，震惊得说不出话来，她心里一阵难受，发泄不出去，因为他的温暖填满了她的心口。

她没打算告诉他，仅仅是不想让他担心而已，但他竟然知道她潜意识在怕什么，然后一点一点打破她的焦虑，还告诉她，他离不开她。

而且她还隐约察觉到了江原野无助的狼狈。

宝伶忽然咬唇笑了，她轻微地在他腿上挪动了一下，只觉骨头酸痛不已：“为什么不抱我去床上睡？”

女生的语气听起来轻快许多，神情一直很糟糕的男人这才终于舒展开了眉目。

他低低地笑着，眼里满是幸福的满足，还温柔地玩了一下她的头发：“抱过去过，但是你不松手，离不开我。”

江原野的呼吸轻轻地打在她的脖颈上，宝伶又痒痒地躲了一下：“那你可以和我一起睡啊，这么坐着，原野哥哥不难受吗？”

“还得见客，床上不方便。”

落在她脖颈上的不是呼吸了，而是男人细细密密的亲吻：“怎么这么嫩？划一下、咬一口就留印子了。”

然而宝伶没理会他的折腾，反而崩溃了，追问他：“就这个姿势？我跨坐在你身上你还会见了客人？！你都见了谁啊？”

江原野目光迷乱地抬头看她，与此同时，宝伶忽然脸一红，身下感受到了顶撞，女生忍不住羞耻地轻叫了一声。江原野真的太过分了，她还毫无防备，他就已经从受伤的小动物变成了饿狼！

宝伶想要站起来，却被男人揽着腰禁锢在了怀里：“这个姿势，是很让人难耐。”

他轻咬她的唇，缠上她软软的舌，呼吸开始变得紊乱：“今晚想做点儿什么呢？宝贝儿。”

“你指的……是什么啊……”宝伶被他弄得酥软不已，觉得难为情死了。

面对她，江原野自认为不错的自制力全被轰然击散，独剩对她压抑已久的渴望，渴望和她的一场雨后甘霖：“做好准备了吗？”

“没有……”

什么做好准备啊，难道要带她上宇宙飞船吗？？而且还对她上下其手，宝伶通红着脸，应付得很是艰难。哪知江原野还直接边吻边将她抱起来，走向大床，扔上去。

“那你先准备。”说着，他就开始脱衣服。

宝伶下意识咽了咽口水，羞得想跑，又被江原野抓着脚踝拉回来，她干脆虚软地躺在床上撒娇："我才刚醒呢，现在又累又饿，你得带我去吃夜宵，我亲爱的私人管家！"

江原野忍俊不禁地放弃下一步动作，他直起身给她拿外套："那我们吃完夜宵又做点什么呢？"

为了不让他计划得逞，宝伶也觉得得对自己狠一点："彻夜不休地蹦迪呀。"

江原野："……"

江原野以为她就说说而已，然而到元望餐厅温情地用完餐，宝伶直接轻车熟路地带他钻进了琳琅酒吧，还不让他待吧台，拉着他往热闹火辣的舞池中间钻。

音乐劲爆，明灭的灯光晃动着，滑过宝伶精致的面庞，舞池中的男男女女几乎贴身跳着热舞。宝伶的手指也轻轻柔柔地抚摸过江原野的胸膛，身体贴他很近地跟随节拍扭动着，她媚眼如丝地看着他："江学长，一起跳啊。"

江原野有些伤神地站在舞池中央，极少见地表现出了一种局促："我不会。"

他们两人的身形颜值都太惹眼了，不时有人投来似暧昧似狩猎的目光。宝伶干脆拉着他的螺旋纹领带，让他埋下头靠她更近一点，她酥软地向他耳语："我教你啊江学长，再不主动点，待会儿搭讪的就来了哦。"

闻言，江原野有些被她气笑了，他轻掀了一下眼皮，还真敢有人惦记他的宝儿，男人轻掐了一下她的细腰："你和林易远就是在这儿认识的？"

"没啊，"宝伶还在玩他的领带，穿这样笔挺的正装来跳舞真是冷酷型的帅啊，"我们是在更加刺激的热舞派对上认识的哦。"

然后她便发觉腰上的力度又大了一分，而且手还在肆意地往上移动。宝伶嫌痒地连忙笑着躲开，还躲不掉，因为他两只手都握着她的腰，宝伶只能红着脸钻他怀里撒娇：“……我错了哥哥，小远是正经人，他一开始都不屑和我跳舞的。”

江原野冷哼一声，当初不屑和她跳舞，怎么现在黏她黏得不得了。

“我不是正经人，看来我之前不够努力啊，你还能这么有精力。”

宝伶：“……”

闻言，宝伶赶忙羞愤地推开他，她伸出手跟着音乐摇摆：“江学长快跟我跳起来，玩累了我们再回去休息。”

“就这样，动胯扭腰，脚步动起来……”宝伶抱着他的腰身，让他跟着她的步伐，“江学长，我记得之前你的广播体操做得超帅！怎么现在反而倒退啦？”

“对啊原哥，怎么现在你就不行啦？”

宝伶还在耐心指导呢，没想到竟然听见了赵烈的声音，而且语气中满是兴奋的揶揄，宝伶循声看去，赵烈带着宋菲丽也钻入了昏暗的舞池里。

宝伶下意识护短，连忙挡在江原野前面：“我们原哥只有跳舞不行，别的都很棒的，话说怎么哪里都有你啊赵烈？保安组就这么闲的吗？”

见状，赵烈真是慨叹不已，特别是江原野竟然还心情很好地、甘之如饴地站在她身后看她护短，赵烈觉得他真是白担心了：“我休假一整个月，就光为你俩的事跑前跑后，现在还不允许我约个会啦？”

这下，宝伶都惊呆了：“可以啊赵烈！进展这么迅速！”好想让江原野学习一下……

“没有，没有，”长得凶神恶煞的赵烈却在此刻笑得合不拢嘴，还特谦虚地摆摆手，“还是暗恋十几年了，小学三年级的小心思吧。”

宝伶更是怔得久久说不出话来：“……真好哎。”好想让江原野也学习一下啊……

意识到身前的女生语气中似有欣羡，江原野有些不爽地揉了一下她的头发，男人黑羽般的睫毛缓缓垂下，他俯身凑到她耳边哄她：“我敢保证，就算是上幼儿园时遇上你，我也会对你心动。”

江原野的声线磁性又深情，听得宝伶都快心花怒放了，但她还是极为娇羞地小声回了句：“……不要勾引我早恋哦。”

动感的光束滑过女生的面庞，江原野看她眼眸中满是星光，笑容美艳，他也忍不住跟着笑，狭长上提的眼角也柔和了起来。

他真的离不开她。

当时毕业填报志愿，虽然欧洲造船业遥遥领先，但是离她太远了，由于日本船级社也是个不错的选择，于是选择东大。日本本就是个严谨的国度，因此他变得更加冷漠寡言，好长一段时间生活得像一个高精度的仪器。

他看不见宝伶的朋友圈，只能通过家族群了解她的动态。

SA 来银座开展活动的时候，是圣诞，研究所的教授邀约学生去喝酒。他重感冒没去就在公寓床上躺着迷迷糊糊地听视频通话汇报，那时候刚刚和 Gabriele 船厂签署备忘录，视频那头在谈材料供应商的问题，然后郑家家族群却忽然跳出一个位置显示。

东京银座。

还是宝伶的位置显示。

宝儿：日本首演哎！刺激刺激。

他心惊肉跳了一瞬，而后一把扯掉退烧贴，戴上帽子和口罩就头昏脑涨地坐电车赶去银座。活动票早卖完了，他就在剧场外懊恼地等。剧场出口外像他这样痴痴等待的宅男并不少见，于是等到霓虹灯渐亮起来，整个天色像黑丝绒般暗下来又被街灯映亮时，他终于毫无脾气地在家族群里说了第一句话。

燎原：场外也有人在支持，别忘记。

群里其他人也不怀疑这个猛然冒出来的人是谁，反而觉得这句话没毛病，还纷纷表示赞同。

公演结束后，特定的超长保姆车真的停在了正门外，一群漂亮充满活力的女生们一边感激地鞠躬，一边在安保的护送下往保姆车走，周围的呼喊声十分兴奋，而江原野原本就有些昏沉，在人群中更是挤得呼吸难受。

然后他就在这样狼狈的神态中，和笑容清纯的宝伶目光遥遥相触了，他骤然瞳孔微缩，瞬间忘了心脏的跳动，然而宝伶的目光中除了普通的担忧，别的什么情绪都没有了。

匆忙的一眼并没有让她认出他。

他心情不可遏制地低到极点，他在气恼她为什么认不出他。身高也就几厘米的变化，身形也一向保持得很好，样貌……啊，对，他遮住了大半张脸，神情憔悴也不复往日的精神，他有什么信心她能凭一双眼就能认出他？

他忽然发疯地想要频频出现在她面前，不能让她忘了他，因为他痴迷她那么久，而且越来越无法自拔。

所以现在，宝伶就在他身边，还是以女朋友的身份亲密地留在他身旁，不论她做什么、说什么，他都会觉得开心，只有她，能让他这么开心。

背景音乐换了一首又一首，赵烈还在和宝伶吹牛，最后宋菲丽忍不住轻推了一下他，赵烈这才立马老实改口，他一阵傻笑，露出洁白的牙："……哈哈哈，不好意思，丽丽终于愿意理我了，我有点得意忘形，其实还在猛烈追求当中。"

这下，宝伶才和赵烈身后的宋菲丽目光对视了一瞬，宋菲丽有些尴尬地对她笑了一下："……嘿。"

宝伶如雪中利刃般的眼眸直直地看着宋菲丽，她沉默了一下，也笑了："宋学姐，旅途愉快。"

4

在"翡翠号"上遇见赵烈宋菲丽两人还仅仅只是一个开始。

当游轮驶入公海，宝伶在前疯狂购物，江原野则在后面提包，提不完了就拿一些给侍应生先结账。江原野特别耐心地跟在她后面，宝伶需要他提意见的时候，他只需要温柔地摸摸她的头，眼角含笑地说一声："好看，很适合你，买吧。"然后宝伶就会高兴得不得了。

也是在这个时候，江原野才反应过来，她上次为了给他省钱，一定相当克制地在购物。

也是在这个时候，宝伶惊喜地发现了 VV 几人也在疯狂购物。琳琅的商品柜前，一开始她还以为自己看错了，但是的确是 VV、大嫒和白飞姐啊！

宝伶激动不已地离开箱包柜台，管都不管身后还提着大包小包来不及的男朋友，直接奔到对面装潢气派的首饰店："你们也在这儿！你们这周没通告吗？什么时候上的船？早知道就一起了啊，白飞姐也是厉害啊，临走前我还问过你，但是你什么都不告诉我！"

闻言，她们三人忍不住靠在柜台边笑，白飞最先憋不住："我真的忍了很久，好想告诉你，但是这不是给你惊喜吗？看看，现在宝儿你是不是觉得又开心又激动又兴奋还有点点刺激？？”

宝伶：“……”

VV：“妹夫很不错了，让我们带薪休假。”

宝伶还有点没反应过来：“……妹夫，不会指的江原野吧？？”

白飞眼睛亮闪闪的，看着她：“江先生入股我们影华，成为第二大股东了，我们不愁没资源啦，宝儿小可爱！”

这下，宝伶有点不知所措，大媛曾经脑补的奇妙情节居然真的上演了，但是影视娱乐业是富洋从未投资过的行业，有这方面的专业风控团队吗？做过市场调查了吗？这么短时间注入这么多资金会不会太草率了……

宝伶还在胡思乱想地为江原野着想，大媛已经上前抱着宝伶的腰很是色气地看着她：“怎么回事？腰怎么越来越细啦？哎呀，江原野可真是幸福啊！”

宝伶：“……”

大媛兴奋地将手中的钢笔当作话筒，八卦之魂已经按捺不住地熊熊燃烧了起来：“宝儿，我必须要郑重采访你一下，我已经想采访你很久了，请问你到底是怎样把举世无双好男人江原野追到手的？？”

闻言，白飞有点蒙，说：“……我觉得应该是江先生追的宝儿吧？”

大媛摆摆手：“不要在意这些细节，让本人告诉我们真相！”

白飞：“……”

宝伶也蛮羞涩地低了一下头：“给我打码了吗？”

“打了打了！高糊马赛克！”

“追江原野，重在参与嘛……”

然后宝伶还在玩闹的兴头上呢，身后走来的男人便面带微笑地揉了揉她的头发："那需要我给你颁发独家参与奖吗？"

嘚瑟的时候被抓了个正着，宝伶有点不好意思地缩了一下脖子，回头笑嘻嘻地冲他装傻："你来啦。"

"嗯，付款耽误了一会儿。"

大媛也是个为了八卦敢于英勇牺牲的宝藏女孩，她继续大着胆子转而和江原野唠嗑："江先生，所以您就是当时宝儿在群里给我们感叹的每天都被自己帅醒的'翡翠号'游轮上的侍应生啊，我们当时还在想怎么可能会有比林易远前辈还帅、还高、还有男人味的人存在呢……总之，很感谢您给我们放个小长假……"

眼看江原野都要意味深长地挑眉逼她承认了，宝伶赶忙窘迫地换了个话题："对了，小米呢？她有通告在忙吗？"

哪知话题一出，众人表情皆变，笑容都在一瞬间僵住了。

白飞紧张地看了一眼瞬间沉下眸光的江原野，最先反应过来："……对，她有通告，还在剧组，下次有机会再聚吧。"

宝伶了然地点了一下头："好吧。"

但是正因为在游轮上碰见了VV她们，宝伶白天基本都和她们泡在一起吃喝玩乐。

江原野每次早晨醒来，她都不见人影了，有时候半夜几点悄悄摸回来的，他都不清楚，因为等睡着了。

早上醒来电话打过去问她在哪儿，她还一点都没意识到问题的严重性，语气特别轻快地对他说："和VV她们在洗头啊，晚点还要看话剧，再晚点还准备去SPA。最近不忙了吗？要不要抽空去轮机部检查维修一下？或者江学长你今天先去找赵烈玩吧，先不和你说了，拜拜！"

然后她就直接挂断了他的电话，江原野忍住脾气又给赵烈打电话，结果赵烈约会的行程也排得满满当当，根本抽不出时间给他。最后，江原野还真的满身阴郁地上午待在轮机部，下午听年迈的船长唠嗑，晚上也和年迈的船长共进晚餐。

白飞她们是江原野担心宝儿情绪恢复不稳定，于是邀请来一同登船的，希望她看到好友能舒心一点。结果没想到用心良苦的安排让她舒心过了头，反而让他自己被女朋友冷落了两天，现在还得四处找朋友打发时间艰难度日。

眉目深冷的男人越想越连连冷笑，让对面的船长感到毛骨悚然，最后提前结束了温馨的晚餐。

他无聊暴躁到上微博发问：女朋友不黏自己怎么办？在线等，急……

这天早晨，宝伶还是偷偷摸摸地拿上衣服就溜去卫生间化妆，结果刚刚化好底妆，明亮的镜子里就忽然出现了光着上半身的江原野。宝伶吓一跳，都还没反应过来呢，就被黑着一张俊脸的男人压重新抱回了床上。

"你都不会累的是不是？这才几点？早晨七点？才睡三个小时你就又可以玩一整天了？"

江原野俯身压着她，语气听起来很不友好，还说着又开始不安分地对她动手动脚。

宝伶却很不满地躲开他的亲吻："昨晚几点上床的？十一点对不对？你却只让我睡三个小时，你还有理了吗？"

意识到她在躲他，男人干脆清冷地抬起头，微眯了一下眼，冷声下着最后通牒："总之，今天有约就取消。"

闻言，宝伶愣住了，她看着近在咫尺的一张俊脸少有地对她摆出了很不满的神情，立马就顺毛了。虽然她觉得就两天没陪他应该没什么大不了的吧，但他不高兴已经表现得那么明显了，就还是顺毛摸吧。

宝伶一下就软下来，任他摆弄了，还轻声细语地哄他："……原野哥哥，那我拿一下手机，回她们一个消息行吗。"

江原野轻笑了一下，漆黑的一双眼却毫无笑意，她是真会气他："还真约她们了？我还以为你今天能陪我约会呢？"

宝伶："……"

宝伶尴尬地抿了一下唇，决定主动邀约他："……来吧哥哥，你开心了，我们就去约会！"

"好啊。"

宝伶又听他沉沉地笑了，她这一上午的大好时光估计又要没了……

第十五章

情迷已久

1

即将离开“翡翠号”时，微博首页上又刷上了两条和宝伶有关的热搜。

热搜第一条更是直接带出了江原野的微博名：如果燎原都拴不了女朋友的心。

江原野的微博名也是“燎原”，知道这个账号的也就只有留学时候的几个中国好友，平时只关注游轮资讯，没什么粉丝。因此能被扒出并且刷上热搜第一，是因为又像僵尸号又像转发号的微博账号，忽然发了条特别的微博：女朋友不黏自己怎么办？在线等，急……

哪知多年不见的好友刷出了这条阅读量很小的微博，还回复他。

咋查：江桑？？不是吧，你的颜都拴不了女朋友的心，请问让我们怎么活？？

某无聊网友刷到了这条微博，又无聊地刷进评论，还无比无聊地跟着留言：请问什么颜？什么等级？？

咋查：请问您的颜值标准是？

某无聊网友：大概林易远是十分满分，如果还可以加一分偏爱分的话，江原野最高十一分不能再多了，我很理智的！哦，对了，您认识江原野吗？他不是明星，他是我最爱的并且是唯一一位能在理智冷静和宠溺温暖的人设终随意切换且毫无违和感的年轻总裁！！

咋查：哦，那他十一分。

某无聊网友：这人能和江原野比？？

咋查：这人就是江原野。

这段对话被爆出来，全网都炸了，觉得魔幻极了，这个世界上原来还有一个名为郑宝伶的物种不愿搭理江原野……原本江原野的一部分颜粉和智力粉对两人的恋爱相当不看好，祝早日分的那种，现在看见自家偶像语气如此悲怆含怨可怜，纷纷跑来宝伶的微博底下客客气气地留言：请您抽空了解一下江原野吧，如果愿意和他约会那自然是极好的，他身上真的有很多闪光点。

…………

正在悠闲用早餐的宝伶看见网络上的这一波脑补大戏，她可真想让正站在窗边接电话的江原野哐哐撞大墙。

宝伶急急忙忙放下牛奶，给白飞姐打电话："小米是怎么回事？我打电话过去关机了，她送去医院之后怎么样了？"

微博热搜两条都与宝伶有关系，第二条便是小米所在的剧组爆炸戏突发意外的新闻，因为设置爆炸的时间不准确，导致小米脸部大面积烧伤，被紧急送入了当地医院。

"宝儿你别担心……应……应该没有生命危险，但是小米可能会退团到国外生活……"

电话那头的白飞也是少有的吞吞吐吐，她也完全慌乱了，伴随而来的还有隐隐的惧怕。白飞额上直冒冷汗，之前她只隐约听到了风声，说江原野有意让小米退团到国外生活，但她完全没料到江原野会如此杀伐果决。

就在她也不知该作何解释的时候，正在通话的电话振动了一下，有收到一条新短信。

是江原野。

白飞忙不迭颤抖地扫了一眼：新闻是安排的，假的，别让她起疑心。

见状，白飞这才虚惊一场地无力地跌坐在了木质地板上。她之前也真的吓坏了，惊恐江原野的心狠手辣，现在又不禁懊恼，她的确杞人忧天了，而且还把他当作了恶毒之人……

白飞伤神地扶额，大脑飞快转动中："……不用担心，刚才收到医院那边的消息，小米精神状态很稳定，但确实不能再和你们成为队员了，公司会尽力给她安排。"

宝伶这也才放下心来，短暂的游轮之旅结束，宝伶愉快地投入工作，江原野也愉快地给她寄了很多份房产资料，让她挑一下比较满意哪个户型暂时作为他们在 A 市的住所。乱七八糟的资料一大堆，宝伶看着就头疼，最主要的是："我爸很传统的，这肯定不行，你先别想了。"

然而听声音电话那边的男人好像还骄傲不已："咱爸已经同意了。"

宝伶：……谁是咱爸……

"泡温泉那晚问的，你放心。"

宝伶怎么可能放心，她惊得心脏都快跳出来了，她大为崩溃："你问了什么？？"

"就问什么时候能和你在一起。"

闻言，宝伶震惊得无以复加，还忽然很敬佩他勇气可嘉，甚至开始琢磨郑爸当时是不是气得当即就掰断了旁边某根粗壮的树枝，对他就是一阵噼里啪啦的鞭打。泡温泉那会儿他们还什么关系都没有吧？他竟然就在为未来的幸福生活……未雨绸缪了？？

心里像是有烟花绽放，纷纷坠落下一束束绚烂的光彩，她真是又气又想笑："哥哥你真厉害啊。"

江原野声音极低地笑了一下："你知道就好。"

对宝伶来说，江原野真的很厉害。

趁她档期空闲的时候，他邀她参观船厂……什么趁她档期空闲啊，明明就是他刻意安排的。新船出坞仪式定在开春的三月一号，届时会邀请国际船舶网的一众媒体前来进行报道。

江原野先带她参观船厂，像年轻工人那样，给她戴了顶白色安全帽。宝伶最近的气色很好，脸蛋白里透红、粉粉嫩嫩，整个人乖巧又清纯，一双灵动水润的双眸再对他眨啊眨，能要了他的命。

江原野忍不住轻捏了一下她的脸蛋，眼中满含爱意："都舍不得你走路，要不我抱你？"

闻言，宝伶狠狠地瞪了他一眼，好像自从上次江原野一路淡然地抱她登上了游轮之后，在家他就很爱抱着她，抱腿上坐着，抱床上躺着，她都严重怀疑江原野以后会是个女儿奴。

见她一副紧张不已的样子，江原野也不再逗她，拉着她往车间走："造船厂有很多基本车间。负责船体构件加工的加工车间，担负船体部件、分段、总段的装配和焊接工作的车间，还有装修的舾装车间，等等。沪新船坞很大，所以整个游轮可以在内场进行作业，三月的出坞仪式也是这艘游轮首次离开船厂内部。"

"或许会觉得这里乏味不已，但是沪新船厂是我整个少年时代最喜欢待在的地方"说着，江原野顿了一下，回头看她，"是不是觉得无聊无趣？所以我很少和你提及我的事，因为和你无关的生活，我都过得很单调。"

宝伶睁大了双眸，觉得他对他自己也太不自信了："怎么会无聊呢？我觉得很新奇啊，而且就是让我看你做两个小时的卷子，我都不会觉得无趣！"说完宝伶又觉得不对，"哦，我听人说，你都提前一小时交卷的，哦，不对不对，除了期中和期末摸一下卷子，月考老师都不用发卷子给你做的！”

宝伶真是越想越觉得他的人生无时无刻不在拉仇恨值！

她怅然了一瞬，又开始自我安慰：“唉，还好你是我的男朋友，不然我会嫉妒哭的，对了，快带我去游轮看看，超期待啊！”

见状，江原野忍不住扬起嘴角，拉她进入游轮。

“这艘游轮比‘翡翠号’更大。总共18.3万吨，共有17层甲板，长337米、宽42米，共有超过2600个客舱，配备超过5000个床位，有12间餐厅、5间快餐店和18间咖啡馆及酒吧；可以容纳6000多名乘客和工作人员，建造耗时4年零3个月。”

游轮内的装潢已经完毕，宝伶恍如走入皇宫，目不暇接，原来他为这艘游轮付出了4年的心血：“……很浩大的工程啊，好像交付延迟了？延迟了多久？有……造成亏损吗？”

“延迟一个季度，这是首艘国内建造的游轮，交点学费在所难免。富洋向沪新下单了两艘游轮，第二艘明年深秋交付，等这两艘游轮投入运营，很快就能抵消亏损。”

江原野揉了揉她的头发，虽然神色柔和，但极具气场，好像是与生俱来的矜贵，令人生畏又膜拜。

而这样冷酷的男人，却用着宠溺不已的眼神看着她：“能用钱解决的都不是问题，担心富洋，还不如思考今晚想和我吃什么。”

说着，一向沉冷的男人还难以克制地表现出了一种兴奋：“带你上去看看。”

他带她到位于顶层的热带之巅，顶层就似在蒸腾的热带雨林里发现了一片绿野仙踪——苍郁的植被，还有波光粼粼的蓝色水面。

“紫外线可以穿透薄膜穹顶，让人感受到阳光风雨，到了夜晚，还可以将薄膜当作投影屏，看星光和激光秀。”

江原野拉她在木质躺椅上坐着：“还行？有想看的欲望吗？喜欢吗？”

见状，宝伶都快笑得合不拢嘴了，因为她发觉此刻的江原野就像忐忑不已求表扬的大金毛，她凑近他，无比认真地回应他：“超级喜欢——”

闻言，江原野这才稍微舒展开了清隽的眉目。

两人坐在木质躺椅上，江原野弓着背，手肘撑在腿上，握着她的手靠近嘴边，轻轻地吻了一下：“整体的游轮设计进行了几次更改，但是这一块我极力要求保留下来。这一块区域在室内采光、通风引水、植物设计都下了很大功夫，如果不被乘客所期待，多少会有些打击到我，但我们已经努力做到最好……”

然后宝伶直接扑过去吻上了江原野的嘴角，她能察觉到他隐约的不安和阴郁：“什么时候可以开始接待客人呀？”

宝伶整个人都扑在了他的身上，江原野也只能笑着抱住她仰躺在椅子上：“正式开始运营吗？那得一年后的年春季了，但是今年7月中旬首次远航，会迎来第一批乘客。”

宝伶趴在他身上，轻轻抚摸他英俊的眉目：“那在7月的时候，原野哥哥就能听见好多好多的夸赞声，他们可能来自不同的国家，但是都在夸赞同一艘游轮，同一个公司哦。”

女生眼中满满当当的笑意都快溢出来了：“我的原野哥哥最棒啦。”

2

欢洋游轮旗下公司的“宝珠号”于三月一号举行出坞仪式。

当天下午，船坞旁边便围满了媒体和周边居民，周边停放的密密麻麻的轿车长度更是直逼游轮总长。人声鼎沸，照相机的闪光灯闪个不停，船坞对面的河岸边更是有人顶着料峭春风，自备便携椅等在岸边，就为了观看壮阔的出坞全过程。

巨大游轮纵向下水，缓慢出坞，为了防止新船开出去半路会出现故障，游轮左右和前边各配有一艘拖船共同行驶，游轮船头船尾和登舱口都各站着几位负责人和设计师，观察出坞的情况。

此次出坞预计进行两小时，出坞之后，游轮还将在舾装码头安装桅杆和烟囱覆面，再停留在港口，进行最后一步的舾装和内部装修工作。

江原野就带着兴奋的宝伶站在支出半空的小舱口，江原野正和设计师仰头望着上方沟通着什么，宝伶就头戴安全帽迎风撑在栏杆边看风景。

吹江风她也雀跃不已，将来这艘游轮行驶在海上会经历更多的考验，这次下水也算出厂的最后一道检验吧，毕竟这可是他们绷紧神经准备了好几年的项目。

正在为他骄傲不已的女生，忽然被人从后面轻轻地揽住了脖颈。

男人粗粝的指腹缓慢地摩擦着她细嫩的肌肤，江原野将她拉回自己身边，向她介绍身边的合作方："这位是来自意大利的总设计师琼，Gabriele 船厂成熟的设计风格，帮了我们很大的忙。"

"Hi，welcome to China!（你好，欢迎来中国！）"

宝伶友好地向对面的大美女打了声招呼之后，便有些羞赧地轻扯了一下他的衣摆，耳根也红了："我英语不行啊……就会这么一句。"

见状，江原野不禁垂眸轻笑了一声，正要回话，对面的琼已经利落开口了："你好呀，宝儿，我中文勉勉强强。"虽然有口音，但吐字清晰。

琼笑容大方地看着她：“你美丽优雅，江选择你做这艘船的游轮教母，很有眼光。”

尽管有些茫然，宝伶还是受宠若惊地表达了感谢。

之后琼还要去顶层看一下，她离开之后，宝伶便迫不及待地扯他的衣袖，兴奋得像个小孩儿：“江学长，游轮教母是什么？为什么我会是游轮教母？”

眼前的女生娇小雪白一团，立在风中。渐厚的云层再过一会儿就会变得墨黑，江原野眼神宠溺地将她的披风拢得更高一些：“这是航运界的一个传统。”

“给你讲个故事，在很久以前，航海技术尚不发达，海难时常发生。那时人们认为船难由海神发怒所致，于是新船下水前会举行掷瓶礼，祈求船员安全，为新船命名。新船名字其实很早就定下了，但需要一个隆重的仪式为它命名。掷瓶的一般是船长的妻子或身份显赫的女性，她们将一瓶香槟酒掷在船头，然后再充满感情地吟诵一首诗歌，这是历史悠久的掷瓶礼，而掷瓶的女性则是这艘船的教母。”

闻言，宝伶都快激动坏了：“真的让我来？？掷瓶礼？命名仪式？怎么办，我现在好兴奋啊。”

宝伶欣喜地扑进他怀里，头顶的安全帽也猝不及防地撞上了男人的下巴。

然后在江原野都还没反应过来这场柔软的投怀送抱之时，女生又羞涩地离开他，低头双手捂脸很是尴尬地后退几步：“不好意思啊……我忘了岸边还有媒体，我一时没控制住……你如果还要去和琼检查的话就去吧，我自己在这儿可以的。”

“嗯。”江原野淡淡地从喉咙里滚出一个字。

在验收之前，他的确还想再去确认一番，江原野克制地看了她一眼，便转身进入了游轮内部，这也是漫长的三月里唯一的一天，她这么近距离地和他相处了。

出坞结束当天晚上，江原野便直飞美国佛罗里达州，因为欢洋旗下“红皇后号”游轮突发大规模食物中毒事件，有近300名乘客，出现呕吐及腹泻症状怀疑感染了诺如病毒。

“红皇后号”游轮于当地时间2月25号在佛罗里达州港出发，如往常航线一样展开六天五夜的海上之旅，前往海地及牙买加。船上载有5367名乘客，293人疑因诺如病毒导致肠胃不适，生病人比例为5.45%。

集体感染病毒是在旅途中忽然爆发出来的，众多旅客开始上吐下泻。虽然船上有医护室，但也只有简单的成药，还好水和基本物资供应足够。旅客们撑到了3月2号返航靠岸，终于能够得到完善的救治，但仍有6名旅客需要住院治疗。

“红皇后号”积极处理这次意外，并及时发表了声明：“每年全球约有3亿人受诺如病毒的感染，我们鼓励客人和船组人员经常洗手，健康专家建议说，这是对肠胃病毒的最佳防御。当然，我们也会在今后的航行中增添更多的专业医护人员。”

与此同时，游轮太子爷也在第一时间带礼到医院进行探望，并且早在美国海岸防卫队出动处理这件事之前，便已经高效地派卫生专家到船上进行深度清洁和消毒工作，避免下一批旅客遭受感染。

看到这一系列的跟踪报道，赵烈在电话那头骄傲得不得了：“原哥办事，我从来都不会担心的，哈哈哈！”

“真的？这已经算是最好的处理结果了？”然而宝伶却忧心忡忡。

“当然啊，美国媒体对‘红皇后号’这次的积极处理态度难得一致地都表示了赞扬啊……但是伶子你怎么了？你居然在怀疑你男人的能力？？”赵烈觉得匪夷所思，“说真的，如果不是提早遇见了丽丽，我在原哥面前我能弯成最骚的盘山公路。”

宝伶：“……”

宝伶最后还是无比复杂地挂掉了赵烈的电话。

她还是没办法安心，江原野在美国待的这半月，两人也经常通话。大多是他主动打过来，问她累不累，住的酒店习不习惯，吃的怎么样，要不要换个挪威海鲜。她在外录制《青春向上》时衣食住行都由他安排，细心到一日三餐不带重样，仍然对她温柔无比。

但是只要她忍不住在视频这边撒撒娇，求亲亲，他就会逐渐沉下眼眸，然后声音干涩地称还有事就先挂了。

他会很频繁地找她，却又总是匆忙挂掉电话。

宝伶问他什么时候回来，她想去接机，江原野也说不用，他回来了会来录制现场接她。

好像在冷落她，但对她又无比上心。

宝伶有点说不上的沉闷，最后只能每天威逼哄骗马叔，说她和江原野的感情已经岌岌可危，老实的马叔这才愿意在江原野回来的那天悄悄地带她到机场接机。

她捂得严严实实地在廊口等待，女生随意地一瞥，还惊讶地在接机人群中发现了自家的司机！

再然后，她便从汹涌的出站乘客中看见了宝妈和郑爸……江原野虽然有一众随行，但他却目光坚定地走在面无表情的郑爸旁边。江原野长手长脚，眉目英挺，身形俊朗，却锋芒尽敛，而且还低头诚恳地在和郑爸说着什么，但是郑爸却对他一副爱答不理的样子。

宝伶忍不住跑到了他们三人身前：“爸爸妈妈……”

“你谁？？你想讹谁？？”可镇定自若的郑爸却像是被这个全副武装、不知道从哪里猛然冒出来的小个子吓了一跳。

宝伶：“……”

还是身旁愣怔了一瞬的江原野最先认出她，而后柔和了冷冽的眼眸伸手温柔地摘下了女生的渔夫帽、墨镜、口罩。宝伶这才露出很是委屈的表情：“我啊，是妹妹啊。”

“哦。”郑爸皱眉掩饰性地咳了一下，将她从江原野的身边拉过来，“来了正好，回家吧。”郑爸边说边走，丝毫不理会一直对他们关怀不已的江原野。

宝伶被拽着走，很是不舍地向后望：“……那他呢？”

郑家三人亲密无间地走出廊口，江原野下意识跟着迈了两步又想到近日郑爸对他说的那些话，最后也只能躁郁地停下来。

江原野绷着背，紧抿嘴唇，苦涩地站在原地，很是忍耐地看着他的女孩一点点离开他的视线。

“他怎么？和我们顺路吗？需要我们送他回富洋？”郑爸声音粗重，还略不耐烦地看了她一眼。

3

感受到了莫名压力的宝伶立马回头，再不敢和江原野对视，她抿了一下唇：“没有，对了妈妈，你们又去美国玩了吗？”

“对啊，就是遇上了点小意外，没能玩尽兴。”

宝伶挽着宝妈一同坐上车：“那这次多在国内待一段时间吧，我请你们去乘坐‘翡翠号’游轮吧？玩过都说好呢！”

然而这一整天都没好脸色的郑爸更是直接无情拒绝了她：“游轮这东西坐多了没意思。”

宝伶愣了一下，却猛地抓住了重点，而后紧张地抱着宝妈左看右看：“妈妈你们不会是去乘坐‘红皇后号’了吧？有受感染吗？还难受吗……可是‘红皇后号’已经返港很多天了，你们为什么还和江原野待在一起……”

宝伶声音越来越低，而后猛地一顿，心脏都快骤停了，“住院治疗的有你们吗？？妈妈你没事吧？？”最后宝伶扑进宝妈的怀里，那话直接变成了软软的哭音，“妈妈你说话啊……你们为什么不早告诉我啊？？”

“那你不也瞒着我和你妈妈很多事吗？！”

坐在前排的郑爸也早憋了一股气，而宝妈则笑着轻声哄她：“哎呀，妹妹别哭别哭……已经没事啦，这不怕你担心吗？‘红皇后号’医疗还是不错的，开的非处方药很靠谱的，很多乘客都缓解啦，但是妈妈身子弱，放心啦，没住几天院。”

安抚完女儿，但宝伶还在她怀里伤心地抽噎着，宝妈立马默默地瞪了一眼郑爸，示意他快跟着哄她啊，对人家男朋友冷漠就算了，怎么对待自家女儿也这么无情的？

郑爸看眼神行事，没办法，立马又心疼又生气地软下一大半：“那你知道了，最近就在家多陪陪你妈，别跟着人瞎混。”

“遵命，爸爸！”

但是，她跟谁瞎混啦？

宝伶平时忙完公告就回家陪宝妈，一直到六月都没和江原野正儿八经地约过几次会，其实共进晚餐的次数还是蛮多的，但是晚餐之后再没别的活动……她是指，三月前两人约会完毕江原野都迫不及待地开车带她回家……

然而最近他都特禁欲、特正直地直接送她回基地。

VV听到这里，忍不住一惊：“那到别墅门口吻别了吗？谁主动的？”

“吻了，”宝伶低头默默画圈圈，“都是他主动，但是蜻蜓点水般的有什么意思……”江原野之前的花样可多了。

VV：“……”

VV 有点气结，喂喂喂，单身狗面前，蜻蜓点水都是可望而不可即的好吗！

VV 冷静了一下，自觉做军师还是得清心寡欲一点：“那他忽然不对你行浪荡之事了，你对他变成正人君子后有表现过不满吗？”

这下，宝伶清秀的眉头皱得更深了：“有啊，我觉得他是不是对我的身体不感兴趣了啊，我还勾引过他呢……”

“一开始特意穿低领长裙和他约会，结果直视我的时候更少了，中途还跑去卫生间好几次！平时穿正常裙子约会的时候，他目光根本都离不开我的！我不死心啊，下楼我又假装摔倒往他身上贴，我自认为曲线都贴他身上了吧，他居然小心翼翼抱我起来然后面不改色地拉我下楼，还继续推荐我楼下的流心芝士塔味道很棒，谁稀罕吃啊，我要你现在就被我迷倒好不好……”

“还有一回我哄他喝酒，马叔来接我们，问回哪儿，我问喝醉了的江原野我们回家好不好，他抱着我说好。马叔还在呢，但他一路上都抱着我不松手，还一直啃我脖子，把我羞死了，我以为那晚会发生点什么呢……结果他昏昏沉沉地把我抱上楼，他就跑楼下睡沙发了……他酒品是不是很好？？”

“最近的一次吧，我眼睁睁地看他又打算往别墅开，我直接说最近一周都没公告而且爸妈也短途游去了，我们该做点什么好呢？你猜他怎么说？！”

“怎么说怎么说？？”大媛听得津津有味，全神贯注，还忍不住想嗑一把瓜子。

“他说富洋正准备成立基金会，我们还可以做公益！”

宝伶要被气死了，她真是从没受过这样的委屈：“我也是要面子的好不啦，一次两次暗示不生效，把我送到别墅我就甩门要走。他又软声软语地拉回我，让我别急着走，开始和我没话找话说，还剥椰奶糖给我吃，我就又忍不住问啦，你干吗随身带糖……”

大媛跟着点头：“对啊，为什么呀？这不符合高冷太子爷人设吧。”

宝伶心软又无力：“他说希望我吃点糖，能对他甜一点……我真是对他没辙了。”

综上听下来，大媛语重心长地叹了口气：“宝儿，我觉得江原野可能是对你的身体不感兴趣了。”

苦涩不已的宝伶：“……”

无语到只翻白眼的 VV：“……”

大媛拍拍宝伶的小脑袋：“虽然他对你的身体提不起兴趣，但我能明显感觉到他深深地被你的内在美所吸引了。”

宝伶愣愣地：“这……这样啊。”

这样个屁，VV 真是搞不懂，宝儿为什么还要找大媛这个白痴来当军师，VV 正要反驳，大媛又开始发话了，“别气馁宝儿，那相处的方式再大胆一点嘛，我们要豁得出去！喜欢他，就拼命留住他，主动点儿，不管他有什么难言之隐，明白了吗？”大媛水灵的双眸认真又有神，“他可是你男人哎，想对他做什么就做什么呀。”

宝伶怔了一下，然后郑重地点了一下头：“明白了……”

而一旁的 VV 也有些意外地怔忡了一瞬，大媛虽然分析得不太好，但给出的办法却是可行的。听宝儿一阵诉说，任谁都能感受到江原野几乎对她百依百顺，但他应该是被什么绊住了，才会这么隐忍。

希望宝儿能解放他的天性吧。

4

宝伶挑了个不错的日子约江原野在富丽大酒店的顶楼餐厅用餐，初夏气候闷热，但是从敞亮的落地窗看下去的城市夜景却美好。

女生今日化了精致又妩媚的眼妆，嘴唇红润诱人，身穿吊带黑色长裙，黑色细高跟还是绑带的，黑色细绳懒洋洋地缠绕在细嫩的小腿上，诱惑十足。

江原野眸光沉寂地垂了一下眼，不动声色地咽了咽口水，仍然觉得喉咙直发干。

特别是对面的美人儿清澈如琉璃珠的眼睛还风情万种地看着他，江原野忍耐地咬了一下后槽牙，这一顿晚餐享用得艰辛无比。

然而宝伶今晚是铁了心要打碎他的冷静和理智，女生站在电梯前直接按下了 29 层，江原野忽然眉心一跳，提着一口气悬在喉咙口："做什么？" 30 层是顶楼餐厅，29 层则是总统套房。

电梯很快就到达了29层，电梯门缓缓打开，宝伶去拉他的手，还轻轻地在他手掌上挠了一下："去做我们喜欢做的事呀。"

宝伶将他拉出电梯，然后也不管空无一人的走廊上其实还有灵敏的摄像头，便直接充满笑意地将他推向墙边，然后酥软美好的身体贴上他。

廊道壁灯昏暗，两人抵在墙边，伴随着间歇略急促的呼吸声，俨然一幅活色生香的画卷。

宝伶的手指还在江原野饱满的胸膛上轻缓又缠绵地划了又划，让他高度紧绷的身体越来越烫，她面带微笑地说："哥哥不喜欢这里吗？只要是原野哥哥，在哪里我都愿意。”

男人垂下眸，紊乱的呼吸更粗重了，他推不开她，他怎么可能愿意推开她？宝伶不是第一次这样明目张胆地勾引他了，他之前能一次次挨住，但是每次回去都想她想得睡不着，一闭眼全是她柔软的身段，然后他只能起身坐起来，再一次向郑爸诚意满满地发送邮件邀请。

郑爸对他意见相当大。

当时去医院探望病人的时候，江原野也没料到一推门看到的竟是惨白着脸昏迷不醒的宝伶妈妈，而紧张地守在她旁边的便是黑着一张脸的郑爸。

私人病房，而且他还特地安排高级医护，但他也心下瞬间凉了一半，他真诚道歉，换来的则是郑爸更加令他措手不及的回答：“没指望你，听朋友说你刚处理完妹妹被绑架的案子，很是忙碌啊。”

郑爸高级军官退伍，有警局朋友通风报信理所当然。

并且最后的“很是忙碌啊”颇具讽刺意味。

也是正常，自家女儿“保护”不好就算了，现在好不容易来感受一下由江原野经营管理的其中一艘游轮，结果又遇上了病毒感染，还让郑妈妈白白遭罪。江原野身心血液凉透，整个人如坠冰窟，狼狈不堪，他艰难开口：“叔叔，我会一刻不停地保护宝儿……”

郑爸笑了一下，打断他：“行了，宝儿喜欢唱唱跳跳我管不着，我只要她好好地待在基地别跟人瞎混就行。”

尽管姿态依然礼貌，英俊男人的眸光却彻底沉了下去，挺拔的身影像是瞬间被磅礴可怖的黑夜吞噬。

跟他在一起是瞎混。

虽然江原野受挫，但仍然在下飞机时盛情邀请郑家能前来新船的首航，然后在还没得到答复的时候，裹得像在逃嫌疑人的宝伶便出现在了他们三人面前。

偏偏此时宝伶又含情脉脉地抬头，拉着他的领带让他埋下头，而后吻上了他的嘴角，柔软香甜湿润，是他这段时间想躲又渴望得入魔的滋味。

她还主动去缠绕他的舌，江原野握着她细弱的腰身，情不自禁地偏头回吻她。

他高她瘦，炽热的氛围里，她朝他肩膀一伸手，红透了脸：“……能抱我去房间休息一下吗？”

然而这话却让无法自拔的江原野心中暗藏的愧疚感突突直升，警铃声大响。

江原野离开她水润的唇瓣，艰难抬头，但早已目光迷乱，他僵直了身子重新靠回墙边沉沉地喘着粗气。

他低头，喉咙干痒地提着一口气，江原野喉结滚动了一下：“再等我几天，等我重新获得叔叔的认可……”

“等什么呀……我的脚后跟真的好痛！”宝伶有点急，眼睛红红的，都带着点温软又委屈的哭腔了，“为了看起来能和你更般配点，我特意买了这双新鞋。但是这鞋不好穿，估计把我脚后跟都磨破了，我已经忍很久了，现在站也站不稳……”

下一秒宝伶便被江原野一言不发地扛在了肩上，他边走边摸她的链条小包，声音像磨得滚烫的沙，还隐隐带着些愠怒：“哪个房间？怎么不早说？”

“2907……”

宝伶声音软软的，趴在他肩上还有点没反应过来，她也真够傻的，居然忍痛这么久。

“穿三十六码的鞋？我让人送点药膏上来，再重新给你带一双平底鞋，这鞋别再穿了。”

江原野话音刚落，2913房门便被忽然打开，然后身形相似的两个男人都诧异地怔了一下。

一个脸色沉重，身扛女人；一个目光柔和，抱着小奶娃。

顾风淡漠地移开怀里小宝宝的脸蛋，确保自家半岁的女儿看不见他们俩后，才冷冷地开了口，很是不屑："进展还这么缓慢。"

两人是多年好友还是同班同学，一个孩子都开始长牙了，一个才谈恋爱半年。

虽然被误会还被嘲讽了，江原野仍然云淡风轻地笑了一下："花样多，慢一点很正常。"

顾风："……"

顾风摆摆手："我接老婆下班，回聊。"

5

宝伶正在和江原野通话。

才在基地待两天呢，江原野就开始打电话催她回去了，要是她回爸爸妈妈那边，他就不敢催，但是爸爸妈妈出去忙了不在A市。

宝伶在别墅阳台上优哉游哉地抖着腿吃西瓜，顺便在心里感叹VV的勤劳，她正在楼下院子浇花呢。

"新船员在船上训练得怎么样呀？首航仪式的媒体都邀请好了吗？乘客信息也都确认好了吗？"

她其实最想问有看到爸爸妈妈的名字吗……毕竟后天就是首航仪式了，但他们还没回来，她有给郑爸留过言：十三号妹妹我就要做游轮教母了呀，我网上查过的，都说只有高贵优雅的女性才能成为游轮教母，可是我很平凡，爸爸我好紧张啊……

郑爸：妹妹是我们的骄傲，祝顺利。

这样的回复也不知他们会不会到场……

“差不多了，给你选了一条湖蓝色的长裙，回来试试？”

“好啊，明天吧，待会儿梁旭要来找我们吃饭。”

闻言，电话那头声音渐冷：“所以，陪他吃饭，就不管我了？”

江原野话音刚落，这边的宝伶便看见梁旭的蓝色别克缓缓地停在了楼下面，她正要欣喜地站起身跑下楼迎接，就看见一向清冷大方的VV下意识地就转身拎着浇水壶跑到别克车窗前。

梁旭正好按下窗。

VV抿了一下唇，偏头笑着：“喂，今天又准备给我们做什么好吃的呀？”

只能看见梁旭的后脑勺，但是不知道他说了什么，VV的笑容更加灿烂了。

在楼上的宝儿却像是发现了新大陆，激动得嗷嗷叫：“原野哥哥，我跟你说！VV和梁旭可能有一腿啊啊啊——”

“嗯，别羡慕，我们也有一腿，我让马叔现在来接你。”

宝伶咬了一下嘴唇，忍不住笑：“哥哥这么想我呀。”

电话那头的男人也不禁低笑：“嗯，十分想念你每天晚上的声音，今晚也想要听到。”

宝伶：……流氓啊流氓。

7月13号的新船庆典航行邀请了4000多位嘉宾、媒体和活动中奖的乘客。虽说庆典中最盛大的要数“命名仪式”了，但其实新船的“宝珠号”名字早已经喷绘在了游轮船体上，印在了宣传册上，今天只是一个仪式。

宝伶早已经换好了长裙在休息室紧张等待，不时有好友前来探望她，江原野虽然在外和欢洋高层忙碌着，还是不忘给她配备四个黑衣黑裤的保镖守在门边。

就连林易远也必须掏出证件对应一番，黑衣男子有点感慨：“小孩儿，你咋从小就这么帅？”

“那不应该吗？”林易远收回自己的身份证，白了他一眼，“谁是小孩儿？我成年人。”

“江原野都请些什么人来保护你啊？”林易远最讨厌被人说小孩儿了，他很是不爽地走进休息室，然后愣了一下。宝伶今天一身宝蓝色刺绣长裙，温婉优雅，沉静动人，他看得愣住了，下意识咽了咽口水，“换……换礼服了？之前的不合适？”

“对啊……有……有点大。”

宝伶有点诧异，还有点心虚，心怦怦跳，怎么能让小孩儿知道其实是在试礼服的时候，礼服被动作太大的江原野压皱成咸菜了呢……

她太好看了，林易远躲闪地别过视线，看向房间舷窗外。

男生淡淡地笑了一下：“那件礼服是我奶奶拉他去帮你选的，奶奶很喜欢坐游轮，很感谢他邀请我们登上这艘新船。”

宝伶也起身站在他身边，眺望窗外海天相接的风光，眺望船头欣喜留念的乘客，女生灵动的眼眸一闪一闪的：“我也很喜欢这艘船，它意义非凡。”

它对江原野来说意义非凡，是他年少时候筑造的光涌入了现在，成了倾洒下来挡也挡不住的鎏金瀑布。

命名仪式在船头大剧院盛大举行，先是策划经理进行迎宾致辞，随后“宝珠号”的表演团队为大家带来精彩歌唱节目，传递香槟的仪式结束之后，宝伶紧张地上台和合唱团共同演唱《海的女儿》。

舞台上投射下的灯光，明明灭灭地滑过宝伶的面庞，然后便看见站在最中央的女生越唱眼眶越红，因为她看到了郑爸宝妈就坐在第一排，他们脸上洋溢的笑容表明了对她的支持。

最后宝伶将香槟酒瓶击碎时，她听见礼花漫天炸开的声音，还有烟花绚烂爆开的声音，一声高涨过一声的欢呼，都是对“宝珠号”最真挚的祝福。

夜色寂寥，海水深沉，宝伶欣喜地拉着江原野跑到甲板上。整艘游轮都在暗夜中亮起了璀璨的蓝光，科技感十足的灯光秀动感华丽，“宝珠号”在漫天的烟花照耀下缓慢前行。

江原野看她仰头兴奋得像个小孩儿，只觉什么都满足了。

而且宝伶还转过头，环绕上他的脖颈，她好像还有些不好意思地低了一下头。这个疑问她其实藏在心里很久了，生怕是自己自作多情：“……江原野，‘宝珠号’这个名字会不会和我有一点点关系呀？”

原来是因为这个不好意思。

男人漆黑沉寂的眸光越来越亮：“四年前就定下了新船的名字。”

江原野俯身温柔地吻了一下宝伶的嘴角，这是他的女孩，是他一生的痴情：“谁让我对你情迷已久呢。”

“还记不记得我向沪新下单了两艘游轮？第二艘用我们孩子的名字命名吧。”

“……哎？可是第二艘不是明年就交付吗？？”宝伶被他亲得有点发蒙。

“所以我们得加快速度。”

宝伶：？？？

— 全文完 —

番外

1

又是一年跨年晚会现场，黑丝绒般厚重的夜空被体育馆动感的光效渐次映亮。前排 VIP 观众席上，坐着两个颜值丝毫不输台上超级巨星的英俊男人，然而两人的表情，一个像春天一样温暖，一个像冬天一样冰冷。

特别是顾风右手边的小女娃，她嫌刚出生的弟弟太吵，直接翻过顾爸爸的手肘，准备往爸爸旁边的江叔叔身上爬。

顾樱一边爬，一边用奶气的声音命令江原野："抱我啦叔叔。"

江原野一言不发，好脾气地伸手抱过了小女娃。小女孩舒舒服服地靠在他怀里之后，还不忘真诚地扎一下帅气叔叔的心："哈哈，还好你这里是空的。"

江原野："……"

是说江原野怀里没有小孩儿和她争位子呢。

这就有点过分了。

顾风一个没忍住笑出声来，意识到自己有点没心没肺，他掩饰性地咳了一下："不好意思，小樱随我，话糙理不糙。"

江原野清冷的声音像是从齿缝里漏出来的："速度不错啊。"

结婚四年都抱两娃了。

他们俩都是来看老婆的，顾风老婆是台上的漂亮女主持人，他的老婆是漂亮的女团成员。

虽然江原野的表情冷漠，但软萌的小樱靠在他怀里，他还是默默地将尖锐冷硬的钻石袖扣和漆盘手表取了下来。

江原野抱走了顾樱，顾风才能更轻松地哄他半岁大的儿子诚诚。

顾风懒懒地靠在椅背上，侧着头看他说道：“我也就一般的速度？火箭发射的速度？话说这么一算，你们俩隐婚也有两年了吧？”

“嗯。”身影峻拔的男人喉结微动，看见SA女团上台，他的目光深沉地落在清纯无比的宝伶身上，“昨天刚满两年。”

江原野的工作一直需要中欧两边飞，今天下午也才匆忙赶回来，宝伶的公告也排得满满的，两人连昨天的领证纪念日也没过成。

今天近距离见到宝伶也还是白天在后台准备室，他迫不及待想去看她，结果被节目制片人拉住，热络地聊新的一年富丽赞助的事。

这时候，SA女团正好要赶去台前准备进行最后一次的带妆彩排。

为了赶进度，一群女孩儿踩着高跟鞋飞快跑着。中途，宝伶看到他了，然后晃神脚步乱了，眼看就要摔倒，他撇下制片人，心惊肉跳地就要冲上前。但他们相距好大一截，还好成员们立马眼疾手快地簇拥着扶住了宝伶，江原野才心有余悸地堪堪停下脚步。

之后他看到SA成员和白飞一边取笑宝伶以后不能再这么马虎啦，一边像爱护掌上明珠那样地簇拥着她离开，生怕她有点什么闪失的时候，他既安心，也灰心。

成员感情深厚，和经纪人关系融洽，这也是宝伶一直想跳下去，甘愿和他隐婚的原因吧？

这个跨年晚会，距离他和郑宝伶确认交往的那个跨年晚会前夕已经过去了三年，他们隐婚两年了。

2

领证是宝伶提出来的。

元旦前几天，宝伶还只是在旁敲侧击，他在书房用电脑，宝伶则坐他腿上，单手勾着他的脖子，慵懒而随意地拉开了书桌抽屉："江学长，你在A市还有几个住处呀？"

闻言，男人挑了下眉，觉得好笑，便轻掐了一下她的细腰："什么意思？觉得我外面有女人？我每次回国的精力都用来做我们爱做的事了，哪还有心思往外跑？"

宝伶："……"

好像是这样，他们也就这会儿才刚刚休息下来，他才抱她来书房陪他办公的。宝伶抿了下嘴唇，继续红着耳根问道："那反正，你所有东西都在这儿咯？"

"嗯。"他一边给她按摩腰，一边打着字，笔记本屏幕的光映在了他的金丝眼镜上，显得他眉宇越发英挺，"你在哪儿，哪里就是我的全部。"

江原野当时只以为那是很平常的情侣对话，结果12月30号的清晨，天蒙蒙亮，他翻身，伸手捞了下旁边的人，可他的身侧没人。

他睁开眼，发现卧室乱糟糟的，宝伶并不在，衣橱间也没人。江原野光着上半身，这大冬天的也忘了给自己披件睡袍，便快步走下楼，就见宝伶正在客厅翻箱倒柜找着什么。

他的出现好像还把她吓了一跳。

江原野这才放松下来，揽着她的腰抱她在沙发上坐着："找什么呢？我帮你。"

"没什么。"

听她声音闷闷的，还一副有点不好意思的样子，他居然开始低头认真为昨晚反思了起来。

看他这副模样，宝伶忙说：“不是……你就不该这么早醒。”

宝伶还在很难为情的时候，江原野便将她的小脑袋按进了自己的怀里轻声哄着，嘴角止不住上扬：“给我准备惊喜了？所以怪我早醒了？”

宝伶安分地靠在他胸膛上，温热的脸颊暖暖地蹭着他，她声音软软地说：“你记得今天是什么日子吗？”

他笑着亲了下她的头发：“你答应做我女朋友的一周年。”

宝伶在他怀里羞赧地笑：“是这个日子不错，但今天呢，还宜订盟、纳采、嫁娶……”

宝伶说到“嫁娶”的时候，江原野整个身子都顿了一下。

意识到女生感受到了他的动作后在悄悄脱离他的怀抱，他心悸了一瞬，觉得整个心脏都被她捏住了，以为她在这电光石火之间就后悔了，他难以呼吸似的想要拽回她，想对她说，他愿意，他求之不得。

只见她眼眸清澈又紧张地抬起头，将藏在身后的深红色小本子交出来：“……我在找这个。”

“找你的。”

言下之意，她现在摊在手心里拿给他看的，是她自己的户口本。

宝伶羞得脸颊脖颈红彤彤的，她说话又快又急，就是为了咽下即将从胸口跳出的心脏：“休要用你的不在这儿糊弄我，我本来想先找出来，这样你就不能拒绝我了……你嫁给我好不好呀？我真的喜欢你到不能自已……啊，不是，不是，江原野你娶我吗……”

嘴唇被俯身埋头下来的男人撕扯着咬开了，江原野只觉喉咙滚烫，恨不得将自己揉碎了给她：“亲到八点民政局开门，我们就去领证。”

3

领证的时候太开心了，江原野这个新晋老公当时还努力按捺住兴奋，无比骄傲地去找顾风比较过结婚证。结果两位终日以冰块脸待人的男士都在拍照时像“等了好久终于等到今天”似的露齿笑了，两位女士则是羞涩地抿嘴笑。

好像那时候他们还就谁笑得更灿烂争执了大半天。

当然，一直灿烂地笑到今天的似乎是顾风，江原野因为自己要与宝伶隐婚有过些微不满，他认为虽然宝伶嫁给了他，但他应该给她一场盛大的婚礼。

他有能力给她世间最好的，但那不是她现在想要的。

跨年晚会结束，江原野和顾风先后走向停车场，两位的司机分别替他们打开车门。

江原野将熟睡的小樱抱进后座的婴儿座位：“替我向钟学姐问好。”

顾风点点头：“我们等你和弟妹的好消息……”

顾风原本都钻进车内了，又冒出一张俊脸来：“冒昧问一下，你那方面真的没问题吗——”

“滚滚滚。”江原野忍无可忍关上车门。

白飞和VV有说有笑地将宝伶送进了江原野的那辆宾利，临走之前，白飞还喜笑颜开地给江原野打了声招呼，说了声“你的新年大礼包来啦！”便和VV挤眉弄眼地离开了。

关上车门，马叔安静开车，后排的江原野则异常沉默，就连宝伶激动地扑进他怀里，男人也只是顺势抱住她，将她冰冷的双手塞进他西服里，再淡淡地伸手对着她的脑袋顺毛摸。

要知道，之前她上车，他可都亲她亲到马叔自动戴上耳机放音乐自high了……

宝伶不满他只是摸摸她的头，她微仰起面庞，羞涩地“嗯嗯嗯”了几声，一直看着窗外景色的男人终于收回视线，垂下眼眸，一双墨黑的眼沉沉地看着她。

应该懂她的意思了吧？

然后宝伶抿着唇期待地闭上了眼。

可是她噘着嘴等了好几秒，也没感受到他吻下来。她迷茫地睁开眼，发觉江原野还一直用着刚才不冷不热的眼神盯着自己。宝伶一下就害羞地埋进他胸膛，耳根都烧红了：“老公，你好坏啊，我好尴尬呀……”

“宝儿。”却听他一本正经地叫她。

宝伶这才认真抬头，男人偏头轻轻地亲吻她的额头、眉毛、眼睛、脸颊，小心翼翼得就像她是珍贵稀少的戴比尔斯世纪之钻，他声音喑哑：“公开我们已经结婚的事实好吗？我不会干扰你去工作，也不会让你因为是已婚身份而缺资源。”

“我想听到，你因为嫁给我，而收获到祝福。”

闻言，宝伶忍不住低头痴痴笑了，“好啊，我们公开，可是江先生，我现在不能接太多公告啦。”她将他的手抚上自己的小腹，小心翼翼地去观察他的表情，“我怀孕啦。”

江原野怔了半瞬，就连竖着耳朵偷听的马叔都比他反应快，马叔一脸欣喜地回过头，完了又想起自己还在开车，只能咧嘴笑着半偏着头：“恭喜少夫人啊，哎呀，少爷还说不出话来，估计高兴得灵魂都脱壳了并冲上宇宙遨游一圈了，哈哈。”

江原野真的激动得话语被硬生生堵在了喉咙口就是滚不出来，他抹了把脸，拥她进怀里，又怕抱她太紧了，松了点力气抱她，整个上半身都还僵硬着。他低低笑着，说话时声音竟然还有些颤抖：“怎么不早告诉我？有没有哪里难受？知道怀孕了还上台表演？几个月了？三个月吗？……去东京那次？”

“嗯嗯，对呀。”

宝伶在他怀里幸福地点着头：“总是没胃口吃不下饭，上午白飞姐带我去了趟医院才检查出来。今晚的表演还好，而且她们都很关照我，别担心，应该就是去东京玩的那次吧。”

之前在国内都用着计生用品，秋天的时候突发兴致拉他去东京大学逛了逛，晚上住在他上学时候住的公寓——他入学时买下了的。

大学单身四年，哪有计生用品，就算有也早过期了。当时江原野想，要不算了，但她实在热情……

但是现在反应过来，江原野也有种心脏骤停、劫后余生的心悸感。白天宝伶在后台差点摔跤，难怪当时各个成员看起来都吓惨了的样子，拼命簇拥着去拉她，再加上白飞、VV送她到他身边，对他说“新年大礼包”。

还真是他人生中最大的礼包。

发觉江原野抱着她一直低笑了很久，宝伶虽然高兴，也怕他这么笑下去会开始掉智商：“别笑了哥哥？留点力气待会抱我上楼？我好困想睡觉呢。”

“睡吧。”江原野轻拍她的背，和她咬着耳朵轻声说话，毕竟这话马叔不适合听呀，“姿势改变命运啊。”

宝伶：……

临睡前，宝伶还是想起了要给他一个具体答复：“对了，之后我们去参加一档节目吧，在节目里公开关系？”

“恋爱节目？”

“不是，到时候就知道啦。”

4

主持人：哈喽，欢迎大家观看今日的《夫妻相性十八问》节目，今天我们邀请到的是最励志女团成员郑宝伶，和最会装穷太子爷江原野，掌声欢迎他们……但是等等，你们什么时候成为夫妻的？

公正不阿的题库系统：这位主持人，您浪费了一个宝贵的提问机会。

主持人：这是有效提问好吗？！

题库系统：您已经浪费了两个提问机会。

主持人：好的我闭嘴，题库您来。

题库系统：请问你的名字是？

宝儿：郑宝伶。

燎原：江原野。

题库系统：你的年龄是？

宝儿：24。

燎原：26。

题库系统：你的性别是？

主持人：我都已经浪费了两个提问，麻烦题库您直接问到点子上好吗？

题库系统：我是系统，我不和你计较，我答应你好了。

题库系统：两人什么时候相遇的？在哪里？

宝儿：高一的时候，盐外校门口，撞见他逃学，哼，成绩好就可以逃学啊。

燎原：老婆，我是去学习怎么给你建造游轮。

最终还是忍不住发问的题库系统：请回答主持人的第一个

问题，什么时候结的婚？

燎原：2019 年 12 月 30 号。

题库系统：呜呜呜，你们居然隐婚！！我每天还在转发锦鲤，希望宝儿能大发慈悲抽空和江先生约个会……但是祝福我自己，愿望实现并升级了！！

宝儿：……我即将脱口而出的安慰无处安放。

题库系统：对对方的第一印象是？

宝儿：好腿好腿！

燎原：好美好美。

宝儿：老公你真配合我！

燎原：是真的很美很清纯。

题库系统：对方的癖好是？

宝儿：喜欢一边上楼一边剥我的衣服，还喜欢光着上半身在家到处晃……怎么回事？这是我心里话我没想说出口的……

燎原：情到深处，所以对我的称呼换个不停。

题库系统：你们的关系到什么程度？

燎原：成了我的妻子，再有五个月就会迎来我们的孩子。

主持人：嗷嗷嗷，恭喜恭喜！宝宝绝对颜值爆表、智商炸裂呀！

题库系统：两人初次约会是在哪里？

宝儿：跨年晚会的庆功宴，富丽酒店的小树林。

燎原：高中校外的街巷，带她去吃方圆十里最好吃的米粉。

宝儿：那是初次约会吗？那是我们两人第一次单独吃饭吧？

燎原：嗯，这两个概念没有区别。

题库系统：那时两人的氛围怎么样？

宝儿：还有点生气他隐瞒他是富洋太子爷的事。

燎原：她吃了两碗米粉，还来抢我碗里的酸豆角，结果吃完翻脸不认人，足足一个月没来趴我的窗，她是真会气我。

题库系统：对方做什么会让你觉得没辙？

宝儿：我在网上看到过一个段子，如何轻易喜欢上一个男人：他好帅，他好强，他好惨。这不就是江原野吗？所以基本什么我都答应他啦……

燎原：嗯，所以谢谢昨晚老婆的帮忙，喜欢听她撒娇，她一撒娇，就算要天上的星星，我都摘给她。

题库系统：如果对方有变心的嫌疑会怎么做？

宝儿：把他打失忆？？打到谁都不记得的那种，然后我再和那个女人公平竞争！

燎原：给她找一款无副作用的失忆药，带着宝宝重新追她。

题库系统：最喜欢对方身体的哪个部位？

宝儿：腹肌。

燎原：细腰。

题库系统：对于如果得不到心，至少也要得到肉体这种想法，你是赞同还是反对呢？

宝儿：如果不能得到江原野的心……呜呜呜，我光是想想都快要自闭了。

燎原：请换一个让宝儿开心点的题目，谢谢，她最近情绪不稳定。

题库系统：啊啊，抱歉抱歉，马上重新搜索。

燎原：关于题目本身，虽然这么想过，但不会这么做。

题库系统：你曾向对方撒过谎吗？你善于撒谎吗？

宝儿：好像没有，也不善于。

燎原：用游轮服务员的身份留下她（自动消音：以及小米策划绑架她的事，这不能让她知道）。

题库系统：喜欢被对方亲吻哪里？

宝儿：嘻嘻嘻，脖子。

燎原：只要是她主动，哪里都喜欢。

题库系统：现在的对方符合你的理想吗？

宝儿：江原野就是呀，和他在一起，我做梦都会笑醒。

燎原：她是我的美梦，也成了我的现实。

后记

江原野真是我看一遍爱一遍的男主角。

最初这个原型是 2018 年看第四季《最强大脑》的时候蹦出来的，水哥王昱珩真的太酷了，我看到过关于他的采访，《每日人物》问："上学的时候，老师是不是也觉得你很难搞啊？"

他说："我高中基本不上课，就坐在最后一排，各种玩，有人找我玩，老师就在窗户那儿喊'你们谁和他玩就被他害了，他想考哪儿考哪儿'。那我高考也是第一名啊，甩第二名四十多分，一模二模也交白卷的，高考前复习了两个多月，找到自己的方法，就很简单。"

一百个人里出一个天才，一百个天才里才出一个王昱珩，我想，这样形容他也不过分吧。

所以，你们发现了吗？在故事里我也有这样描述过江原野的高中状态。

江原野有足够的能力应付学业，才抽出了更多时间花在造船厂里，他的成功和厉害也是靠他自己拼搏出来的。

但是应该能察觉，江原野整个性格还是和水哥很不同的。

王昱珩在节目中的行事作风和谈吐都令我敬佩不已，当时就好想写一个像水哥这样强大的人啊，但《最强大脑》第四季出来的时候正是 2018 年年初，我还在赶另两本书的进度，又临近毕业，等两本写完已经 7 月底了。

再收拾出心情写江原野的时候，他在我脑海中的形象也有了新的变化。

我喜欢写甜美的故事，有一句话可以总结江原野的中心人设，也是我一直在塑造他的时候遵循的准则——他没有什么好修养，也不温柔，只是一见到她，忤逆也是一种本能了。

每每想起这句话，我都会觉得他是一个很帅气也很有担当的男人。

这个爱情故事应该是我写得最顺利、最欢快的一个了，得功于两位主角的性格。

宝伶“可盐可甜”，是个清纯的小可爱，江原野“很苏很撩”，也很坏心眼。我特别喜欢游轮主题演讲结束的那一段小互动，他很是大方地让宝伶在他和梁旭中间选一个，江原野当然想让宝伶选他，也必须得让她选他，所以他特意遗留下了西服外套，真的很有小心机的。

看小说的意义——体验一种情感，或者增长新的见识。

我想，写小说的意义也一样吧，因此，每写一个故事，我都尽量涉猎一个新的领域，江原野是关于游轮建造，那新的男主角又是关于什么呢？

悄悄透露一下，和南非有点关系。

希望江原野和郑宝伶能带给你们愉快的阅读体验。

下一本，关于梁越和宋珍的故事，我们再见吧。

2019年4月底